レベル95少女の試練と挫折

汀《みぎわ》こるもの

講談社ノベルス
KODANSHA NOVELS

カバーデザイン＝コムロ・デザイン・ルーム
小室杏子
カバーイラスト＝ｕｓｉ
ブックデザイン＝熊谷博人・釜津典之

目次

登場人物紹介
葛《くずの》葉《は》芹《せり》香《か》
星ヶ丘中学
所属。市子に
振り回され中。
出《で》屋《や》敷《しき》市《いち》子《こ》
星ヶ丘中学所属。
謎多き魔法少女。
田《た》口《ぐち》楓《かえで》
星ヶ丘中学所属。
市子・芹香の友達。
史《し》郎《ろう》坊《ぼう》
高尾山所属。
天狗。

助六《すけろく》
無所属。妖狐。
みずち
みずは
三輪・大神神社所属。双頭の白蛇。
雀《すずめ》
鞍馬山所属。天狗見習い。
出屋敷大雅《でやしきたいが》
東京都監察医務院所属。
市子の父。

彼らの死は彼らのものではないのか

1

御帳台《みちょうだい》から悲鳴が上がった。

「溝越《みぞごえ》、溝越」

――高尾山史郎坊《たかおさんしろうぼう》は幼い姫君に仕えることになった。二十代そこそこで人間を卒業して何となく妖怪《ようかい》の仲間入りをして六十年ほど。自分では全然人間でなくなったような気はしないし鼻が伸びたりもしていないが天狗《てんぐ》であり、今は血縁のない五歳の姫の世話をしている。なかなか他人に説明しようのない状況である。天狗が他人に世間話などする機会は特にないが。

「お呼びですか」

薄い帳をめくって中に入ると、姫は絹布団の中で丸まったままだった。手先だけ布団から出して手招きしているのを、握ってやる。子供のわりに体温が低いのは冷え性なのだろうか。

「どうなさいました、宮《みや》。怖い夢ですか？」

おかっぱ頭の姫は、暗い緑の目で史郎坊を見もしなかった。

「人は死んだらどうなる」

と陰鬱《いんうつ》に尋ねる。

「ははあ、なるほど」

「宮の母は死んだのだろう？　どうなった？」

――眠ろうと布団に入ったものの、怖いことを考えて眠れなくなった。頭のいい子にはありがちだ。こういうときは手を握って頭を撫《な》でてやるのに限る。

「宮の母御は高貴なお方ゆえ、女神として高天原《たかまがはら》におわしますぞ。宮も女神となられるでしょう」

「女神になるとどうなる。楽しいのか？」

「そうですなあ。みずちやみずはや毛野《けの》が遊びに参りますよ。花々が咲き乱れ金銀と玉とで飾られた宮殿で、楽を奏したり機織りをしたり囲碁将棋双六で遊んだり和歌を詠んだりなどしてお暮らしになり、祭りの日には鯛《たい》や海老や干し鮑《あわび》や季節の果物を召し上がり、神官どもにかしずかれるのです」

姫の目に少し光が戻った。

「では今とあまり変わらないのか？」

「いいえ」

――残念ながら子供を百パーセント安心させてはいけないのである。誰が決めた掟《おきて》かは知らないが。

「宮が天神地祇《てんじんちぎ》とばかり縁《えにし》を深くして仏道をよく修めておられねば、地獄に堕ちまする。仏道を修めておらぬ見目のよいおなごは天狗には大好物。天狗道に引き込んで焼いて溶かした銅を口から飲ませ、錫杖《しゃくじょう》で打擲《ちょうちゃく》し、身体の外と内から責め苛《さいな》みます。身体が朽ちてぼろぼろになれば神通力で元に戻してまた銅を飲ませたり打擲します。永劫《えいごう》に苦しまれることになりましょう。宮とはご縁がありまするから、この老骨がその役を負うこともありましょう」

姫はあまり怯《おび》えたようではなく、目を大きく開いてぱちぱちさせた。折檻《せっかん》のイメージが湧《わ》かないのだろうか。

「お前が宮を地獄で責める？」

「あるいは鞍馬《くらま》の小雀《こすずめ》めが。――ゆめゆめ油断なさらぬよう。神になれるからと驕《おご》りたかぶっていれば宮のような高貴なお方にも、閻魔大王《えんまだいおう》は容赦しませぬ。法華経《ほけきょう》を修めて魂を清くし、森羅万象全てを因果応報と思い、弱きものも情け深く慈しみなさるのです。あまり助六《すけろく》を打ち据えたりせぬことですな。獣《けもの》にも五分の魂がござります。何、勉学に励み、よい子にしておれば身罷《みまか》られたる後、高天原の女神として千代《ちよ》に八千代《やちよ》に敬われましょう」

神仏混淆《しんぶつこんこう》・本地垂迹《ほんじすいじゃく》のおかげで若干おかしなことを言っている自覚はある。ここでのポイントは〝いい子にしていろ〟というところであるが、姫にはあまり伝わらなかったようで、不思議そうにしていた。

「お前がどうして宮を地獄で責める？」

「一応、儂《わし》は高尾の天狗で巡り巡れば上役はお大師《だいし》様《さま》ということになっておるから？　南無遍照金剛《なむへんじょうこんごう》でございまする」

「お前だって経など読んでいないくせに。弘法《こうぼう》大師がなぜ宮を責めるのだ。――ねえやは死んだらどうなる。ねえやも神になるのか？　地獄に堕ちるのか？」

「只人《ただびと》は六道輪廻《ろくどうりんね》を巡るのです。天道、人道、修羅《しゅら》道、畜生《ちくしょう》道、餓鬼《がき》道、地獄道。天道は、天人の住まうところです。極楽浄土と言うてもよろしいでしょう。まあ高天原とあまり変わりませぬ。天人に生まれれば頭に花が咲き、日々憂いなく長きときを過ごすことができます。人道は別人に生まれ変わるということです。また赤子としてオギャアと産まれて人生をやり直すのです。まあまあ悪くはありませぬ。修羅道はまあこの現世《うつしよ》と然程《さほど》違わぬ。畜生道、餓鬼道、地獄道が地獄です」

「じゃあ宮が法華経を修めてねえやに教えてやればねえやも極楽に行けるか」

「行けるかもしれませぬが――天人も五衰《ごすい》する。老いれば病み苦しみ憂うるのです。死なぬわけではないのです。そして死んだらまた六道輪廻を巡るのです。産まれて死ぬるを繰り返すのです。天人が虫けらになることもありまする」

「うーん？」

「覚者となって六道輪廻を解脱するしかありませぬ。仏陀《ぶっだ》だけが六道輪廻を超越し、産まれるも生きるも死ぬるもないまことの存在となるのです。なお基督《キリスト》教の場合は〝第七天国《Seventh Heaven》〟〝煉獄《Purgatorium》〟〝辺獄《Limbo》〟〝地獄《Hell》〟などございまして、〝天国《Heaven》〟は〝最後の審判《Last Judgement》〟で救われるべき民たちが一度避難する場所が――」

べらべらと喋《しゃべ》っていたがふと我に返って姫を見下ろすと、姫は目をつむり、くうくうとかわいい寝息を立てていた。

「おや、話が長《なご》うなりましたな」

結果オーライである。道化の役割は果たした。

実際、この姫を仏法に背いた愚か者として罰せよと言われたら、史郎坊はさっさと天狗道からもおさらばするだろう。閻魔大王だか泰山府君《たいざんふくん》だか大日如来《だいにちにょらい》だか知らないが、顔も知らない上役の命令など聞けるか。

「千早振《ちはやぶ》る女神におなりくださいませよ。既に女神にも等しき御身なれど、つまらぬ躓《つまず》きはございますからな」

手は握ったまま、左手が空いて困るので育児書でも読むことにした。指を鳴らして虚空から文庫本を取り出し、片手でページをめくった。

2

禁野《きんや》いかがは最初から、この仕事はまずいのではないか、と思っていた。

彼女は〝女子大生陰陽師《おんみょうじ》〟である。トレードマークは白い狩衣にポニーテール、「急急如律令《きゅうきゅうにょりつりょう》！」で大体《だいたい》何でも解決する。その実態は宗教法人禁野流陰陽道道場の広告塔であり、世間では〝朝の占いのお姉さん〟であった。歌手デビューするのは時間の問題であった。たまに除霊の真似事もするがテレビのそれは大体〝入眠時幻覚〟か〝集団パニック〟、その他精神的症状で説明がつくものか建築的な欠陥で、陰陽道による解決はちょっとしたスパイス程度であった。

しかしこの。〝まほろば山に謎《なぞ》の宇宙人！　古代神話は宇宙からのメッセージだったのか！（仮題）〟という企画は、どうにも嫌な予感がした。彼女は自分を天才陰陽師とは思っていなかったが、そこそこ中の上くらい、禁野流の跡取りとして無難な程度には霊能力があった。その霊能力が告げるのだ。この案件はヤバい、道場の名を汚さないためにも断れ、と。

しかし。

「何とかなりませんか、私がジンさんに叱《しか》られちゃいます」

ＡＤの三保《みほ》カヤに懇願されると、どうにも断りづらかった。江戸川《えどがわ》テレビのバラエティ番組『ホラーすぎる○時間！』シリーズは心霊現象よりもプロデューサーの陣九郎《じんくろう》が横暴で無茶ブリする様子が評判になっていて、大体犠牲になるのは若い女ＡＤなのだ。いかがは一応アイドル芸能人枠だし祖父が事務所ににらみを利かせているのでそこまでおかしなことはされない。となるとこの女ＡＤの盾になってやった方がいいのではないか、と思うのだ。

そのためらいが仇《あだ》になったのだろうか。マイクロバスに揺られて現場に急行。いつもの衣装に着替える前、汚れてもいいジャージ姿で宇宙人を捕らえる雑木林を下見していたら、同じくジャージ姿の少女に出会った。

彼女は、おかっぱ頭に学校指定の体操服と緑色のジャージで、左手に透明ゴミ袋、右手に大きなトングを持っていた。どう見てもボランティア真っ最中であった。といっても彼女自身は働いていないのは明白だった。その足許にいる紫の前掛けをした狐《きつね》が空き缶やコンビニ袋や煙草の吸い殻などを目敏《めざと》く見つけてはぽいぽいとゴミ袋に放り込んでいる。

「……何でここにいるの？」

「林間学校です。お弟子さんから聞いていませんか」

鬼神の血を引く緑の瞳《ひとみ》を縁の太い眼鏡で隠した彼女は出屋敷市子《でやしきいちこ》、禁野いかがのはとこの娘——つまり遠縁の親戚《しんせき》である。まだ中学生だが、その霊能力は計り知れず。いかがよりずっと強いが、羨《うらや》ましいのを通り越してドン引きの域に達している。何せ化け狐が代わりにゴミ拾いをしている。どうやって日常生活を送っているのかわからないレベルである。陰陽道はこんなことのためにあるのではない。

これを当主にいただいてしまうとかえって禁野本家の運営に差し障りが出てしまうので多分《たぶん》誰も歓迎しない。禁野本家道場で引き取るべきではないかとも思うが、引き取ってその後どうする、と悩むほどである。霊能者というより歩くオカルトハザードであった。公共の福祉のためには禁野本家道場に閉じ込めてしまうべきかもしれない。

「聞いてたけどここだとは知らなかった。彼もいるの？」

「いえ、ゴミ拾いはうちのクラスだけでよそは別のプログラムがあるようです。彼は学年が同じですがクラスは違うので」

「ああ、そう」

いかがの中学生の弟子は市子と同じ学校に通っていた。近くて遠い妙な関係だった。

「いかが姉様は、ご旅行ですか？」

――年上の親族ではあるが、彼女に〝姉様〟などと呼ばれるとむずがゆい。

「まさか。仕事だよ仕事。プライベートならエステつきの温泉にでも行くよ」

「それもそうですね。お仕事ということは、心霊現象ですか？　ここのは穏やかなので刺激しなければ特に何も起きませんが」

話が早すぎるのも考え物である。

「知ってるの？」

「はい、昔何度か祀《まつ》り鎮めに来ました。気のいい人たちですよ。祟《たた》りなど起きるはずもありませんが」

「まあ、その、テレビで宇宙人を探して」

「テレビ。――テレビというのは、怖そうな顔で映っていればいいのでしょうか。頼んでみましょうか。事と次第によっては手っ取り早く済むと思います」

……話が早すぎるのも考え物である。

「あれ、イカちゃん、その子知り合い？」

などと話していたら。噂《うわさ》の陣九郎プロデューサー登場だ。陣は角刈りで無精髭《ぶしょうひげ》を生やしていて少々強面《こわもて》で、中学生から見たら「怖いおじさん」以外の何者でもない。

「親戚の子です」

「へー、雰囲気あるねえ」

陣は市子の前まで来て、しげしげと彼女の顔を覗《のぞ》き込んだ。

「君は霊感あるの？　眼鏡は取った方がかわいいいんじゃない？」

その手が、市子の眼鏡に伸びる――

途端《とたん》。陣の決して小柄とは言えない身体が空中で一回転した。

霊感のある方にはご覧いただけたと思うが、身長百九十センチを越える紺のアサルトスーツにプロテクターの重武装天狗が一瞬現れ、彼の腕を取って投げ飛ばしたのだった。市子の無闇《むやみ》に強い護法の一つだ。いかがは見ていられなくなって、あちゃー、と顔に手を当てた。

「……今のはジンさんが悪いけど、市子ちゃんもそこまでやることないんじゃないか」

「私は生来視力が弱く、この眼鏡を取ると現実世界のものはほとんど見えなくなります。他人の補聴器やコンタクトレンズでもそんな風に外そうとするのですか？」

「わかった、ここはボクに免じて許してあげてくれ。――ジンさんはパーソナルスペースが近いんだよ。今どきポリティカル・コレクトネスとかあるんだから気をつけないと」

腰を打って痛そうにさすっている陣に、そう声をかけた。手を貸してやるべきなのだろうが、「気がある」などと解釈されては困るので陣が自力で立つのを待った。世知辛い世の中である。

「ジンさん、彼女、ボクより強いから気をつけて。強すぎてテレビ向きじゃない。空気読めないから」

「マジで。彼女、イカちゃんと並ぶと絵になると思うんだけど」

「私はテレビNGです。隠し撮りも無駄ですよ」

先に市子が釘《くぎ》を刺した。テレビ向きじゃないというか、空気が読めないというか、現実世界に向いていない。

「彼女、何者？」

「ボクが知りたいくらいだ」

もしやこの山に感じた嫌な予感は出屋敷市子の気

配だったのではないか——そんな風にすら思った。

＊＊＊

「イカちゃん、ホラすぎ、撮影、テレビ来てるの、マジで！」

楓《かえで》はなぜか片言になってはしゃいだが、私は暗澹《あんたん》たる気分だった。

「……それって心霊特番だよね」

「ああ」

「この山、出るってこと？」

「それは出る。決まっている。なぜお前たちが知らないのか不思議だ」

市子はあっさり言ったが——私、葛葉《くずのは》芹香《せりか》や田《た》口《ぐち》楓、普通の同級生は、市子のおかげで心霊現象に慣れたとはいえ愉快なものではないことも知っていた。ただでも気が乗らない清掃登山がすっかりお通夜のありさまに。一生に一度しかない十三歳の夏が心霊現象で埋めつくされてしまう。

「とはいえ、ここのは気がいいぞ。ベントラーベントラー」

市子が眼鏡を外して謎の呪文《じゅもん》を唱えると。

がさがさと、笹《ささ》の藪《やぶ》が揺れた。その向こうから大きなものがやって来た——

「やあ、お姫様、久しぶり。何年ぶり？」

とフランクな口を利くのは——

デブの虎猫《とらねこ》。上げた右肢《みぎあし》には肉球もある。どこから見ても、猫。抱き上げたら腰が抜けそうでどれだけ甘やかしたらこんなに太るのかと思うが、どう見ても猫。ヒョウとかチーターとかではない。

「二年ぶりかな。エインセル、元気そうで何より」

「あれ、巫女《みこ》服じゃないね。お隣は？　姫じゃなさそうだけど」

「中学の同級生だ。今日は祀り鎮めではなく、林間学校で来た」

「同級生！　お姫様に同級生が！　へええ、学校行ってるんだ！　中学生!?」

――ものすごく普通に会話している。親戚か。

「い、いっちゃん。それ、誰、ていうか何」

「この山の〝宇宙人〟だ。便宜上、エインセルという名をつけた」

「……猫に見えるけど？」

「エルバッキー型宇宙人だ。溝越に教わって作った。地球人に愛されそうな姿だろう？」

いっそ化け猫だと言ってくれたら全然驚かなかったのだが。市子が抱き上げて腹を見せたがやっぱり猫だ。楓も突ついているが、猫に触るよう。触っているということは姿が見えているが声が聞こえているのかどうか謎だ。

「エルバッキー型宇宙人って、何」

「アンドロメダ星雲から来た。という設定になっている。八島《やしま》の神や妖怪の身分はいらないと言うので、私が設定を作ってやった」

「作ったって、何それ」

「自然発生した膨大な霊力を自然のまま遊ばせておくと制御できなくなって人間社会に不都合が出るので、神や妖《あやかし》の設定をつけてある程度まとめてときどき世話をする。宇宙人というのは新たな試みだ」

まさか友人が心霊現象を作っていたなんて。知りたくなかった。いやそういうことをしているのは知っていたが、宇宙人まで手がけていたなんて。いろいろとショックが大きい。この間、何とか言うファンタジーアニメで「神様なんかこの世にはいらない！」と主人公がラスボスにパンチをしていたのだが市子もパンチされるべきでは。神様を勝手に作る人、大抵《たいてい》のマンガで悪役だよね。

「……てか何でフツーに猫じゃ駄目なん」

楓もかなりドン引いている様子。

「マジ何、エルバッキー型宇宙人」

「そういうものが観測されたことがあるらしいぞ。グレイ型は怖いしタコ型は私がイメージしづらい。仏像な映画の真似をすると権利元が気を悪くする。仏像などは権利のない時代のものなのでいくらでも似せられるのだが。猫の姿の宇宙人、人を傷つけないだろう」

「でも近くの町の人、ぼくのこと全然宇宙人だって思わないよ。ぼくの声、猫の鳴き声にしか聞こえてないみたいだし」

と猫本人はうつむいているのだった。

「〝すごい名物猫〟の扱いを出ないんだ」

確かに奇妙なほど大きいが、人間の言葉を喋るのでなければ突然変異とか生命の神秘とか動物奇想天外とか思って納得できなくはない。というか普通、宇宙人とか心霊現象とか思いつかないよね。

「いいではないか、地域住民に愛されている」

「愛されてはいるけど、もうちょっと何ていうか……怖くても謎の知的生命体として扱われたい」

「畏敬《いけい》の念を抱かれたいという意味か？　確かに、神は親しみやすさだけでは駄目だ。……しかし承認欲求とは、煩悩《ぼんのう》ではないか。覚者からほど遠い」

市子は何かを考え込んでいるようだが、凡人の私には何のことなのか知るすべもない。

「見た目と中身が釣り合ってないってことじゃない？　男の人の声だよ」

「猫も雄がいるのだから男の声でもいいだろう。助六も雄だぞ」

「何で猫にこだわるの。お試しで他の姿作ってあげたらいいじゃん。人間ぽいのとか着ぐるみぽいのとかゆるキャラぽいのとか」

「人間ぽいと言われても。作ることはできるが絵心などはないので凝ったデザインができるわけでは」

「宇宙人とかちょっとアンテナついてるだけでいいんだよ、そんな突飛な感じじゃなくて」

「突飛でないなら猫でいいだろうが」

「イッチー、猫のデザイン気に入ってるんだな」

「私の執着だと言うのか」

不満たらたらで市子はいつもの大幣《おおぬさ》をどこからともなく取り出してかまえた。

「では一応、人の姿にしてやるが期待するなよ」

一礼し、猫の頭上に大幣を翳《かざ》して左、右、左、と振る――

次の瞬間。そこに立っていたのは、ポロシャツを着てスラックスを穿《は》き、革靴を履いた人間だった。頭が一つに手足は二本ずつ。

もうどこをどう見ても動物ではなかった。取り立てて宇宙人でもなかったが、ただし――

「……しくじった」

市子が大幣を片手に、もう片手を額に当てた。エインセルは自分の身体を見下ろし、手を握ったり開いたり足踏みしたりして、満更でもなさそうだ。

「え、いいよ。神秘的な感じじゃないけど猫じゃないしちゃんとできてる。ありがとう！」

「いや、その……顔が」

「顔？」

エインセルはぺたぺたと両手で自分の顔に触れる。眼鏡にも触ってしまったのを、一度外してシャツの裾《すそ》で拭《ふ》いてかけ直す。

「うーん？　普通じゃない？　不細工じゃないと思うけど。眼鏡の意味は？」

「あの……集中が乱れていたのか、うちの父親に似せてしまった」

――そう。

そこにいたのは出屋敷市子の父、大雅《たいが》その人だった。目つきがどこかぼんやりとしてイケメンというほどパリッとしていないが普通にしていても笑っているようで善人そうな。違うのは白髪があまりなく髪が真っ黒なくらいだ。オリジナルは四十前なのに白髪が多い。

「イッチーどこまでファザコンなんだよ」

「私の中にあまり人間の成人男性のサンプルがないのだ。仏像や神像は知っているが人間は……だから作れるだけでデザインはできないと。猫なら顔の見分けがつく人間はあまりいないのに……」

「え、これ、姫様のお父さんの顔？　へー、なかなか男前じゃない」

エインセルはあごに手を当て、にやっと笑った。

もう、何をどうしたって普通の人だ。多分本物の大雅より性格がいい。

……いやちょっと待て。

「ねえ、いっちゃん」

「まだ何か文句があるのか」

「イカちゃんって心霊特番のロケで来たんだよね？　この人出てきても、宇宙人とか思わないよ？」

「あ」

今度こそ市子は、頭を抱えてしゃがみ込んだ。

——完全にやってしまった。

「心霊特番？　もしかしてぼく、取材されるはずだったの？」

「はあ……ホラすぎっていうオカルトバラエティで」

言ってわかるのかと思ったが、

「えー、でも喋る猫が出てきたら心霊特番じゃなくない？　びっくりペット特集になっちゃわない？　これでいいよぼくは」

通じた。何て世間の空気が読める人なんだ。市子の方がよほど宇宙人だ。——そう言われるとそんな気もする。ホラすぎの番組構成からいって、この人のキャラクターは求められていないとも。

「——ホラすぎスタッフは、驚異のCG技術で何とかするんじゃないかな！　この人をジンPと戦わせるの、かわいそうだし！」

「ジンPが六芒星《ろくぼうせい》の中心に立ってスゥーッセイッってコックリを迎え撃って、やったーってやるのがホラすぎだもんな！」

「……今どきのバラエティ番組ってそんなの？」

ホラすぎが特殊なだけなので安心してほしい。

「エインセル、さんはどうしてこの山で宇宙人やってるんですか？」

私はつい、抽象的なことを聞いてしまった。

「うーん……地域住民と交流するため？　これまで餌《えさ》もらって撫でられてのどゴロゴロ鳴らすばっかりだったね。これからどんどん前に出て話すよ！」

「交流して何かいいことあるんですか？」

「ひとりぼっちは寂しいじゃないか」

エインセルは、それこそ寂しげに笑った。

＊＊＊

「……麗しい姫じゃ。さてどうしてくれようか」

「ここは樒《しきみ》天狗のならいに従うのみであろう」

森の中で、異形のものたちが十数人もひそひそと話し合っていた。ある者は修験者の装束で、ある者は墨染めに袈裟《けさ》で、ある者は貴族のように袍《ほう》をまとい、ある者は頭に袈裟を巻いて甲冑《かっちゅう》を着込んだ僧兵で、その頭部は人間であったり能面をつけていたり猛禽《もうきん》であったり山犬であったり狐であったり鼠《ねずみ》であったり様々だ。一様に、その背には鳥のような翼が生えている。

山中に出没する僧形《そうぎょう》の妖怪を、この国では天狗と呼ぶ——その本性は山鳥であったり獣であったり神仙であったり破戒僧のなれの果てであったり様々だが、皆、霊山の霊気で存在を維持している——

「うちの宮をどうするっつーんだ、鴉《からす》ども」

そこに、鳥でも獣でも神仙でも破戒僧でもないのが二人。

長い髪を結って水色の水干《すいかん》をまとい、一本歯の高下駄を履いた童子が木彫りの鳶《とび》の面を取った。

「何奴《なにやつ》じゃ、文句があると言うのか小童《こわっぱ》。貴様、鳥巣《とりす》の山の者ではないな」

山犬の修験者が牙《きば》を剝《む》くが、墨染めをまとった鷹《たか》の僧がへらへらと笑ってその肩を叩《たた》く。

「そう怒るな、童ではないか」

鷹の僧都《そうず》がにやついているのは、鳶の面の下が乙女のように涼やかな人間の少年の顔だったからだ。

「何とたおやかで麗しい。牛若丸《うしわかまる》かと思うたわ。使いの者か？　手紙でも持って参ったのか？　ん？　手ぶらとはおかしいな、手土産はないのか。それともそなたを手土産としていただいてよいのかな」

鷹の僧都は童子の左手を取り、撫でさする。

「手足が細すぎる。拙僧はもう少し肉づきのいいのが好みだ」

能面をつけた僧兵が言い捨てたが、鷹の僧都は手の匂《にお》いまで嗅《か》ぎ始めた。

「くくく、なら我がいただこう。この柳腰がよいのではないか。柔らかい優しい手だぞ。変わった香を焚《た》いておるな。このような美童、慈しんでやらねば仏の道に反する。これは菩薩《ぼさつ》の導きぞ」

「俺の知ってる仏教と違うな？」

童子は眉《まゆ》一つ動かさずにつぶやいて、右手で鳶の面を空中に放り投げる——鳶の面が真っ黒に膨れ上がり、弾けて見慣れない形を取る。

「鞍馬の小雀をご存知ないかい？　あんたら京都に来たことなさそうだな、仕方ねえかなあ」

——バレットM82A1。全長は一・五メートル近く、もはや砲台のような対物ライフル。人間が手に取って使う中では最強レベルの銃火器。鷹の僧都は雀の手を握ったまま、目を見開いてぽかんとしているようだった。他の者も反応できないでいる。

「手土産ならあるぜ。弓矢で戦ってるような田舎者の皆さんは知らないかもしれねえな、こいつはここを押すと人が殺せるという不思議な道具だが」

雀は自分の身長と大差ないそれを細い右手だけで軽々とかまえる。スコープやレバーなどがごてごてとついた銃身、独特のT字型に近いマズルブレーキ。

「うちの宮に文句があるなら鞍馬きっての武闘派が最新軍事情報を物理でお届けするぜ、羽虫ども。漕《こ》ぎ手も坊主も尼も撃つのが鞍馬流だ」

「鞍馬！」

僧兵がはっとして雀を指さした。

「こやつ、見たことがあるぞ、鞍馬の新しい砲手！」

「狙撃手《そげきしゅ》だよ原始人！」

泡を喰《く》う天狗たちの目前で、雀の対物ライフルが火を噴いた。それは僧兵の袈裟の端を破り、その遥《はる》か後ろの朽ちかけた石の五輪塔を打ち砕く。

苔《こけ》むし、朽ちかけているとはいえ人の頭の倍はある丸い石の風輪が砕け、屋根型の火輪、小さな円柱状の水輪《すいりん》、擬宝珠《ぎぼし》型の空輪《くうりん》がガラガラと地面に倒れる。振り返り、天狗たちが息を呑《の》む音は互いに聞き取れるほど。

「まあこんなもんだ、こいつを人に当てると胴体が裏返って中身が全部出るぜ。俺と熱い一夜を過ごしてみるかい？」

雀がにっと笑いかけると、鷹は腰が抜けたかその場にへたり込んでしまった。僧兵が声を荒らげる。

「ぶ、仏敵め！　宝塔を何と心得る、この罰当たり！」

「仏を殺すのも仏の教えじゃねえのかあ？　菩薩の導きなんだろ？」

硝煙を漂わせ、幼い顔で歯を剝いてすごむ。

「牛若丸をご所望だろう？」

その場の者は皆、楊貴妃《ようきひ》のごとき美貌《びぼう》、というくだりを思い出した。


そのとき、雀の前に、瘦男《やせおとこ》の能面の男が立ちはだかった。

「どこのマンガで読んだんじゃ。お仲間をあまり脅すと後が怖いぞ」

「文鳥の餌喰ってる連中の仲間になった覚えはねえよ。どけ」

「どかぬ。口を慎め、非礼であろうが」

ぽりぽり頭を搔《か》きながら能面を取った男は、色褪《いろあ》せたシャツにズボンに一本歯の高下駄だけ履いていてまるきり人間だったが、途端それらしい兜巾《ときん》と結い袈裟の修験者装束に変わり、しゃん、と錫杖の輪を鳴らし、頭を下げた。

「弟分がいきなり無礼であった、お詫《わ》びいたす。姫のこととなると見境がなくなる。こちらの血の気の多い小僧は鞍馬山武國坊《ぶこくぼう》、儂は高尾山史郎坊と申す。六根清浄《ろっこんしょうじょう》」

銃が隠れたとはいえ鷹は腰が抜けたままで、天狗たちはすぐには警戒を解かず訝《いぶか》しげであったが、「六根清浄」と小声で返した。史郎坊は平然と続ける。

「二人とも歳浅き木っ葉天狗でありながら奇縁あってかの姫御前に仕える身の上。このようなところで何やら噂話をされたのでは落ち着かぬ。同族のよしみで儂らにだけ事情をお聞かせ願えぬか。話し合いで解決するようなことならそれとなく姫御前にお伝えしようではないか。我らが姫御前は徳の高いお方にて御許《みもと》には熊野権現《くまのごんげん》が御使《おんつか》いの大天狗もおるが、話が大袈裟《おおげさ》になってはいろいろと障りがあろう。儂らが密かに取りなしておこうではないか。何ぞあるなら言うてくだされ」

「熊野権現」というところでざわめきが起き、やっと鷹も立ち上がって、天狗たちはひそひそとささやき合ったが――やがて僧衣に袈裟の大癋見《おおべしみ》面の天狗が進み出て、ぼそぼそと事情を語った。史郎坊はふんふんとそれらしくうなずき、錫杖を鳴らし、左の手をまっすぐに立てて深々と頭を下げた。

「あいわかった。高尾山史郎坊、飯縄《いづな》権現様に誓って姫御前にそなたらの無念を伝えようではないか。南無遍照金剛」

天狗たちはあまり納得した様子ではなくちらちらと互いに視線を交わしていたが、頭を下げられてはそれ以上食ってかかるようなこともなく、そそくさと森の中に姿を消した。後には、倒れた五輪塔が残るのみ。

「どっこいしょ」

その五輪塔の残骸《ざんがい》から埃《ほこり》を払うと、史郎坊は腰を下ろし、くるりと錫杖を回した。錫杖が煙管《きせる》に変わり、修験者装束からいつものだらしないシャツとズボンに戻る。煙管に火を入れ、一口吹かす。

「……そこ、座っていいのか？」

雀は目を細めながら、銃口を下に対物ライフルを杖《つえ》のようについた。何せ百四十五センチもある。ぎりぎり、高下駄の分だけ彼の方が背丈が高い。史郎坊は煙管の煙を吐いた。

「何じゃ、墓が怖いか、天狗のくせに」

「やっぱそれ墓なんじゃねえか見た目で薄々そうじゃないかと思ってたけど」

「苔むすほど昔のな。中身はとうに六道輪廻を巡っておろう。骨の粉ももう腐葉土に溶けておるわ、阿《あ》呆《ほ》くさい」

「てかジジイお前俺のことを素手で岩割る大道芸人か何かだと思ってんだろ」

「儂、岩を砕いたりできんもの。おぬしができるならやればよいではないか、適材適所じゃ。田舎者連中、岩の一つも割らんかったら儂らの話なんぞ誰も聞くまい」

「腹立つわーお前のそれメッチャ腹立つわー地獄に堕ちろ」

「もう堕ちとる。しかし天狗を捕まえて仏敵とは笑えたな、己も魔界外道の魔縁の分際で」

「笑ってる場合か狙撃手を前に出してんじゃねえよアンチマテリアルはサーカスの小道具じゃねんだよ」

左手をわなわな震わせ、雀は手を握ったり開いたりする。

「あー何か今頃鳥肌出てきた、シャワー浴びたい」

「乙女か。——部族の掟とはいえ社会をやると疲れるのう」

「俺の方が疲れたよお前喋ってただけじゃねえか！」

「儂、天狗と話すの本当に向いとらん。無神論者と信仰心のない仏教徒の狭間の普通の日本人じゃから。自分のお師匠とも天気の話しかできん。あんなもんでいいんじゃろうか」

「知るか！」

「神道が民衆の合意《コンセンサス》というのは何となくわかってきたが、仏道、しかも真言密教《しんごんみっきょう》、わけわからん。高野山《こうやさん》はお大師様バンザイ言うとればいいが叡山《えいざん》はどうすればいいのかマジでわからぬ。禅宗《ぜんしゅう》の方が一周回ってわからなくもないが禅宗の天狗、あんまりおらん。宗教と言うなら浄土宗《じょうどしゅう》や真宗《しんしゅう》の方がまだわかる、民衆を救う気があるから」

「……仏教って民衆を救う気、ねえの？」

「あるが、基本的に〝だから皆死んでしまえばいいのに〟系の危険思想を一生懸命道徳のオブラートで覆い隠して社会のフリをしているので、ときどき社会のできん方が大炎上してテロリスト養成カルト教団の扱いを受ける。儂らのご同輩はカルト教団寄りの連中でそれはそれで社会じゃから。神を敬うふりしとればいい神使《しんし》連中より何考えとるのかわからん」

「お前それバリバリ現役テロリストの俺の前で何のつもりで言ってんの？　――セクハラ野郎はともかく他の人、フツーに気の毒に見えたけどなー……ああ器物損壊して申し訳ない気分になってきた。お前が謝れよマジ。俺が謝りに行って〝じゃあ身体で返せ〟とか言われるの嫌だからな！」

「時代のアップデートに乗り遅れた田舎の年寄りのたわごとじゃと思うが」

「いつまでも戦後を引きずってるジジイに言われたくないと思うけどな！　お前よりすごい天狗がどこにいるんだよ」

「おぬしもなかなかのものじゃがな」

史郎坊は煙を吐いて頭を掻いた。気が乗らないようだ。

「さて、宮には何とお伝えするべきか……」

3

「……教えてくれてありがとう。でも今回は宇宙人だから、ボクが何にも感じなくてもそれはそれでアリだから……」

――衣装に着替えて髪をセットし、メイクしてもらっているとき、市子からLINEで「この山の宇宙人と話をつけようとして、うっかり普通の人間のような見た目にしてしまった」という連絡が来て、流石《さすが》の禁野いかがも「お前は何を言っているんだ」と思った。

「宇宙人と、仲がいいんだな？」

『彼らには神になってもらうつもりでしたが、そんな大層《たいそう》なものではないと断られたのです。社に奉られて敬われ、拝まれるのは性に合わないと。私も思うところあったので、彼らのしたいようにするのがいいかと考えたのです。これまでの八島にはいなかったものになるのもいいかと。彼らの名前は"Ainsel"、誰でもなく私たちでもある。彼らは私たちの明日の希望なのだと考えています』

果たしてこれが十三歳少女がＬＩＮＥに書く文章なのか。全くもって、どうつき合っていいのかわからない。

「とりあえずテレビのことは気にするな。本物の心霊現象なんて逆に困るんだ」

『そういうものなのですか？　今、溝越がやる気満々でそちらに行きましたが』

――メイク中であまり動けないので目だけで横を見ると、そこには満面の笑みを湛《たた》えた史郎坊が。顔が若いわりに髪が白く色あせたシャツを着た自称高尾の天狗、溝越こと史郎坊は、あんまりいかがが得意な相手ではない。

「……何で来るんだ」

チークを入れているスタッフに聞こえないよう、小声でつぶやくと。

「この高尾山史郎坊、デジタル機器を使って人間を惑わすは十八番！　思いのままの心霊現象をカメラに映してみせようぞ。霊山で地形ボーナスもついておる、何でも言うてみよ！　オーブ、スカイフィッシュ、ハレーション、何でもござれじゃ！」

「人間がするからいらないよ！　むしろ余計なことしないでくれるかな！」

「儂もホラすぎに出てみたいでござる！　六芒星の中心に立ったジンＰに迎え撃たれたいでござる！」

「中学生ほどの自制心もないのか！」

――頭が痛い。オタクの心霊現象とか最悪だ。

「市子ちゃんを守るのが仕事じゃないのか！」

「三体分身できるのでご心配なく！」

「メチャメチャ断ってるのわかってよ！」

何とかメイクを終え、白い狩衣にポニーテールの陰陽師スタイルでマイクロバスを降りると、

「お、イカちゃん、何かやつれてる？　ここ、ヤバかったりするの？」

テンションの高い陣が、こちらの気も知らないで明るい声をかけてくる。それだけでげっそりする。

「ここ、よくない天狗がいるみたいで……ジンさんも気をつけてくださいよ」

「お。イカちゃんは宇宙人より天狗派？　山だとそうなる？　天狗いいな。生け捕りにしたいなあ！」

彼の前で史郎坊が、「キャー迎え撃ってー！」と声援していた。……もうこの人たちだけでいいんじゃないかな。やっぱり来るんじゃなかった。

出演者はプロデューサー・陣九郎その人、AD三保カヤ、女子大生陰陽師・禁野いかが、宇宙人研究家・夜来順一《やらいじゅんいち》、物理学者・斉藤《さいとう》二郎《じろう》の五人。その他テレビクルーは禁野いかが専属メイク一人、カメラマンが二人、音声一人、ディレクター一人、ADが他に三人。十三人の大所帯。

……いつも思うが、こんなに大人数でいるところに本物の心霊現象が押しかけてくるわけがない。茶番もいいところだが、これも仕事だ。いかがは、禁野流の未来を担っているのだ。茶番こそ社会の本質という賢人の言葉もある。

しかし今回は不確定要素、本物の心霊現象、高尾山史郎坊がいる。――頼むから何もしないでくれと思うが、多分無駄だとも薄々感じている。

「じゃイカちゃんが天狗の仕業っていうのを詳しく語ってから、夜来さんが宇宙人を召喚する呪文を唱えてみるってことで。斉藤さんは適当に茶々を入れてください。何か起きたらそのまま続行、何も起きなかったら一回切って、プランBがありますんで」

大雑把な打ち合わせの後、開始。

「天狗というのは山の妖怪ですが、元々は古代中国で流れ星や彗星《すいせい》を意味していたのが日本に伝わって霊山に住む山犬や狼《おおかみ》を指すようになり、そこに仙人

のイメージが加わって——」

いかがが適当に言っていると、史郎坊がニヤニヤ笑いながらカメラマンの肩にもたれてピースサインをしていた。本当にやめてほしい。三保がまた、真面目な顔で尋ねてくる。

「ではUFOなどの発光体は、天狗という可能性があるんですか」

「そうですね。天狗は元々流星の意味ですし、幻を見せたり、ラップ音で人を驚かせたりします」

「逆に、昔の人は宇宙人を天狗と呼んでいた可能性はありませんか」

「ないとは言えませんね」

——ああ馬鹿馬鹿《ばかばか》しい。早く帰ってネイルサロンにでも行きたい。

「そうです、彼らは古代から地球にコンタクトしていたのです！」

夜来順一は確かいかがが ほんの子供の頃からこの手のオカルト番組に必須《ひっす》だったはずだが、今、何歳なのだろう。七十代なのだとしたらものすごく若い。素からこうなのだろうか。神秘の宇宙パワーだ。

「馬鹿馬鹿しい。皆さん、簡単に宇宙人と言いますが、この太陽系で生物がいそうな惑星などありません。火星などに生物の痕跡《こんせき》が見つかったというが知的生命体には程遠い。ましてや宇宙船を作って地球に来るような科学力を持つ存在が、こんな山中で何をすると言うんですか」

物理学者は見た目通り真面目な人のようだ。どこの大学の何者なのかわからないが。よっぽど仲間になりたいが、そういうわけにいかないのが因果な商売だ。

「いいえ、彼らはいます。それは確かな事実なのです。さあ皆さん、手をつないで輪になってください。宇宙人に呼びかけるのです」

夜来の指示で出演者五人は手をつなぐことになった。何だかんだ、大人しく物理学者も参加しているのが笑える。

「私の後に続いて唱えてください。〝ベントラー、ベントラー、スペースピープル、スペースピープル〟」

ベントラーはともかくスペースピープルって英語じゃないか。人を舐《な》めるにもほどがある。これで何も起きなかったら「物理学者が信じていなかったせいだ」となるのがこの手の話の落としどころだ。

しかしいかがは緊張していた。史郎坊が仕掛けてくるならこの辺だ。大風、ラップ音、天狗礫《つぶて》。それともカメラにだけ映るのか。

手に汗が滲《にじ》んできた。どうかそれほど大仰なことをしてくれるな――

「あっ」

AD三保が声を上げた。雑木林の奥から、近づいてくる人影がある。カメラマンがそちらを向く。恐らくズームアップしている。

それは、右手を挙げた。どこかで見たような顔をしている。

「どうも！　アンドロメダ星雲から来ました、宇宙生命体のエインセルです！」

それは二十代ほどの青年で、穏やかで人のよさそうな――

「あっ夜来さんがいる、まだ現役なんだ！　本当に宇宙人特集なんだ。感激です！　今日はぼくのために集まってくれてありがとうございます！」

――史郎坊が何をするまでもなかった。自称〝宇宙人〟が初恋のはとこの顔をして現れた日には。

それはどんな超常現象よりも強くいかがの心臓をブチ抜き、卒倒させるのに十分だった――

当然、ここまでの撮影はリテイクである。

＊＊＊

清掃登山の後は、湖でニジマス釣り。釣ったニジマスは自分で塩焼きにして、晩ご飯にする。――全然釣れなかったらどうなるのかは誰も教えてくれなかった。餌はイクラなのでそのままそれをおかずにするというわけにはいかないのだろうか。

「釣りして、晩ご飯の後は何だっけ」

「歌の練習。肉じゃがだっけ？」

「スキヤキでしょ。勘弁してほしいわーマジやる気ないわー」

歌は上を向いたり下を向いたり明るいんだか暗いんだか前向きなんだか後ろ向きなんだかよくわからない謎の昭和歌謡である。歌詞に「ひとりぼっち」と入っているのに一学年六十人で合唱する。大人の考えることは意味不明だ。

楓と私は釣り糸を垂れながらぶうぶうぼやいていた。皆で同じ場所に集まっていると釣れないので適度にばらけているが、見渡す限り、湖と森の木々ばかり。風光明媚《ふうこうめいび》と言うのかもしれないが風雅を解するには私たちは幼すぎた。林間学校というか、サバイバル訓練だ。私たちが街のカラオケボックスやゲームセンターに逃げたりしないように人里から隔離しているのだ。小学校の修学旅行がそうだった。


湖岸は護岸されていないので濡《ぬ》れた砂で運動靴が汚れる。何より、暑い。標高が高いとか水辺だとか、自宅の前にいるよりましなのだろうが、とにかく暑い。スポーツドリンクが飲む端から汗になって体操服に染み込んでいく。

「お前たち、大声を出すと魚が逃げるぞ」

市子だけが文句も言わず釣り竿《ざお》を握っている。

「イッチーまさかやる気なん？」

「まさか。調理はともかく釣りは殺生だ。私の針には魚がかからないように手配してある。お前たちが私の分まで釣ってくれないと困る」

「何その勝手な理屈。殺生しないだけで食うつもり満々なんじゃん」

「釣りや鷹狩りは殿方の趣味だと決まっている」

「あたしらも女子だし鷹狩りとかそれ以前に現代人の趣味じゃねーよ」

とか言っていたら楓は二匹釣った。……もしかして、水面下で狐か蛇か何かが市子の針にかかった魚を楓の針につけ替えているのかもしれなかった。何という出来レース。

「で、あのエインセルって人、何？」

私は針にイクラをつけ直しながら尋ねた。

「何、とは」

「妖怪なら種族名とかあるんじゃないの？　宇宙人設定の他に何かないの」

「エインセルはこの八島では初めての試みなので、妖怪とかそういうものではない。今のところ宇宙人で、他には何もない」

「今のところって、前は何だったの？」

「それは私の口からは言えない。過去は忘れたいというのが彼らの望みだ」

「彼ら？　複数形なの？」

「まあな。——知りたければ自分で調べたらどうだ。私に何でも尋ねるようでは成長がないぞ」

「妖怪の名前って何調べたらわかるの」

「ゲームの攻略ｗｉｋｉとか？」

ぐだぐだ喋っていたら、

「宮、宮」

後方から高い声が。振り向くと、雀がひざまずいていた。市子のおつきの一人で鞍馬天狗でクラシックな水色の着物を着ている。見た目、私たちと変わらないくらいの男子に見えるが、実は三十過ぎのおじさんだ。妖怪で三十代って若いんだろうけど。

「ええと……何つったらいいのかな……」

「何だ、お前から私に話とは珍しい」

声で雀とわかるせいか市子は振り返りすらしない。

「どこぞのクソジジイがイカちゃんのロケ見に行っちゃったんで……残りの分身二体何してんだよあの溝越野郎ブッ飛ばすぞ」

「で、用件は？」

「はあ、ここの山の天狗どもがメチャメチャ文句言ってるんで、宮のお耳に入れておこうと……」

「天狗？」

市子が聞き返したとき。

湖の彼方に謎の光球が見えた。最初、車のライトか飛行機か、何かの広告がそんな風に見えるのかと思ったが、ぐんぐん大きくなって急速にこちらに近づいてくる。ドローンってもっと小さいのでは。

「何あれ。まさか宇宙人、UFOとセットなの？」

私は声を上げたが、

「UFO？」

真っ先に飛びつきそうな楓は首を傾《かし》げ——

そのまま、かくんと膝《ひざ》をついて、倒れてしまった。

「カ、カエちゃん⁉」

私は焦って、彼女を抱き起こそうとした。表情は眠るように安らかでちゃんと息をしているが——

「助六、あれを」

市子は全く動じることなく地面に釣り竿を置き、眼鏡を取った。すかさず、紫の前掛けをした黄色い化け狐がどこからともなく現れ、彼女に分厚い辞書のような本を手渡し、代わりに眼鏡を預かる。

市子は胸の前で十字を切り、本を開くと、ためらいなくページを何枚か破り取った。その紙片を空中に振り撒《ま》く。

「間もなくイエスは悪魔の誘惑にあうため、御霊《みたま》につれられて荒野《あらの》に上られた」

すらすらと唱え始める。

「四十日四十夜断食をされると、ついに空腹を覚えられた。すると誘惑する者が進み寄って言った、『神の子なら、そんなにひもじい思いをせずとも、そこらの石ころに、パンになれと命令したらどうです。』しかし答えられた、『〝パンがなくとも人は生きられる。もしなければ、神はそのお口から出る言葉のひとつひとつでパンを造って、人を生かしてくださる〟と聖書に書いてある。』」

光球は、急激にその光を弱め——

ばしゃっと目の前の湖面に落ちた。それは、大きな鳥の翼を持っているようだった。天狗かとも思ったのだが、髪の毛は柔らかそうな赤毛で、『テルマエ・ロマエ』みたいな白布を巻いて腰にベルトをする独特の衣服――トーガっていうの？　――を着ている。

　これは、まるで――

　天使は、すぐに水から顔を上げた。私たちとそう変わらない少年、あるいは少女のようだ。前髪からぽたぽた水滴が落ちる。

「こ、仔羊《こひつじ》なのか？」

「洗礼は受けていないが、私はお前と同じ言葉を話すものである。まことかくあれかし《エイメン》」

　市子は聖書を助六に返し、平然と答えた。

「この国において三位一体の創造主、“God”はデウスであり、デウスは大日如来であり、大日如来は天照大御神《あまてらすおおみかみ》であることを知っているだけだ。大日如来は広大無辺、その威光は三千大千世界を遍《あまね》く照らす。私は天津神《あまつかみ》のミツエシロにして仏道に帰依しており、お前たちの主《しゅ》に傷つけられることはない」

「無茶苦茶だ！」

「フランシスコ・ザビエルも大層困ったようだが既成事実だ。もう、そういうことになっている。八島では“God”といえども八百万の天神地祇の一柱《ひとはしら》に過ぎない。高位の力ある神であることは認め、畏《おそ》れ敬うが、それだけだ」

　中学のクソダサい緑色のジャージ姿で堂々と胸を張って、出屋敷市子様は天使を捕まえてお説教を垂れるのであった。前に天使がいて後ろに天狗がいる。何が何だか。

「私は天津神の末裔《まつえい》、神の血を引く者であり御仏の大慈大悲《だいじだいひ》に縋《すが》る衆生《しゅじょう》の一人でありお前たちの主に創られし仔羊ではない。お前たちが救うに値する人間を選ぶのではない。八島では人が神を選び、祀り鎮めて加護を得るのだ。そして八島では万物に仏性が宿り、御仏はその全てを六道輪廻の果てで救い給う。森羅万象、全ては御仏のお導き、因果応報。幽世《かくりよ》も黄泉《よみ》も六道輪廻もお前たちの管轄ではなく、我々は末法を恐れても“最後の審判《Last Judgement》”など恐れてはいない。――お前の名は？」

「ソフィエル……」

「聞いたことありませんね」

助六がばっさり切った。

「下級天使ですか？　軽々しくも宮に拝謁しようと言うのなら四大天使かメタトロン辺りを連れてらっしゃい。我らの宮の許には数多《あまた》の神々の使いがおりますがお前ほど不敬なものは初めてです」

「そうかな。そうだな。何を求めてここに来て、私の友人の顔を泥で汚すような真似をした。主への忠誠を誓えと言うのなら無理だぞ。私は洗礼名をつけられるわけにはいかないしシスターにはなれん。よそをあたれ」

「獣を操る異教の魔女などこちらから願い下げだ」

ソフィエルが吐き捨てた途端。

わらわらと、市子の周囲に神霊が現れた。双頭の大きな白蛇《はくじゃ》、大きく伸びすぎて複雑に絡み合った角を持つ鹿、堂々たる白馬、牛、三本脚の鴉、大きな蛙《かえる》、牙を剝く狛犬《こまいぬ》、猪《いのしし》、狼、鶴《つる》、なぜか猫と兎《うさぎ》と亀《かめ》と鼠。それらが神々しい神職や僧侶《そうりょ》の衣装をまとった人々の姿を取り、天使をぐるりと取り囲む。なぜか白い大きな二十日鼠だけ鼠のまま後ろにいる。

「言葉に気をつけよ」

アルビノ蛇少女のみずはが扇を突きつけ、

「我らの宮を愚弄《ぐろう》したか」

誰だかわからないがみずらを結って腰に刀を差した女の人が凛々《りり》しく迫力のある声で詰め寄り、

「獣だと。切支丹《キリシタン》伴天連《バテレン》がよくほざいた」

中年太りで髭を伸ばして顔も怖い火雷《からい》がバリトンボイスで畳みかけ、

「よその大陸ではマジョリティか知りませんがぁ、貴方がたの方がこの地では異教徒、マイノリティですよぉ」

女装男子の毛野が扇で自分の顔を煽《あお》ぎながらぬるぬると甘い声で、一番きついことを言っている。みずはの兄のみずちは後ろでぴょんぴょん飛び跳ねて「そうだそうだー、出ていけー」と煽っている。

……これは単に面白そうだから出てきただけなんだなと思った。

「八島の民はほとんどがカトリックとプロテスタントの見分けがついてませんよぉ。小鳥ちゃんは教会の庭先で賛美歌でもさえずってなさいなぁ」

「クリスマスなど八島では大晦日《おおみそか》の前哨戦《ぜんしょうせん》、飲み会と婚活の大義名分に過ぎぬ。二十六日には急いでツリーを片づけて門松に替える程度のイベントよ。民草はサンタクロースと歳神の違いも知らぬ。万人が救世主《メシア》を敬い讃《たた》えているとでも思ったか！」

「はーい論破～♥」

大体、女は勢いで凄《すご》む係で毛野と火雷が理論武装係らしかった。それと頭数。後ろで二十日鼠が暇そうに身体を掻いていた。

ソフィエルは水に浸かったまま腰を抜かしているというのに神使たちはわずかに水面から浮かんだ状態で彼(?)を取り囲んで見下ろし、まだ幼い顔をした天使にすごむのであった。……数の暴力だ。

「お前たち、こんなときだけぞろぞろ出てくるのだな……別に私一人で何とでもなるしそこまで言うつもりもなかったのに」

市子も少し呆《あき》れているようだった。

「あまりいじめるな。殺せば戦争になる。生かして帰してやった方が恩を売れるし、私が寛容であることを示せるだろう」

その言いぐさもあんまりだったが、神使たちはそれで納得したらしく、包囲網を緩めてソフィエルと市子の間に道を空けた。

「我らの宮の慈悲深きことはまさしく菩薩の如し。貴様ら傲慢《ごうまん》にして無知蒙昧《むちもうまい》な毛唐にも情けをおかけになる、これは功徳《くどく》である」

「因果応報が理解できるとも思えませんがぁこのご恩をよう く覚えておくのですよぉ」

「宮の御聖断に感謝し、低頭せよ」

火雷と毛野で畳みかけ、みずらの女性が強い語調で締めた。美人だがものすごい目力があって女刑事みたいな迫力がある。

……こういうの「いい警官と悪い警官」メソッドって言うんじゃないだろうか。どこが菩薩だ。

そのときふと市子が眉をひそめた。

「……待て。よく見たら知らない奴がいるぞ」

と声を上げ——紫色の法衣に金色のド派手な上着を着て白いマフラーをかけたお坊さんがびくりと肩を震わし、頭を上げた。衣装がド派手だがやせて顔が小さい。紫に金色って全然お坊さんに見えないけど頭剃《そ》って数珠《じゅず》持ってるからお坊さんなんだよね。

——あっ。露骨に鼻が長い。天狗とはつき合いが長いが鼻の長い人、初めて見た。市子は目を細めて訝しげに問う。

「徳の高い上人とお見受けしたが、もううちに徳の高い上人は足りているのだが。熊野本宮大社《ほんぐうたいしゃ》に話を通してもらわないと」

「ま、まこと熊野権現の御使《みつか》いと懇意になさっておいでで」

眉が真っ白なお坊さんは深々とお辞儀をした。

「地元の者で、鳥巣山恵彗《えけい》坊と申しまする」

「あれ、ここまほろば山じゃなかったっけ」

つい私が声を上げると、メッチャにらまれた。市子の方が咳《せき》払いする。

「山の名前というのは結構細かく分かれているものだ。峰ごとに名前があったりする」

「俺らが話しとくって言ったのに来ちゃったのかよ。ええと、ここの天狗の代表でアジャリとかいう偉い人らしいっすよ」

「ほう、阿闍梨《あじゃり》。南無遍照金剛」

雀が補足し、市子が両手を合わせて頭を下げた。

「で？」

頭を下げたものの。気を遣ってるのか何なのかわからない態度だ。

「ええとその、拙僧は姫御前に拝謁したく参上つかまつり、本来まず従者の方々にご紹介いただくべきだったのですが、切支丹伴天連と聞いてついその、頭に血が上りまして」

　天狗の恵彗阿闍梨は私のことはメッチャにらんだが、市子には平身低頭する。まあよくある。

「拙僧の用事は取るに足りぬものゆえ、そこの毛唐の後でよいです」

「まあいいや、天使の方から片づけましょうぜ、宮」

　雀が面倒くさそうに頭を掻いている。何だかなあ。市子を取り囲んで、天狗と天使と神使が。一層わけがわからない。

　市子はうさんくさそうに目を細めたが、ソフィエルに向き直った。

「ではこちらから。天使が結局何の用だと？」

「……我らの仔羊の魂を、返せ」

　ソフィエルはリンチ寸前でそこそこビビっていたのか、声が震えていた。

「仔羊？」

「お前たちがエインセルと名付けた、あれだ！」

　この辺で語調が強くなったのは、どちらかというと破れかぶれなのだろう。

「あの中には、洗礼名を持つ仔羊がいる！　善き死者の魂は全て我らの〝天の国《Heaven》〟に招かなければ〝最後の審判《Last Judgment》〟で救われない！」

　市子は、すぐに返事をしなかった。目を泳がせ、あごに手を当て、ぽんと手を叩いた。

「ああ、そういえばミッション系の学校に行ったのがいたか。自分から申告しなかったし、おおむね仏教徒なのだと思っていた」

「我らの仔羊だ！」

「ううん。繊細な問題だな。本人に確認した方がいいのだろうか。しかし今、テレビの撮影中だから明日にした方が」

「何を言ってるんだお前は！」

　……本当に、何言ってるんでしょうね。

「大体お前は何の権限があって我らの仔羊を宇宙人などというふざけた存在に！」

「私はふざけたつもりは全くない。皆、それがいいと言うからそうしただけだ。死者を〝天の国《Heaven》〟と〝煉獄《Purgatorium》〟と〝地獄《Hell》〟とに振り分けなければならないというのはそちらの掟であって、八島では誰もが六道輪廻を巡らなければならないわけではなく。……まあエインセルは実験的存在なのだが」

「神の仔羊で実験などするなと言っているんだ！」

「実験というのは表現が悪かった。私が考案した新機軸の仏教修行だ」

「余計に悪い！」

「信仰は本人の問題なので、明日辺りに本人との対話をセッティングするから、今日のところは出直してくれないか。向こうもテレビで忙しいはずだ」

「何でそこでテレビが出てくるんだ！」

「それは制作スタッフに言ってくれ。霊障でも起こしてやったらきっと喜ぶぞ」

「さっきからお前は何を言っているんだ！」

　議論がループし始めた。——新しい話題が出なくなったので再び神使たちがソフィエルを脅かして、かわいそうな天使はすごすご引き下がることになった。光の球が飛び去ると、市子は手を打ち鳴らした。

「よし次！　天狗！　阿闍梨！」

　何の部活なの、これ。

　天狗の恵彗阿闍梨は砂浜に正座した。金色の着物がすごいし偉い人に見えるのに周りの神使たちも大《たい》概《がい》偉そうだから。これはこれで罰ゲームぽい。

「はあ、拙僧もその、宇宙人の話でございますが」

　恵彗阿闍梨の言葉を聞いて、市子は腕を組んでため息をついた。露骨に面倒くさそうだ。

「阿闍梨ともあろう方があれの魂がどうとか言うのか？　弟子ならいざ知らず、赤の他人の修行内容に口を挟むのか？　仏敵と呼ばれるほど強力な力は持たせていないぞ。もしや阿闍梨ともあろう方があれが先に仏になったら困るとでも？」

　恵彗は実に気まずそうだった。

「そんな、滅相もない。拙僧も他者の末路など知ったことではございませぬが。……挨拶《あいさつ》がないのです」

これには、市子は真顔になった。

「挨拶？」

「この鳥巣のお山には十九人の天狗がおりまして日々それぞれの宗派の修行に励んでおりますが、あれもお山に住んでいながら我らに一言もないのはいかがなものかと。仮にも妖物なのに人間と遊んでばかり、たるんでおると思うのです。今までは猫の子のようであったので我らも大人気ないと思って責めたりはせなんだが、人の形を取りました。――人妖となれば捨て置けぬということにあいなりまして」

ここで雀が進み出て市子に小声で言う。

「宮、こいつら何百年も山ん中でお経読んでるだけの暇人だしまだ飲みニケーション文化が生きてるから愛想のない新人とか許せないんすよ。挨拶って大事なんすよ俺のお披露目式すごかったっすよ、何とあのよしつ……日本中の天狗来ましたよ。恵彗阿闍梨、六百年前の人なんすよ。価値観が違うんすよ気遣ってやってくださいよ。俺、体育会系だから気持ちわかるんすよ。仏教は社会で天狗も社会だって溝越のジジイが」

フォローしているつもりらしい。市子はぱちぱちと目を瞬かせた。

「……エインセルは天狗じゃないぞ？」

「姫御前がどうお思いであろうと、ここは天狗の山です」

「まあ切支丹伴天連はけしからんが、高野山で灌《かん》頂《じょう》を受けた阿闍梨ともあろう者がそう言うのならそうなのではないですか。この山の社の木花之佐久《このはなのさく》夜毘売《やびめ》、瓊々杵命《ににぎのみこと》、大己貴命《おおなむちのみこと》、大山祇神《おおやまつみのかみ》、菅公《かんこう》、八幡神《やはたのかみ》、稲荷明神からは特に何もありませぬ。では乃公《われ》はこれにて。あまりしゃしゃり出ては阿闍梨に失礼ゆえ」

途端、あからさまに興味を失った神使の皆さんが一斉に回れ右をしてさくさくと姿を消し始めた。地面に足はついていないのに、ザッザッザッと謎の効果音を立ててゲームキャラがドアや階段や土管に吸い込まれて別のステージに行くようにどんどん端から消えていく。

……本当に天使が珍しくていじめたかっただけだったんですね。普段、妖怪と見たら戦いたがるみずちとみずはすら「討伐」の「と」の字も言わずに消えていった。人間と恵彗阿闍梨と雀となぜか助六だけが残り、雀は顔の筋肉を引きつらせていた。

「仏教は道徳と社会……神道は民衆のコンセンサス……こういうことかよ」

「雀も信仰について理解が深まったようだな」

市子は眉間《みけん》に指を当て、懊悩《おうのう》しているようだった。

雀はすっからかんになった湖面と市子を交互に見て、自分も頭を抱える。

「そういえばあいつら、陰陽道のときもこんなんだったな……」

「陰陽道の神は神社に祀られているのにあの騒ぎだった。禁野流は神社と関係ないのかもしれないが。……私だってそれなりに他人の信仰を大事にしたいし悪代官みたいなことは言いたくなかったが、強めに言わなければ私もどうなるか」

「宮、それ、結構シリアスないじめグループの下っ端の台詞《せりふ》ですぜ……こんなところで宮の中学生らしい側面なんか見たくなかった」

雀の声音は若干傷ついたようだった。

「天使に人権がなくてよかったのか悪かったのか。人間のキリスト教徒ならもっと庇《かば》ってやらねばならなくて大変だったと思うが、あれらも天使だから騒いだだけで人間のキリスト教徒を一人一人捕まえてリンチするほど暇ではないだろう」

「神道とは忖度《そんたく》と見つけたり？」

「何せ出る杭《くい》は打たれる国だから」

市子は深く深くため息をついて——

「……気遣いついでにエインセルに、阿闍梨に挨拶するよう言っておく。それでいいのか」

「あのう、話はそれだけではなく」

「まだあるのか」

恵彗阿闍梨は背が曲がり、声音こそ遠慮がちだったが、滑舌よく通る声ではっきりと喋る。

「今、テレビが取材に来ておるとおっしゃっていましたが」

「テレビ、わかるのか」

「一応。……あれらが調べに来たゆーえふおーとは、我々の験力で土地の民に光り輝く幻を見せたもので」

また市子が真顔になり、目を瞬かせた。恵彗阿闍梨は続ける。

「あの化け猫を作った姫御前ならおわかりでしょう、化け猫の験力でないことは」

「……天狗の仕業なので、エインセルが取材を受ける筋合いはないと？」

「まあ今のあれは験力もなく一見人の子に見えますからテレビの連中も相手にはしないでしょう。我々の験力で我々こそが民草に敬われるべきものです。姫御前からお伝えください」

……自分たちの方がすごいから、一人ではしゃいでないでちゃんと挨拶に来いって？

「田舎者の分際でつまらないことをいろいろと申し上げましたが、姫御前は慈悲深きお方と聞いております。半端者を半端者にしているのは惨いことです。ぜひお考えください」

恵彗阿闍梨は身長百四十センチくらいしかない小さな老人だったが、頭を下げ、岸辺を歩いて森に帰っていった。

少しして、楓が気がついて自分で起き上がった。

「あれ。まさかあたしこんなとこで寝オチしたの⁉」

声は元気そうだ。心霊現象だというのは慰めになるのかどうか。

「何か天使がいっちゃんと、モメてた。カエちゃんの意識混濁はその巻き添え」

「天使ってまさかエンジェル？」

「そのまさか。天狗もいたんだけど」

私が簡潔に説明している間。

市子はふらりと、地面に膝をついていた。彼女には珍しい虚無の表情で。楓が自分も気絶していたくせに、市子の顔を覗き込んで気遣う。

「何イッチー、調子悪そうじゃん。エンジェル、そんなに強かったの？」

「いや、エンジェルはそんなでもなかったって言うか、客観的に見ててカツアゲみたいだったんだけどね……」

出屋敷市子は最強の魔法少女だ。本物の天使を相手に一歩も退かず、魔術と宗教論でねじ伏せた。ありがたい神社の神使があんなにぞろぞろ出てこなくても彼女だけで何とかなったと思う。

だが。齢六百歳の鳥巣山の恵彗阿闍梨は呪文を唱えてサイキックバトルするでもなく神使たちをやすやすと退け、宗教論争など一言もせず、私にもわかるような平易な話をするだけで市子を打ち据え、膝を折らせた。

とんでもない大天狗だった。


すっかり釣りはおじゃんになったのだが、助六の仕業なのか、いつの間にかバケツにはニジマスが六尾。一人あたり二尾ずつで晩ご飯に困ることはなかったが、どうにも自分の力で成し遂げた達成感がなかった。——ちなみに釣れなかった場合も学校側が用意したニジマスを割り当てられるだけで、食いっぱぐれるということはなかったようだ。一体何のための時間だったのか。私たちの青春って何だ。

市子はキャンプ場の調理場でニジマスの内臓を抜いて塩焼きにしたり米を研いで飯盒《はんごう》で炊いたり味噌《みそ》汁《しる》を作ったりするのを全然手伝ってくれず、ぼんやりと焚き火の前に座り込んで木の枝で掻き回してときどき薪を放り込んでいた。手伝わなければならない状況だと気づいていなかったのか宗教的な事情で調理を嫌がっていたのか、天狗から受けたショックでまだ立ち直れないのかは判然としない。

他はともかく天狗リアリティショックは同情の余

地があったので私が代わりに市子の分までニジマスの腹を開いて味噌汁の葱《ねぎ》を切っていると、楓が私を肘《ひじ》で突ついた。

「セリィ、イッチーに甘くね？　自分でやらせたらいいじゃん」

「だってひどかったもん、さっきの。ヘコむ気持ちわかるし」

「そんなに天狗にやられたわけ？」

「天狗っていうか、味方の裏切りが……いっちゃんときどきものすごい悲観的になるのあいうことだったんだね」

「どういうことよ？」

「むごすぎて言葉にできない」

　精神的に大ダメージをこうむったのでせめてご飯だけはちゃんと食べてほしかった。幸い市子向けの魚中心の和風メニューだ。ご飯、ちょっとお焦げ多かったけど。

「いっちゃん、この後、歌歌うんだからちゃんと食べてよ」

「歌は歌いたくない……」

「あたしらだって歌いたくないっての。嫌ならオナガを論破してやめさせろよ」

　市子が何もかもブチ壊して歌の練習がなくなるのに少し期待したが、そこまで嫌ではなかったのか大して正当性もなく嫌がっていただけなのか彼女は担任にも学年主任にも噛《か》みついたりせず、目を白黒させたが一応ご飯以外完食した。

　問題はご飯を食べ終わった後。コンクリートの流しで皿を洗っていると、今度は心霊現象ではない事件が起こった。男子たちが後片付けもせずに集まって、何やら興奮した声を上げている。

「近くにホラすぎのロケが来てるって！」

「マジで⁉」

「UFO探してて、イカちゃん、霊障で倒れたってよ！　三組の倉治《くらはる》が言ってた！」

　――例のロケチームの存在が、他の生徒にもバレたのだ。いかがは私たちに口止めし、私たちも「自分たちだけ知っていた方が、オイシイ」ということで黙っていたので、これはもうロケチームの方がドジを踏んだのだと思う。

一学年六十人はたちまち騒然となり、男子など具体的にロケ地がどこなのかわからないままキャンプ場を飛び出して見に行こうとしたので、学年主任と風紀の教師から明朝まで宿舎からの外出禁止令が言い渡された。歌の練習もキャンプ場で行われるはずが、宿舎内ですることになった。林間学校とは。

「おい、お前ら師匠に何したんだよ」

移動中、宿舎の廊下で二組の男子が私たちに絡んできた。額に絆創膏《ばんそうこう》がすっかりトレードマークになった霊感少年の甲斐田尚暉《かいたなおき》君——禁野いかがの弟子だ。楓が市子の袖《そで》を引っ張った。

「や、今回はイッチー関係ないと思う。……ないよな？」

「わからん。いろいろ気遣ったつもりなのだが、今日はどうも何もかもが裏目に出て」

「師匠は怨霊《おんりょう》に負けるような人じゃないぞ！　お前が何かしたのに決まってる！」

——途端。

市子は甲斐田の口を手で塞《ふさ》ぎ、そのまま廊下の壁に押しつけた。甲斐田は後頭部を壁にぶつけたらしく、そこそこ大きな音がした。市子は小柄な女子で、甲斐田はそんなに大きいわけではないが一応男子だというのに。彼女らしくもなく乱暴に。いや妖怪はよく殴っているので乱暴と言えば乱暴だが、同級生を殴ったのは初めて、だと思う。

「——迂闊《うかつ》な言葉を使うな。怨霊などいない」

市子の声は彼女のものとは思えないほど低く。

「エインセルは、気のいい宇宙人だ。決して何かを恨んだり祟ったりするために出てきたのではない。

——彼らは、ただ」

——ただ、寂しいだけ。

だが市子の願いとは裏腹に。

二十分と経たないうちに、一年生六十人の間に一つの噂が広まった。

〝イカちゃんはホラすぎのロケでヘリ事故の犠牲者の霊に祟られた〟

――私たち一組がげんなりしながら山のゴミ拾いをしているとき。二組と三組は宿舎で「命の授業」を受けていた。

何年も前にここにヘリが墜落して、人がたくさん死んだそうだ――慰霊碑を拝んで、そのとき活躍した元レスキュー隊員から話を聞いて感想文を書くことになっていたのだ。

歌は、犠牲者に捧《ささ》げるためのものだった。

4

――それは彼女が〝出屋敷市子〟になるずっと前。三の姫とだけ呼ばれ、学校にも行かず、父母の顔も知らず、隠れるように暮らしていた頃。

彼女の仕事は各地で〝カミ〟を作り、管理することだった。

〝カミ〟の素材は霊道・霊脈に集う地霊などもあったが、それよりもっと多いのは悲しい死に方をした人間の霊。何十人、何百人がいっぺんに亡くなったところはこまめに管理・メンテナンスが必要だった。祟りを恐れる人間が、いくらでもいた。古戦場が多かった。

退かさなければその後、土地が使えない。勿体《もったい》ない、という話だった。生きている皆を安心させてやらなければ、と。

まほろば山もそんな場所だった。ヘリが人の多い役場に突っ込んで、それは大変な数の人が死んで。

事故現場を片づけた後が彼女の出番だった。倒壊した建物は残せそうになかったので真っ平らな更地にして、彼女が鎮撫《ちんぶ》の祭文を捧げて神楽を舞い、祭りをしてから慰霊碑を作る。

もう重機で丁寧に片づけられていて、彼女の目に視えるのは無愛想な砂利の地面にうずくまり、生前そのままの姿でぼうっとしていて自分が死んだことにすら気づいていない幽霊たち。生気がない以外、普通の大人とまるで変わらない。

血にまみれた肉体はレスキュー隊などが回収して茶毘《だび》に付して灰になっているものなのだそうだ。骸《むくろ》を遺族の許に返すのは警察の仕事。骸など見たことはない。たまに混乱して嘆き暴れ、骸の姿で出てきて驚かそうとする者はいるが、強く一喝すれば大体他と同じ弱々しい幽霊になる。

そうした者たちをかき集めて死の穢《けが》れを祓《はら》い、一つの神名でまとめて扱いやすくする。そのやり方はもう千年も二千年も前に編み出されたものだ。誰でも使えるかというと難しいだけで。霊能のない人間では作業工程が正しく進んだか確認できないだけで。

〝カミ〟を作るのはとても簡単だ。名付けて祀り鎮める。彼女の場合はじっと見ていると相応《ふさわ》しい名が視えてくる。それを祭文と神楽で霊力と紐《ひも》づければ、後は工事業者が慰霊碑を建てて、宮大工が社を建てて、しかるべき神職が祭ってくれる。何年かに一度、ちゃんとしているか様子を見て回る。それだけ。

まほろば山の幽霊たちにも、相応しい神名が他にあった。

が。

「ぼくたちは、そんなにかわいそうなものかな?」

霊が珍しく口を利いた。穏やかに。脅かしもせず。ただ素朴な疑問をつぶやいた。

「かわいそう?」

「かわいそうだからかわいい巫女さんが踊って慰めてくれるんでしょう? でもそんなの必要なのかな。

普通の葬式ではやらないじゃないか」

「普通」

——今思えば普通が何なのかだけは、誰も教えてくれなかった。

「そりゃあこんなところで死にたくはなかったし、ひどい目に遭ったけど、もうどうしようもないし。誰が悪いと思ったこともあったけど、忘れちゃったよ。まあ、何が悪いって言えば巡り合わせが悪かったんだよ。大体、人間はいつか死ぬものだよね？　どうしてぼくらだけそんなにかわいそうがられて、神様になったりしなきゃいけないの？　ぼくらの死は普通ではないの？　普通の死って、何？」

幼かった彼女にはわからなかった。人の霊は六道輪廻を巡るか〝カミ〟になるか、その両方になるか、妖怪になるか——それしか教わってこなかったから。

いや。

誰にもわからない。

生きているものにも、死んだものにも。


六道輪廻に縛られている限り。

そのときすっと、何かが降りてきた。

三界狂人不知狂
四生盲者不識盲
生生生生暗生始
死死死死冥死終

頭の中に文字が浮かび、それで視えたはずの神名を忘れてしまった。

「南無遍照金剛——」

口をついて出たのは〝カミ〟を作るための言葉ではなく。

縋るための祈り。

彼女はときどき思い出さなければならない。

世界を回すのが自分ではないことを。

彼女はときどき学ばなければならない。

よりよく生きる方法ではなくよりよく死ぬ方法を。

「わかっているのか。六道輪廻を外れ、神にも妖怪にもならないなら——それは、覚者になるということだ」

「覚者?」

「仏陀だ。死人を仏と呼び替えるのとは全然違う、本物の御仏を目指すことになるぞ」

彼女だって誰かの受け売りで、理解してはいなかった。心のこもらない言葉で信仰は伝わらない。

「難しいなあ……ぼくは、ええと、宇宙人くらいでいいよ」

「宇宙人」

「そう。別に理由なんかどうでもいいじゃないか。何となくぼくはここにいるだけなんだ。ご大層なものはほしくないよ」

一人の幽霊が言うと。

私も、俺も、と他の幽霊たちが後に続いた。結局全員が神名を拒んだ。

八島風ではない方がいい。


千年二千年前から伝わる方法ではなく、阿闍梨や上人たちが説いてきた六道輪廻の教えではなく。

小さな女の子が一生懸命考えた、何かもっと新しい道。

その先に救いなど何もなくてもいいと。

エインセルは、イングランドの昔話の妖精の名。

〝自身〟という意味。

"My Ainsel"で〝自分自身〟となる。

＊＊＊

「……いや、正直なところボクのことはもう放っておいてほしいんだけど」

いかがは額に冷えピタを貼《は》ってマイクロバスの座席を倒して寝ていたが、今はもうそれほど具合が悪いわけではない。——緊張状態で彼女にとって今やトラウマとなっている大雅の、それも若い頃の顔を見て腰が抜けてしまっただけだ。陣や三保に詳しく説明するのが面倒なので「霊障」呼ばわりされても放置していた。市子に説明するのすらうんざりするから聞かないでほしい。

というか市子は、学校行事の最中だろうになぜ日が落ちてからロケバス前に現れることができるのか。教師の点呼はないのか。そもそもここから近場のキャンプ場までかなり距離があるはずだが。そこを考えるのも面倒くさくてたまらない。

「というかボクらの撮影は夜が本番だから、今度こそ邪魔しないでほしいんだけどね……特にそこの天狗の人を引き取ってくれ。正直迷惑なんだよ」

「儂は協力しようとしたのに⁉」

どこがだ。単にはしゃいでいただけじゃないか。

「溝越のことはどうでもいいです」

市子はショックを受ける史郎坊のこともさらっと流した。

「エインセルはどうしましたか」

その名前を聞くだけで悪心を感じる。

「その人なら、ロケの邪魔になるからお小遣いを渡して帰ってもらったはずだよ。この手のバラエティには多いんだ、特技があるからテレビに出してくれって押しかけてくるのは。――『探偵!ナイトスクープ』でやれ！」

「つまり普通の人間として扱って、帰したのですね。ではまだその辺りにいるので呼べますね。ベントラーベントラー……」

「そこで呼ぶな！」

遅かった。

若き日の大雅の顔をしたそれが、山道をよろよろと歩いてやって来た――さっきは無駄に元気そうだったのに、今は動作が重い。いろんな意味で正視するのがつらくなっていかがは顔を背けた。

「エインセル、無事だったか」

ほっとしたような市子の声。

「お姫様……何だか身体が変なんだ」

対する返事は――大雅そっくりかと思ったら、声が濁っている。何人かの声を重ね合わせたような。

おそるおそる振り返ると。

大雅の顔は、かなり崩れていた。髪の間から二個目の顔が盛り上がる。身体が中央から爆《は》ぜて尖《とが》ったコンクリートとガラスの破片がはみ出す。

背中からは、くすんだ緑色の金属片が――

「エインセル！　お前は宇宙人だ！」

市子が悲痛な声を上げた。

「お前は、そんなにかわいそうなものではないと言ったじゃないか！」

「宮、無駄です！」

史郎坊でも大雅でも、テレビスタッフでもない男の声がした。

市子の前に、黄色い狐が飛び出した。――それは見る間に数倍に膨れ上がり、九本の尾を持つ黄金の獣と化し、子供を運ぶように市子を口にくわえた。

獣が走る。エインセルと呼ばれていたものが、その身体から大きくまっすぐな二対の金属の翼を生やして、その一本を射出した。それは獣の身体に突き刺さり――獣の尾が一本爆ぜ、金色の光を放ちながら消えていく。

金属板がもう一つ獣の身体に突き刺さる、いかがの目に見えたのはそこまでだった――

マイクロバスにも、金属板が飛んできたのだ。

5

……こうして釣りだけではなく、私たちの林間学校も一日目にして丸ごとおじゃんになったのだった。

二日目は林業のお仕事見学でそんな心躍るようなプログラムではなかったとはいえ。一日目もそんなはしゃぐようなものはなかったとはいえ。

出屋敷市子が忽然《こつぜん》と失踪《しっそう》してしまったのだ。歌の練習が終わって寝室に戻ろうとしたときに彼女がいないことに気づいて、担任に報告したら、あれよあれよとどんどん大騒ぎに。

宿舎は全ての出入り口に防犯カメラがついていて、この日はホラすぎロケの話もあって男子が脱走しないか特に厳しく監視されていたはずなのに、彼女はどこからか消えてしまったのである。……市子が外に出るのはまあ何とでもなるとして。

警察に捜索願を出すことになって、遭難の可能性があるとして山岳救助隊が出動し、地元消防団も捜索チームを結成。朝には捜索ヘリも飛ばそうという段階になっても、彼女は姿を現さなかった。携帯電話は勿論《もちろん》「電波の届かないところ」。――この宿舎自体山の中で電波が悪いのだが市子のiPhoneは史郎坊の妖力で、普段なら圏外でも軽々通じるのに。どっちかというとその方が恐ろしかった。天狗の史郎坊を呼んでも姿を現さないのも怖かった。

私は寝るどころではなく一晩中楓と益体《やくたい》もないことを喋ることになった。宿舎の部屋はゴミ箱とコンセントと座卓と布団しかなくてトイレは共用、スマートフォンはギリギリ電波が入るがフリーWi-Fiはないのでむやみに使うとギガが減る。喋っているか持参のトランプをするくらいしかできない。

ついに、パトカーに乗って東京から出屋敷大雅が現場宿舎にやって来たのは、朝の三時半だった。ネットニュースは「林間学校宿舎から十三歳中学生少女が失踪」の記事でいっぱい。といっても市子はまともな顔写真がないのでニュースは恐らく大雅の証言で描いた全然似ていないイメージ似顔絵を映すしかなく、間の抜けた絵面になっていた。

林間学校は中止。生徒は朝食を摂り次第、バスに乗って自宅に戻ることになったが、私は、常識的に言って一番最後に市子と一緒にいた生徒ということで楓と宿舎に残って教師ともども警察に聴取を受けることに。私が子供だからなのか、女性警察官が二人だったが教師とも楓とも別の部屋に引き離された。うちの父母もこちらに来ることになったが出屋敷大雅と違ってパトカーには乗せてもらえないので始発の特急で頑張って四時間くらいかかるらしい。

――聴取と言っても「合唱の練習中、隣にいたと思っていたけどいつの間にかいなくなっていた」としか答えられないのだが。多分楓もそう答えているはずだ。まさか「市子が瞬間移動するとかよくあることです。昨日、謎の宇宙人と天使と天狗に出会ったから、そのどれかに拉致《らち》されたんじゃないですか?」なんて本当のことは言えない。

とはいえ警察も私が市子を殺して死体をバラバラにして山中に埋めたなどとは思っていなかったらしい。どちらかというと「悩んでいた様子はなかったか、いじめられたりはしていなかったか、誰かと喧《けん》嘩《か》してはいなかったか、父子家庭だが家族とトラブルはなかったか、家出や自殺をほのめかしたりはしなかったか」という方を突っ込まれた。

これまた「市子に限ってそれはない」くらいしか答えようがない。出屋敷市子は間違っても「死にたい」などとは言わない――いや、生理痛が激烈に重いときなどはたまに言う。わりと普通だ。女子中学生の標準だと思う。

わりと普通に、家出願望もあるのではないか。

いやしかし彼女が家を出ていく先は、大都会の駅前などではなく鼠のお宿とか鏡の国とか竜宮城《りゅうぐうじょう》とかそんなではないか――何を言っても頭のおかしい少女だと思われてしまう。

宿舎で一番狭い六畳一間の和室で上空を飛ぶヘリのローター音に脳味噌を揺さぶられながら、私は一人で容疑者さながらに見張られて居心地悪くお茶を飲んだりしているしかなかった。警官の前では携帯電話も触れない。

「あのう……葛葉さん。出屋敷さんのお父さんが貴方と二人でお話したいそうなんだけど、大丈夫?」

警官がおずおずと言い出したのが八時半。――何が大丈夫でないと言うのだろう。大雅は三時半にはもうここにいたのに、どうして今頃なんだ。こっちは彼に言わなければならないことが山ほどあるのに。

勿論二つ返事で承諾した。

　大雅は、やはり昨日は一睡もしていないのか顔が青白く、少し無精髭が伸びていた。昨日のエインセルより三倍くらい人相が悪い。

「――おじさん！　いっちゃん、多分宇宙人か天使か天狗のどれかに連れていかれました！　宇宙人エインセルは猫型知的生命体だけど喋った感じ性格がよさそうでいっちゃんとも仲よしで、仲よすぎて母星に連れて帰ったのかもしれません。アンドロメダだっけ？　天使ソフィエルの方はメッチャ喧嘩腰だったけど全然いっちゃんの敵じゃないレベルだったので、もっと強い天使の軍団を連れてきてハルマゲドンになったのかも！　天狗の阿闍梨は説教して帰ったけど温厚そうに見えてあの人が一番タチ悪そうでした！　後、いっちゃん、前によその山で化け狸《だぬき》に絡まれてたからその線の恨みもあるかもです！」

　ドアが閉まった途端、開口一番、私は警察に言えなかった全てをブチまけた。

　大雅はちょっと硬直していたが向かいに座ると、ぐったりと座卓に上半身をへばらせた。少しの沈黙。バラバラと外からヘリコプターの音が聞こえる。

「……あのヘリさあ。飛ばすの、いくらくらいかかると思う？」

「い、いくらなんですか」

「考えたくない……UFOやハルマゲドンや天狗や狸じゃヘリ飛ばしても見つかるわけないからやめてくださいとか言ったらぼくが電波の人でなしだと思われる……」

　……気の毒に。私もヘリや山狩りでは見つからないと思うが、とても言えない。彼女のあれは親公認なのだった。というかあれだけ何でもアリで親が知らないはずがないというか。

「正直結構大変なんだよね、本当はぼく、マスコミのインタビューとか受ける羽目になってそうなところをコネ使って回避したから」

「コネ？」

「ここ、昔、ヘリの事故あったでしょ。あれで解剖医が東京からも来て、その中にうちの部長がいたから地元の警察に恩を着せまくってるんだ」

そういえば出屋敷大雅の職業は解剖医なのだった。

……監察医？　やっぱり警察と仲がいいのか。

「君に会えたのもそのコネのおかげ」

「私に会うのにコネが必要って何でですか」

「ええと、言いにくいんだけど君が市子さんをいじめて夜の山に追い出した犯人で、逆上したぼくが君を締め上げると思われてるからかなあ……」

そんなことを言われて、私は呆然《ぼうぜん》としてしまった。

……市子をいじめるなんて、無理を言うな。彼女は寄ってたかって天使をいじめるような少女だ。人間に何とかできるなんて思わないでほしい。

「そこまでいかなくても、君か田口さんと喧嘩してカッとなって出てっちゃったんじゃないか、的な見解なんだよね、リアルの常識ある人たちは」

大雅は座卓に右肘をつき、頭を掻いた。

「あー。でも、宇宙人か天使か天狗かあ……宇宙人てわかんないけど確かに天使の匂い、少しする……他にもいっぱい匂うんだけど。何かすごいのがいた気配はあるけど今はいないからハルマゲドンってほどではないと思う……どうだろう、ちょっと島根県みたいでもある……」

大雅も、市子ほどブッ飛んでいないだけで霊感がある。禁野流陰陽道の流れを汲《く》む術師の一人らしい。親戚内でモメていて今現在、職業は医者であって陰陽師ではないわけだが。

「天使って匂いするんですか。ていうか島根県の匂いって何ですか」

「何て言うか、バタ臭い……島根県は十月がすごくてさ……君、霊感ないの？　今ここ神使連中が山ほど走り回ってて油断すると吐きそうだし気絶しそう」

「霊感、あるはずですがそんなに大変な感じはないです」

「フィルタリングが優秀なんだなあ。ぼくも実害のない情報はシャットアウトしたい……ていうかハルマゲドンとか以前に。普段から市子さんにくっついてる有象無象の皆さんは、少しはぼくに協力しようとは思わないのかなあ！」

「儂のことを言うとるのか」

と、部屋の隅から卑屈な声が。髪が白くやたら色あせたシャツを着た高尾の天狗が、壁にもたれて三角座りで何やらいじけた目をしていた。――ここもやっと出てきた。私だって一生懸命呼んでいたのに。

「儂も大変だったんじゃー、ただでも分身四つが三つに減ってしもうたのにまた減りそうになって必死で今まで因果をやりくりしとったんじゃー。実体がなくても痛いんじゃぞ」

「それは天使の攻撃で？」

「"Seraphim"や"Cherubim"辺りが出張ってきたならともかくいくら何でもあんな子供の使いの"Angels"にやられるほど耄碌《もうろく》しとらんわ。天狗は八島に十二万五千五百おるが、天使は全世界に三億五千もおるんじゃぞ。三桁《けた》も違うんじゃ」

「圧倒的に数で負けてる？」

「そんなにおったら下の方は雑霊と大差ない烏合《うごう》の衆よ。大気中の窒素と変わらん。儂らは少数精鋭なんじゃや、数が多ければいいというものではないわ。"Angels"など死人の魂を回収するだけの三下よ」

……天使のテリトリーは日本以外だとすると、土地の面積で割ったら密度としては天狗の方が多いのでは？　地球にそんなに天使や妖怪がいたというのはなかなかショックだ。人間として息苦しい。

「ソフィエルとかいうジャリガキの話は聞いとるが、何じゃと思う。野菜を司る天使じゃぞ。露地で有機トマトでも作っとれ。儂は山がホームで地形ボーナスも八島知名度補正もつくのにそんなアウェイの三下にやられたら頭を剃って山に籠《こ》もるわ」

「そうした方がちょっとは強くなるんじゃない？……じゃ、宇宙人か阿闍梨の方？　いい人そうだったのに」

「話せば長くなるが百聞は一見にしかず、じゃ」

と史郎坊はタブレットPCを取り出した。彼の背後の和風の土壁に、プロジェクターもないのにPCの画面が大写しになる。そこには思いがけないニュースが出ていた。

『ホラすぎロケ、バスが横転大破。イカちゃん間一髪。九死に一生』

ボロボロになったマイクロバスの写真が。記事では強風に煽られたということになっている——

「ニュースは宮の行方不明の話で持ちきりじゃが、それがなければ間違いなくこれが一面トップニュースであろうよ」

「えっ、これ、イカちゃん、どうなったの」

「奇蹟《きせき》的に無事じゃ、今は山の下の病院に検査入院しとるがまあかすり傷じゃろ。全治三日程度か。めでたくホラすぎの宇宙人ロケは中止とあいなったぞ」

いかがが助かったのはともかく、ロケ中止はめでたいのかどうか。

「これ、市子さんがやったの?」

「それをこれから見せる。カメラマンの白石《しらいし》君が偶然にもいい絵を撮っとった、そのデータをちょちょいとお借りした」

史郎坊がタブレットPCをいじると、壁に灰色のマイクロバスが映し出された。ドアは開けっ放しだ。中で白い狩衣の禁野いかがが、額に冷えピタを貼ってシートを倒して寝ていた。

そこに、右手から体操服に緑色のジャージのおかっぱの少女が現れる。後ろ姿だが、間違いなく市子だ。逆に、顔が見えないのではっきり映っている。市子はバスの外からいかがと会話しているようだが、音声までは収録されていない。

市子が左を向いた。そちらに誰かいるらしい。何か、呼びかけている。

——突然、金色の大きなものが画面を横切り、市子の姿が消えた。

次の瞬間。鈍い緑色の巨大な何かがマイクロバスにぶつかり、バスがおもちゃのミニカーででもあるようにごろごろ奥へと転がる――中のイカちゃんが無事だとわかっていなければかなりショッキングな光景だ。

「おわかりいただけただろうか？」

史郎坊が低い作り声を出して、映像を巻き戻した。ご丁寧に『ｒｅｐｌａｙ』のテロップつき。

市子が消える直前。映像の速度が遅くなる。

マイクロバスと比較しても遜色《そんしょく》ない、金色の大きな獣が体操服をくわえて――何か、紫色のものを首に巻いた――

「というわけで犯人は第三勢力、まさかの助六じゃったー！」

史郎坊が投げやりに言った途端、大雅の肘がずるっと滑り、彼はまた座卓に顔を伏せた。

「身内の犯行かー！」

「とはいえ、状況を見るに助六も宮を何かから庇《かば》うてのことじゃろう。妖術なり験力なりでバスを転ばせるほどのものじゃ、こちらは助六の仕業ではないぞ。恐らく緊急避難じゃろう」

「じゃろうって、史郎坊さんはここにいなかったの？いつも助六さんと一緒にいっちゃんにくっついてるんじゃないの？」

「いたんじゃが、分身を消し飛ばすほどの強烈なパワーを喰らって、儂もこう頻繁に分身を消されるのは困るので、おらんことになった。たまたま趣味のハッキングでカメラマン白石君の撮影データを見て宮の受難を知ったんじゃ」

「や、ややこしいなあ。でも助六さんが犯人だったら、ちょっと連絡して呼び戻せばいいだけなんじゃないの？」

「それがあやつもダメージを喰らったのか、念で呼びかけてもうんともすんとも言わん。死んでおるように静かじゃ。今、八十八柱の神使が総出で捜しておるんじゃが助六の縄張りはちょっと特殊でなかなか見つからんでな。亜空間というか違う次元というか、話がややこしいんじゃ。響音《ひびきね》ユラがご一緒のはずじゃから電波でアクセスしようともしとるがちっともつながらん。儂にとっても屈辱じゃぞこれは」

「つまり市子さんが今いるのは、狐の国のワンダーランド？　常世《とこよ》とか幽世とかアストラル界とか？」

大雅の表現もおかしいが言わんとすることはわかる。——そうかー。UFOでもハルマゲドンでも天狗でも化け狸でもなく化け狐だったかー。仕方ないなー。なぜか笑いすらこみ上げた。依然、外のヘリの飛び回るローター音が頭蓋骨《ずがいこつ》を揺さぶってくる。

「……あのヘリ、飛ばすのやめたら駄目かな」

「駄目じゃろうなあ」

「ニュースも今すぐ消してほしい！　誘拐犯が狐とか国民に報道しなくていいよ！　警察も引き上げてほしい！　被害者の権利！」

大雅の悲鳴が気の毒すぎた。

「……芹香ちゃんは簡単にいなくなっちゃ駄目だよ、女の子がいなくなるって大変なんだから」

——はい、肝に銘じます。「狐にさらわれないようにに気をつける」って具体的にどうすればいいのかわからないけど。

「……ああでもこれ、東京都内でなくてよかったな、ぼくにアリバイあって……これでぼくにアリバイがなかったらネットの無責任な名探偵の皆さんが、ぼくのことを娘を殺して山に埋めた鬼畜親父扱いしてたはず……ここだときっと教師の方が疑われる……でもぼく監察医だから職業イメージが悪いよね、監察医って刑事ドラマのレギュラーキャラの中で裏切る率が高いよね、九割マッドドクターのキャラ付けだよね、キャスティング佐野史郎《さのしろう》だよね、驚異のアリバイトリックでどうにかしたとか思う人絶対いるよね……」

「佐野史郎はもう定年退職の歳じゃ。窪田正孝《くぼたまさたか》ワンチャンアリじゃぞ」

何の話をしているんだか。——それは被害妄想すぎるんじゃないかな。いや、私、「同級生を夜の山に追い出した鬼畜いじめっ子」扱いされてるのかもしれないけど。うちのクラスの生徒は全員、市子がオバケの力で瞬間移動することくらいわかってるから「狐にさらわれました」で済むと思うんだけど。

「……そうか、八十八柱が皆走り回ってるから気配がいろいろごちゃごちゃで島根県じみてるんだ……理不尽だけど納得はするぞ……」

「宮がご存命である以上は皆必死になるとも。助六はこの後吊《つる》し上げじゃな、いよいよ奴も年貢の納めどきよ」

「そんなことどうでもいいからヘリとニュースと山岳救助隊と警察をどうにかしてくれ！」

現実は過酷だった。

現実といえば。

「……いっちゃんが消える瞬間の映像にイカちゃんが映ってるってことは、いっちゃんに最後に会った人って私じゃなくてイカちゃんじゃないですか」

「常識的には君で、非常識的にはいかがちゃんだね」

「イカちゃんに話聞いてみたら、何があったか少しはわかるんじゃ？」

「ケータイの番号、知らない」

……出屋敷大雅はそれでも親戚なのか。史郎坊が右手を挙げた。

「儂、知っとるぞ。というか病院に分身を飛ばして、向こうから大雅にかけさせようか。病院でスマホを鳴らすのは気が引ける」

どうして妖怪の史郎坊の方が常識的なんだ。

「ぼく、あの子苦手なんだけどな……」

「好き嫌いを言うとる場合か」

「だよねー……」

大雅がため息をついた、その数分後。

大雅の携帯電話が着メロを流し始めた。インストゥルメンタルバージョンで、ビートルズの『イエスタデイ』を。

6

――市子が目を開けたとき、そこには秀麗な白皙《はくせき》の青年の顔があった。長い金の髪から三角の獣の耳を覗かせたそれは、助六の化身の姿だ。

彼女は助六と二人、絹布団にくるまっていた――これは許しがたい陵辱だ。早九字でも切ってしばいてやろうか。

「……助六、顔が近いぞ」

とりあえず押しのけようとしたが、体温が低いのに気づいた。助六は唇が紫色で顔に血の気がない。普段も色白だが、逆に黒ずんで見える。かすかに呼吸音はするが眉を八の字にしかめて歯を食い縛り、とても安眠している顔ではない。現に市子が肩を押しても目を醒《さ》まさない。いつもは紫の袍をまとって洒落者《しゃれもの》を気取っているのに今は小袖、下着姿だ。

そもそも妖怪の眠りは人間のそれとは違う。人間は毎日眠らなければ体調を崩すが、妖怪は眠らなくても死なない――妖怪が眠るのは余程暇なときか、力を溜《た》め込むときか、死にそうなときだけだ。

何だか毒気を抜かれて、一人、布団から半身を起こすと。

そこは御帳台の中だった。昔、伊勢《いせ》の山中で秘密裏に生活していた頃は御帳台で寝起きしていたが、もう何年も前の話だ。何よりもその頃のものとは帳の柄が違う。タイムスリップしたわけではない。

改めて市子は自分の姿を見下ろした。学校指定の緑色のジャージを着ていたはずだが、今身に着けているのは助六のものと同じような小袖だった。こういう着物は現代では作っていない。普通、襦袢《じゅばん》だ。御帳台で寝起きしていた頃だって襦袢を着ていた。

帳をめくって外を見ると。

やたらに広くて明るくて、ものすごく風通しのいい部屋があった――真正面に壁がなく、蔀戸《しとみど》が開け放たれて縁側から松の植わった日本庭園が見える。

目隠しに几帳《きちょう》が置いてあり、床は板張りで座るところにだけ畳が二枚敷いてあり、漆塗りの角盥《つのだらい》や文台《ぶんだい》など、芹香や楓は名前を知らないような調度が。やはりタイムスリップしたのか、と思った。

「おや姫様、お目覚めにございますか」

と穏やかな声がして、几帳の陰から出てきたのは――子供ほどの身長の、獺《かわうそ》だ。一人前に紺の上着を着ている。――面食らったが、驚きはしなかった。

「ここは？」

「九尾《きゅうび》様のお屋敷です。私は家令を務めております」

獺は下手な人間よりもよほど恭しく床に額《ぬか》ずいた。

〝九尾様〟――まあ助六のことなのだろう、尻尾《しっぽ》が九本ある狐はそう呼ばれるものだ。助六も見も知らぬ他人の家で昏睡《こんすい》したりしないだろう。動物は危険を感じたらそれなりに安心できるねぐらに逃げ込むはず。ニホンカワウソはとっくに絶滅していると聞くが、妖怪なら深く考えることもあるまい。

「こちらは九尾様がお方様とお過ごしになるためだけにご用意された屋敷で、私ども小間使いが出入りするだけでその他の者は誰一人立ち入ることはできません」

「お方様？　こいつには嫁がいたのか」

「今はいらっしゃいません」

獺は顔を上げ、満面の笑みを湛えた。

「姫様は大層たおやかで見目麗しく、高貴のお血筋の匂いがします。九尾様は本当に伊勢の斎宮《さいぐう》様を攫《さら》っていらしたのかと」

「今の時代に斎宮はいない、いるのは斎王代《さいおうだい》だ」

「ええ、無論です。斎宮様とも見紛う美しき高貴のお血筋の姫君を主に戴《いただ》くことができて、私ども一同、心より嬉《うれ》しく思います。――本来ならば贅《ぜい》を尽くした華燭《かしょく》の典にて姫様をお迎えしなければならないところですが、九尾様が伏せっておられる不測の事態にて、祝言は今少し間を置かねばならないでしょう。大変申しわけないこととは存じます。しかし姫様は既にこの屋敷の主も同然、どうぞお気軽に何でもお言いつけくださいませ」

――なるほど。何か根本的な誤解がある。こいつ、もしかして助六が『伊勢物語』のように市子と駆け落ちしようとして鬼に追い回されてこんな目に遭ったとでも思っているのだろうか。

だがこの屋敷の小間使い妖怪全員を丁寧にどつき回して認識を改めさせるより、助六が目を醒ましてから訂正させた方がいろいろと手っ取り早い。周囲の者が勝手に勘違いしているものを訂正しないのは嘘《うそ》をついたことにはならないとこの場は判断した。

「そうか。今は何時だ」

「ここには現世のような時間などありません」

「まあそうだろうな。いくら何でもこの格好はみっともない、何か着るものを」

「勿論でございます」

助六は市子に仕えている。その助六に仕える者たちを市子が使っても特に何の問題もない。

すぐに似たような猫だの兎だのが現れて、緋袴《ひばかま》と袿《うちき》を着せつけられた。――こういうものは着付けで多少融通が利くとはいえ、丈が市子にぴったりなのは事前にサイズを調べて仕立てていたものとみるべきか。

この屋敷は平安時代で時間が止まっているようだ。いくら何でもお歯黒だけは勘弁してほしかったが幸い化粧はなかった。角盥で顔を洗って、瀬に髪を梳《す》かせた。

「姫様は少々おぐしが短いですが、昨今の流行《はや》りでしょうか」

「長く伸ばしていると力が強くなりすぎる。お前たちを粉微塵《こなみじん》にしてしまうぞ」

身支度が終わると、市子は御帳台の中を覗いた。相変わらず助六はうなされているようだ。

「お前たちの主は随分弱っているようだが」

「尻尾を二つも失くされたのですから。恐ろしいことです、九尾様にこれほどの傷を負わせるとは、一体相手は神か魔か。しかしまだ尻尾は七つあります。

少しお眠りになればお目覚めになるでしょう」

「尻尾が七本でもお前はこいつを九尾様と呼ぶのか？」

その後、何か食べさせてくれようとするのをきっぱりと断って、ジャージのポケットに入れていたiPhoneを返してもらったりしたが、電波は入らなかった——それは致し方ないとして、このiPhoneは付喪神《つくもがみ》が憑《つ》いている立派な妖怪変化、市子の護法・響音ユラだ。それが妖の姿を取らずにうんともすんとも言わないのは助六が特別に結界でも施しているのか。やはり後でしばき倒す、と思った。

仕方がないので他の部屋を回ってみる。今どき神社仏閣でも珍しい寝殿造り、渡り廊下の下に小川が流れて金銀の錦鯉《にしきごい》が泳いでいる。平安時代には錦鯉がいなかったので藤原道長《ふじわらみちなが》でもできなかった贅沢だ。松や石で仕立てられた庭には夏らしく桔梗《ききょう》や露草が青い花を咲かせている。

武家屋敷風に襖《ふすま》で区切られた部屋もある。やはりいくら何でも蔀戸では風通しがよすぎるからだろう。開けっ放しでも暑かったり寒かったりはしなかったが。鼠たちが働く台所は竈《かまど》に薪をくべていたが、風呂やトイレなどはがっちり機械を使い、ウォシュレット完備の平成風だった。電力をどこから供給しているかは謎だ。

各部屋には金屏風《きんびょうぶ》だの甲冑だの、ごてごていろんなものが飾ってあった。——特にうんざりしたのは、女の着物ばかりある衣装部屋。即座に見なかったことにした。

一周して空間に綻《ほころ》びなどがないのを確認すると、市子は元の寝室に戻って獺に声をかけた。

「そいつが起きるまで暇だ。お前、囲碁は打てるか。将棋は？」

「はあ、囲碁なら少々」

芹香や史郎坊は〝今どきの趣味〟を持つようにいろいろ勧めてきたが、こういうときに役に立つのはやはりシンプルなものだ。

獺は囲碁盤と碁石を持ってきた。市子が先手で黒石を置く。しばし、無言でぱちぱちと交互に石を並べる。

そのうち獺が、おずおずと切り出した。

「姫様は人の身でありながら私たちを見ても驚かれませんし、命令なさるのも慣れていらっしゃる様子。……今少し九尾様の身をご案じになるか、逆に家に帰りたいとお泣きになるかと思っていたのですが」

「泣いて帰れるならそうする。何だ、命乞《いのちご》いでもさせたいのか」

「そんな、滅相もございません。失礼いたしました。……常人とは違ったところがおありですね」

「よく言われる。人間ならともかくお前たちにまで変わっていると言われる筋合いはない」

「返す返すご無礼を。……いえ、何というか」

「慣れている。私の力でどうにかできるなら努力するが、どうにもならないことを考えても仕方がない。悩むだけ無駄だ。御仏の御心に委ねよと言うのも仏道の教え。お前たちの主が目覚めるまで待つしかないだろうが。——お前、名は何だ」

「名はありません」

「それでは不便だ。——獺か。子規《しき》というのはどうだ。獺と野球が好きな俳人だ。鳴いて血を吐くホトトギス……不如帰《ほととぎす》とへちまの句しか思い出せないな、どうして獺祭忌《だっさいき》と言うのだったか」

——獺は、見る間に表情を綻ばせた。愛想を振りまくために作った笑みではない。口を半開きにして、目を輝かせた。獺はこれで魚を食べる肉食獣なので結構怖い顔をしていると気づいた。

「私のような者に、名を！　何と勿体ない！　子規！　姫様より賜りしこの栄誉、来世、来々世までも忘れません！」

「……何だか早死にしそうな名で、少し悪いと思ったのだがな」

〝子規〟はそれで舞い上がってしまったのか、一局目は市子がこてんぱんにのされた。次は市子が二個置き石をした。次の局で置き石はまた増えた。「少々」とは謙遜《けんそん》でかなりの実力派だった。おかげで随分《ずいぶん》暇が潰《つぶ》れた。

助六が目覚めたのは四局目の中頃だった。この、太陽がどこにあるかもわからないのにやけに明るく、夏だというのに縁側を開けっ放しの吹きっさらしで汗も掻かない異世界では時間の測りようがない。

御帳台の方から一際大きなうめき声がしたので、市子も子規も特に断らずに囲碁を放り出してそちらを覗きに行った。

「……宮！　宮は！」

助六は起き上がることもできず、やつれた手だけで空中を探る。

「ここにいる。慌てるな」

と言いながら市子は別に助六の手を取ったりはしなかった。帳をめくっただけで身を屈めもしなかった。イヌ科動物にはちゃんと上下関係を教え込む必要がある。

「子規、ご主人様がお目覚めだぞ」

「九尾様！」

子規の方が甲斐甲斐しく助六の顔を覗き込む。

「今、薬湯をお持ちします」

「何だかわからんが薬があると言うのだから飲んでおけ」

「宮がおっしゃるのなら飲みます」

助六は何とか猫や鼬《いたち》に身体を起こさせ、子規が持ってきた黒っぽくどろりとした謎の煎《せん》じ薬を碗《わん》一杯に飲んで、息をついた。化け狐が飲んで具合がよくなるような薬というのはきっとろくでもないものが山ほど入っているのだろう。こいつはこれで飛んでいる蝶々《ちょうちょう》を食べるような奴だ。まだ顔は青いが危機は脱したらしい。支えられなくても座っていられるくらいにはなった。

「お方様は大層九尾様の御身を案じておられました」

と子規は熱心に言うが、別に全然案じてはいなかったし、多少心配だったのは助六の命ではなくこの屋敷から脱出する方法が失われることである。とはいえ助六が完全に死んでいれば彼が作り上げたこの空間はどこかに破綻《はたん》を来たしただろうから、自力で脱出する方法を模索した。それはさておいて。

「……助六。なぜこいつは私を〝お方様〟と呼ぶのだろう」

ほんの少し婉曲《えんきょく》的な表現を使った。助六は気まずそうに目を逸らしてから、諦《あきら》めたようにため息をついた。

「こちらは私が今お仕えしている主筋の姫君であられる」

「……主筋？」

子規は目を丸くした。市子は余計なことを言わず、助六の頭のてっぺんをぽんぽん叩いてみせた。助六のリアクションはない。子規は顔色を変え――毛皮でよくわからないのだが鼻の頭の色が変わった。

「た、大変失礼いたしました。世にも可憐《かれん》な姫様でいらっしゃるのでてっきり」

別に、誤解さえ解ければかまわない。面倒くさい。

「私がお前の主でお前がここの主なら私はここの主も同然だな？」

「勿論です。どうぞお好きなようにお使いください」

助六は殊勝なのか、単に元気がないのか素直に頭を下げる。

「私が眠っている間、何か足りぬものなどございませんでしたか」

「まあまあ快適だが、スマホの電波が入らないな」

「本当にこの屋敷の〝お方様〟になってみるのはどうでしょうか。ここにいれば歳を取りませんよ」

「尻尾をもう五本ほど引き抜いて〝九尾様〟という名の由来をわからなくしてやろうか」

「あのう……」

子規が顔色をうかがうように言い出す。

「姫様の御為に婚礼衣装を用意していたのですが」

――市子が見なかったことにした衣装部屋だ。白《しろ》無垢《むく》、色打ち掛け、ローブ・デコルテ、イブニングドレスなど。一体何回結婚式をやるのか、くらいあった。

「特に白無垢は本物の鶴が五羽がかりで織ったもので、この世界でも高級品でございますよ」

「勿体ないので着るだけ着てみませんか、宮」

「そして、着たらついでに本当に祝言をと言うのだろう、その手に乗るか。私は現世に帰るぞ」

「帰ってよいのでしょうか」

助六の表情が曇る。少しは余裕が出てきたらしく、

「目病み女に風邪引き男」という言葉でも思い出して病弱な美男子アピールでもしようと言うのか。

「何だ。お前が私を緊急避難と称して拉致監禁した件で神使どもから吊し上げを喰らうことなら知らんぞ。何なら私自らここで吊し上げてくれる。尻尾一本あれば出ていけるだろう」

「いえ、そうではなく。――エインセルです、あの不完全な妖はおぞましきものになり果てたのでは」

――それを聞いて、市子も目を細めた。

「おぞましいなどと言ってくれるな。私の作ったものだ」

「事実です。宮はあれに夢を見ておいでなのですよ。所詮《しょせん》、元は人。死者の魂を綴《つづ》っただけのもの。過分な期待はあれにも酷です」

「所詮人と言うが、悟りに至れるのは人だけだ。過ぎたことなどないと私は思う。それに――」

「それに?」

「私たちを欺いていいる者がいる。恐らく彼は、何かを知っている。エインセルが元に戻る方法がきっとある――」

市子が言い募ったとき。

市子の声が、歌を歌い始めた――彼女自身ではない。


――“Freude! Freude! Freude!”

それまでうんともすんとも言わなかったiPhone

だ。袿には入れるところがなかったので強引に袴の帯に挟んでいたものが、ベートーベンの第九を歌い出した。

　引っ張り出すと、液晶に表示された名は〝葛葉芹香〟──

7

「──〝祟り〟だね」

　いかがの話を聞き終えた、大雅の表情は硬かった。

『いえ、あの、そもそも私が宇宙人を見て卒倒したのは、祟りとかではなく大雅兄さんに似ていたからなんですが……』

　大雅のスマートフォンはスピーカーモードなので私にもいかがの戸惑うような声が聞こえる。

「うん、まあ、ぼくの顔が怖かっただけっていうのはわかってる」

　──この件に関しては出屋敷大雅と禁野いかがで認識にズレがある。二十三歳芸能人のいかがは、年上の親戚のお兄さんである大雅に淡い恋心を抱いていたようで、大雅が三十六歳コブつき未婚になった今でもまだ諦めきれないらしかった。大雅の方はといえばこれが全然気づいていない上に彼女が思っているより根性が曲がっている。とても悲しいすれ違いがここにあった。

「問題はその後、いかがちゃんのお弟子さんとモメた方だよ」

「甲斐田君？　確かに、何かいっちゃん、メッチャキレてたけど」

「蛇の祟りの話、知ってる？」

　蛇が祟る話は多すぎてよくわからない。

「──昔、ある村で子供が蛇を串刺《くしざ》しにして殺していた。それを見た村長さんが、恐ろしいことをすると思った。そうしたら案の定、蛇の祟りがあったんだけど。誰が祟られたと思う？」

「誰って、子供が殺したんなら子供なんじゃ？」

「ハズレ。村長さんなんだ」

「……村長さん、何もしてないのに？　同情してるのに？」

「あのね。蛇を殺すこと自体は悪いことじゃないんだよ。狐だって鷹だって蛇を殺して食べるからね。多分猫だって小さい蛇を殺すだろう。広い世界にはヘビクイワシなんて鳥もいるし。動物だって残酷なもので殺して食べないこともある。サバンナでライオンに襲われたシマウマが祟ったりすると思う？　ぼくなんか医者だから細菌を培養して実験することもあるけど、実験した細菌が祟ると思う？　――〝蛇を殺すと祟られる〟と考えたときに祟るんだ」

大雅は頬杖《ほおづえ》をついた。

「呪《のろ》いだ、祟りだ、と言った瞬間にただの偶然の不幸が呪いや祟りになるんだ。死は怖いものだと思うから穢れになるんだ。人間のいない世界には呪いも祟りも穢れもないんだ。――この山の事故は、いろいろな偶然が重なった不幸だった。まあ大体天候不良。それを呪いだとか犠牲者が恨んで祟ってるとか、思いたくなかったんじゃないかな。怨霊は、かわいそうだから。犠牲者なんて言葉も使いたくないのかもしれない」

「怨霊というのは実際に祟りをなすものではなく、〝祟りそうな死に方をした奴〟のことなんじゃ」

史郎坊が煙管を吸い、煙を吐いた。

「四谷《よつや》怪談のお岩《いわ》さんの話を知っとるか」

「うん、あれ、ドラマとか作るたびに神社にお参りに行かなきゃいけないんだよね、祟りがあるから」

「お岩は夫の民谷伊右衛門《たみやいえもん》と仲睦《なかむつ》まじゅう暮らしておったが伊右衛門はよその若い娘に目移りした。伊右衛門は邪魔なお岩に顔が醜く崩れる毒を盛って殺し、不義密通の挙げ句の心中と見せかけるためにその辺の男を殺して一緒に川に流すのよ。いろいろあって伊右衛門は、その数々の悪逆非道から祟り殺されるわけじゃが――これら全て、まるきり全部作り話なんじゃゃなあ」

「へ？」

「史実ではない。四谷の於岩稲荷田宮《おいわいなりたみや》神社に、不幸なおなごの怨霊などおらぬのよ。普通の稲荷じゃ。〆切に追われる鶴屋南北《つるやなんぼく》が名前だけ借りて適当に使っただけだったんじゃ。なのに、皆が芝居を真に受けていつの間にか於岩稲荷田宮神社は〝本当に祟る神〟になっとったんじゃ。よその稲荷にはない縁切りの絵馬が数多くぶら下がっておる。人の噂が怨霊を作ってしまうのよ。安井金比羅宮《やすいこんぴらぐう》の崇徳院《すとくいん》は縁切りの怨霊じゃが白峯《しらみね》神宮の崇徳院はサッカーの神様で落語の崇徳院は〝百人一首に入ってる人〟、同じ崇徳院でもアヴェンジャーで召喚されるかキャスターで召喚されるかでレアリティが違う。将門《まさかど》は首塚は祟るが神田《かんだ》明神はそうでもなく、実際に清涼殿《せいりょうでん》に雷を落とした菅公が祟るとはもう誰も思うておらん」

「〝いかがちゃんが祟られた〟から、エインセルは〝祟る怨霊〟になったんだ。急激に。因果、原因と結果が逆転してる」

何だかギャグのような、薄ら怖いような。

「……うちの学校の生徒が祟りの噂をしたからエインセルが豹変《ひょうへん》したってことですか？　噂なんかでそんなに変わっちゃうもんなんですか」

「何せ、儂らには生物としての実体がないからな。外部から情報を書き換えられたら儚《はかな》いもんじゃ。天狗などは昔からの言い伝えの積み重ねがあるし、お山の権現様の加護もあるからある程度書き換えられぬよう〝我慢〟することもできるが、宇宙人ではそのような力もない。あれは宮が手加減なさった半端者じゃから。実験とおっしゃった、その通りで神としても妖としても未完成」

「実体があったって噂が立てば実害はあるさ。人間も大変なんだから」

大雅は白けた笑みを浮かべる。

「自分で何もしなくたって噂一つでいじめっ子や鬼畜ドクターにされる。〝やってないことはやってない〟と踏みとどまれるのは精神力のある人だけだよ。他人が噂する通りのものになってしまう方が簡単だ。生きてる人間を捕まえて〝犯人顔だ〟とか〝お前には乱世の梟雄《きょうゆう》の相がある〟とか言っちゃいけないんだよ、本当にそうなってしまうから」

そんなものだろうか。

「一体どれだけの犠牲者がエ、イ、ン、セ、ル、に、な、っ、た、のかわからないけど……」

「……あのときのようにヘリが飛んでおるのは、よいことではない気がするのう。今はもう懐かしい言葉じゃが〝安全神話〟というのがあってな——ところで大雅よ」

「何」

「先ほどの蛇の話、出典はアニメの『もっけ』七話じゃな」

「ハズレ、マンガの方。あれアニメになってたんだ？」

「おぬし、霊能者なのに心霊マンガを読むのか」

「医者なのに『ブラックジャックによろしく』も読んだよ」

——そこ、おじさん同士勝手になごまない。

「でもエインセルに何があったかわかったのと、いっちゃんが助六に拉致されちゃったのは別問題なんじゃ？」

私が指摘すると皆、黙り込んでしまった。——核心を突きすぎたか。

「逆にヘリや山狩りで捜せないなら、占いとかで捜すってどうですか」

私は少し革新的な提案をしてみたつもりだった。

皆のリアクションは乏しかった。

数秒経ってから出屋敷大雅が、座卓を拳《こぶし》で叩いた。

「——その手があったか！」

「そうか、神使が直接何かするより人間の霊能者を間に噛ませてワンクッション挟んだ方が違う結果が出るやもしれん！　おぬしは三下なので誤差が出る、今はそれが一周回ってメリットじゃ！　神使の力以上の何かが起きるやもしれぬ！」

「あってもぼく今回全然そういう道具持ってきてない！　午前一時にパトカーに乗せられて連行されたから！」

「連行と言うと容疑者じみておるぞ」

『私、心霊特番ロケなので一通り持ってます！』

「マジで！　いかがちゃん最高女神か！　神様仏様女子大生陰陽師様！」

突然、ダムの放水が始まったようにぽんぽん話が流れ出した。……何だかなあ。

「あってもぼく多分この捜索本部から出れない！」

『私がそっちに行くのはどうでしょう。大体検査は終わりましたし』

「……そうだね！　ここに陰陽師が一人増えたからって捜索を打ち切れとか言わなきゃ多分大丈夫だし、この究極に追い詰められた状況でぼくが親戚の宗教法人に頼るのは全然不自然じゃない！　ウェルカム禁野当主様！」

『当主はまだ祖父なんですけどね』


……世間体ってそこまで大切なものなんだろうか。

こうして大雅は「山野で行方不明の娘を捜すのに必死で、ついに限界に達して禁野いかが様の霊能力に縋ることになったモンスターペアレンツ」キャラを練り込むことになり、スマートフォンの通話を切って部屋を出ていった。警察もレスキューも、まさか彼にこんな苦労があるとは思うまい。

いかがは一時間ほどで宿舎にやって来た。――彼女はテレビで見るいつもの狩衣ではなく、初めてリアルで会ったときの私服でもなく、ジャンパースカートにチェックのシャツというものすごく微妙な格好で、髪もぼさぼさでついでに眼鏡までかけて赤いキャリーカートを引きずって現れた。

出屋敷大雅はどういうコネとモンペ力《りょく》を発揮したのか、「関係者一同を集めて、皆の守護霊の証言を聞く」という名目で私と楓と自分と禁野いかがの四人で、私たちの班の寝室だった八畳の和室に閉じこもることに。史郎坊もいるから五人？　……私や楓の両親がまだここにたどり着いていなくてよかったと思う。

「……イカちゃん、すごい服持ってるね」

「しまむらで揃《そろ》えた。外はマスコミでいっぱいなんだよ」

こうして見ると、遠縁とはいえ大雅や市子の親戚なのがよくわかる。

「……守護霊ってあたし何すりゃいいわけ？」

一人、これまでのあらすじを知らないでドン引きの楓がいた。

「いや別に私たち、何となく話の流れ的にいた方がいいかなってだけでおじさんとイカちゃんで勝手にやってくれるよ」

「イカちゃん、いつもの制服でなくていいの？」

「いや、ボクは道具を持ってきただけで大雅兄さんが自分でやるみたいだよ。兄さんの方が血縁が近いし、占いには名前や生年月日や産まれた場所が必要だから元々知ってる兄さんがやった方が早いし、ブランクはあるけどその分、使ってないパワーが累積してるだろうからそれに賭《か》けてみるみたいだ」

じゃあおじさん一人でいいんじゃん。……一応、顛末《てんまつ》を見守るということにしよう。

生きている三人は壁沿いに正座で座って。大雅は、座卓にいかがの持ってきた書道道具を広げた。硯《すずり》に、水をペットボトルから入れるのが雑に見えるがこれでも正月に神社で汲んできた神聖な若水らしい。墨を磨っている姿は書き初めでも始めるのかという感じで私がかしこまっているのが少し馬鹿らしいと思えなくもない。

そして、紙でできた人形《ひとがた》に市子の名前、生年月日、産まれた場所などを書き込むらしいのだが——

「実はぼくも彼女のプロフィール、全然知らない」

という恐ろしい発言をさっき聞いた。

「写真が漏れるだけでもまずいのに名前とか誕生日とか産まれた場所とか、そのまんまのわけないいんだよね。占いに使うデータって呪いにも使えるから普通は隠すんだ。彼女の誕生日、戸籍では四月一日だけどそれ絶対嘘だから。名前も多分、出屋敷市子以外に何かある。これぼくがつけたわけじゃないし」

実の父親がこの認識。……ある意味はらはらする。

大雅が細筆を取り、硯の墨をつけ、和紙に筆を走らせる——

「……あれ?」

何か、間の抜けた声を上げた。

……失敗したのかと思ったが、私の横で胡座《あぐら》をかいて見守っていた史郎坊が、立ち上がった。表情が硬い。

「おぬし、それは——」

大雅が人形を持ち上げる。

人形に書かれていたのは市子の名前とは似ても似つかない呪文のような言葉。そんなに難しい漢字ではないが前後の脈絡がなくて読めない。

安、耶、目、佐——

「待て」

史郎坊が左耳を押さえた。

「空間がねじれておる。——iPhoneは他の携帯電話より捜しやすいんじゃ。嬢ちゃん、電話を貸せ」

「え、私?」

「芹香嬢のでなければならぬ。結縁《けちえん》の問題じゃ」

と言われたので、私はおずおずと自分の携帯電話を差し出すことに。携帯電話は史郎坊の右手のひらの上に浮き、触れてもないのに画面を表示させる。

液晶画面に、縦に虹《にじ》色の線が走った。

「ピポピポピパパポポププ」

史郎坊が小声でつぶやいたそれは電子音の真似なのだろうか、どこか滑稽《こっけい》で呪文ぽくはないが——

スピーカーモードで、呼び出し音が鳴った。一回、二回、三回、四回、五回、六回、七回、八回、そこでぷつっと呼び出し音が途切れる。

『……もしもし?』

市子の声。

次の瞬間。私の目の前に、真っ赤な布の塊が落ちてきた。時代劇でも出てこないようなごちゃごちゃした布の真ん中から市子の黒い頭が覗いている。服から出ているのは首から上だけでどこが手だか足だか。市子は小柄なので見た目より身が入っている部分が少ないはずだ。……十二単《じゅうにひとえ》？　お雛様《ひなさま》？

「……すごい格好だねそれ。暑くない？」

振り返っていた大雅も半笑いで飛びつくのをためらうほど。豪華な衣装、というよりは過剰包装。市子は尻《しり》から落ちてきたわりに頭が痛そうにさすっている。

「しまった、ジャージと眼鏡を忘れてきた。……すいません、大雅さん、連絡できなくて。ええと、ここは宿舎ですか。こんなところまでわざわざ来たのですか」

普通に口を利いている。

「いや、うん、君が帰ってきてよかった。怪我とかない？」

「ないです。申しわけないことに、暢気《のんき》に囲碁など打っていました」

「いじめられてたよりいいよ」

やっと大雅が立ち上がらないまま膝で這《は》って市子に飛びつき、肩（だと思う）を摑《つか》んで抱き寄せ、ほおずりした。親子の抱擁、感動の再会である。

何だか呆気《あっけ》ないほどだったが私もちょっと勢いで目頭が熱くなり、ふと市子と目が合った。

彼女の澄んだ緑の目は相変わらずだった——が、目が泳ぎ、白い顔がみるみる赤く染まり始めた。右袖（と思しき部位）が上がったものの、所在なげにまた下がる。

……これは。もしかして。

中学生にもなって、公衆の面前でお父さんに抱っこされるのが恥ずかしい？

でも流石にこの場面で押しのけるのは不人情極まりないので、葛藤《かっとう》してる？　——彼女にしては人間らしい反応だ。ずいぶんまともになったじゃないか。

史郎坊が私に、もう用の済んだ携帯電話を返した。

こうなると席を外したものか少し悩んだ。「後は若い人同士」……もとい「家族水入らずで」と思い、腰を浮かせたそのとき、

「言っておきますが私のこれは緊急避難。宮を命懸けでお守りした結果ですからね？」

空中から黄色い狐がひらりと降りてきた。紫の前掛けの。口には、ハンガーにかけた体操服と緑のジャージをくわえている。

「おぬし……これほどの騒ぎを起こしておいて、よくもぬけぬけと」

「人間が勝手に騒いだのではないですか。私だって命を削ってこの有様ですよ。宮の火急のときに、間に合いもしなかった他の連中に文句を言われる筋合いなどありませんね。私はイカちゃんにとっても命の恩人ですよ？」

畳に服と、どこに持っていたのか眼鏡も置いて、後肢《うしろあし》で首を掻き始めた。……反省のかけらもない。

「いや、今は助六を責めてる場合じゃないんだよ。どうしよう」

目をこすりながらやっと少し市子から離れて、大雅が今度は頭を抱えた。

「レスキューと警察に何て言おう。いざ本当に帰ってきちゃうと、狐の国のワンダーランドから生還したとか素面《しらふ》で言えない」

「……降って湧いてきちゃいましたからね。どうしましょうね。こうなると史郎坊は煙管を出して、面倒くさそうに頭を掻いていた。

「いっそ正直に言うたらどうじゃ。ヘリを飛ばし、山岳救助隊とレスキューと消防団が山狩りをし、警察が聞き込みをし、ニュースを報じて、人の身で為すべきことは全て為した。この上は神仏に縋るしかないと、いかが嬢とともに精進潔斎《しょうじんけっさい》して我が子の無事帰還を一心不乱に祈願しておったら、天女の如き不思議な衣を纏《まと》った宮が突如部屋の中に降って湧いたと。これは恐らく産土神《うぶすながみ》のご加護に違いない。陰陽道ならば泰山府君の祭りとか言うた方がそれら

しいか？　アリバイのために祭壇でも作るか？」

「江戸時代ならそれで通ったんだろうけどさあ」

「宮は狐の国のワンダーランドで何をしてお過ごしであられたのか」

　市子も、外の騒ぎを全く知らないので暢気に首を傾げている。

「狐の国のワンダーランドという表現はどうかと思うが、まあそんなに間違いでもない。——助六が傷を負って床に伏している間は脱出できず、やることがないのでずーっと獺と碁を打っていた。これの手下で正岡《まさおか》子規から取って子規と名づけた。石を二つ置いても手強く、最終的に四つ置かされたが、完全に私への指導碁だった。最初は謙遜していたが、歴代本因坊の棋譜を覗き見て技を盗み、現代棋士の夢《ゆめ》枕《まくら》に立ってやり合ったこともある本物だった。火雷といい勝負なのではないかな。AlphaGoとやらをベタ褒めしていたぞ。流石に機械の夢枕には立てないと悔しがっていた。あれは電力だけでなく操作するスタッフがたくさん必要らしいな。碁を打ちながら話したが何でも江戸時代から生きていて、赤穂《あこう》浪士《ろうし》の討ち入りや黒船来航、和宮降嫁《かずのみやこうか》の行列を間近で見たとか。子規は早死にしそうな名で悪いかと思ったがそれだけ長生きしていれば十分だろう。大奥に忍び込んで厨房《ちゅうぼう》の味を盗んだとも言っていたな。狐の国のワンダーランドの住人にされたくないので膳《ぜん》は食べなかったが、鱧《はも》の吸い物などおいしそうで惜しかった」

　——予想以上にのんびり遊んでいた！　私たちの眠れぬ夜とは！　カズノミヤコーカって何！

「それじゃ。そのまま偽らずにおっしゃいませ」

　史郎坊は市子の話に呆れるでもなく、煙管をぽんと叩いた。

「宮は思春期、繊細な御歳にて、多少意味不明な供述をなさっても実際玉体に外傷がなくば、脳波を測り頭のＣＴを撮って幾ばくか睡眠薬と安定剤を処方して終わりじゃろう。もらうだけもらってお飲みになる必要はありませぬ。むしろここはわけがわからぬ方がよいのです。狐に攫われて本因坊の弟子の獺と囲碁を打ちながら黒船来航の話をしておったと五回もおっしゃれば向こうも諦めるじゃろう。紛うかたなき真実なのじゃから信じぬ方の心が汚れておるのじゃ。巫女の霊言が愚かな只人どもに理解できぬのは今に始まった話ではありませぬ」

「他に鼬と猫と兎と鼠と、鳥の方の雀がいた。縫い物をしていた」

そこでなぜか市子は苦虫を嚙み潰したような顔になった。

「……本物の鶴が五羽がかりで織った着物が……」

彼女はかなり気まずげだったが、史郎坊は気づかない様子だった。

「この話と組み合わせるのじゃから大雅も泰山府君の祭りでよかろうが。これまでは洒落にならぬ事態であったゆえ邪推されるのを恐れていたのであって、若い娘が五体満足無事戻ったとあらば結果オーライで多少の不謹慎な世迷い言も許されよう。元々おぬしも宮も電波キャラではないか。大雅、おぬし、警視庁にその名を轟《とどろ》かす霊感監察医なんじゃろう？」

「そうだね！　怪我もないし何もされてないし！　……されてないよね？」

「されていません」

「いかがちゃん最強！　禁野流陰陽道は世界一！　宇宙一！　持つべきものは宗教法人の親戚！　それで行こう！」

大雅の方はそれでよかったが、いかがはというと、

「どうしよう、狩衣持ってきてない！　入る用に変装しすぎて出るときのこと考えてなかった！　この格好でテレビカメラの前に出られない！」

違う理由で青ざめていた。確かにあの装束を畳んでも、このキャリーカートには入らない。そもそもあの仰々《ぎょうぎょう》しい着物、畳んだら変な皺《しわ》がついてしまうのでは。衣紋掛けってそのためにあるんだよね？

「……助六さん、十二単を用意できるんなら着物貸

してあげれば？　似たようなの持ってないの？　てか十二単でもよくない？」

「これは私の身体にぴったりすぎていかが姉様には小さいと思う」

「私、紫しか持っていませんが。私のはいかが嬢には大きすぎると思いますよ」

「特別な大技のために普段と違う色を着とったんじゃ。和服のサイズなぞ大きい分には着付けで工夫して何とかせい」

「無茶を言いますね」

「この際、多少変でもしまむらよりマシだ！」

「え、何でイカちゃん何もしてないのに禁野流世界一って話になってんの。イッチー何で出てきたの」

ただ一人、霊感がなく史郎坊と助六が見えていない楓が話について行けていなかった。……追々説明するから。

「ちょっと待て。私は、出ていったら病院に連れていかれるのか」

ばたばたとキャリーカートから化粧道具を引っ張り出すいかがをよそに。市子は張り詰めた顔をしていた。大雅が彼女の肩を叩く。

「それは君、この真夏日に十四時間飲まず食わずでいたんだから何もなくても救急車に乗せてブドウ糖と生理食塩水くらい点滴するよ。いかがちゃんだって乗ってた車が引っ繰り返って、別に怪我はしてないんだけどついさっきまで検査入院してレントゲンとか撮られまくったんだ。割り切って我慢して」

「私が病院に入ってしまったら、エインセルはどうなるのですか！」

さっきまでのんびり喋っていたくせに、市子は悲鳴を上げるようだった。

「誰があれを救うのです！　調伏《ちょうぶく》するにしても私がいなければ」

「市子さん」

大雅も少し、気まずそうに目を伏せた。

「そんなもの、もういないんだ。いかがちゃんの車を吹っ飛ばした怪異なんてもうここにはいない。気配、しないでしょ？」

「どういう意味ですか」

「――芹香嬢がハルマゲドンと言うたな。最終戦争には程遠かったが、プチ程度の小競り合いならば起きました」

史郎坊がこつんと、自分の額に煙管の先を押し当てた。

「エインセルは、怨霊になった瞬間に粉々に引き千切られてしまいました。イカちゃんが全てを見ておりました」

8

衝撃で一瞬薄れた意識が、重圧で戻った。全身がひどく重く、押し潰されるようだ。眼球の毛細血管が切れていく感触がある。

凄《すさ》まじい霊圧だ――

「権天使《Principalities》！」

若いのに張りのある、力ある声が五感の全てに圧をかけ、頭の中が無茶苦茶になる。

「能天使《Powers》！　力天使《Virtues》！　主天使《Dominions》！　座天使《Thrones》！　智天使《Cherubim》！　熾天使《Seraphim》！　――そしてこの大天使《Archangels》！」

声とともに、ひしゃげたマイクロバスの向こうに武器を掲げた翼ある人影がいくつも顕現していくのが見える。いかがは地面に押さえつけられたまま頭を上げることもできない。これはヤバい、と思ったときには一瞬気絶し、また意識を取り戻していたところだった。いっそずっと気絶していればよかったのに――

「我らが主の軍団が来たからには極東の島国とはいえ好き勝手はさせぬ！」

わずかに顔を上げると、堂々と眼前に立つ人物は金髪碧眼《きんぱつへきがん》。キューティクルがツヤツヤした長髪で甘いマスクの美男子だ。西洋風の甲冑を着て、まるでファンタジーアニメの騎士のような姿だが、その背中には六枚もの鳥のような大きな羽根が――まるっきりファンタジーアニメの天使だった。こういうイケメン然とした男は、全然いかがのアンテナに届かない。背後に従えた天使の数は、数えたくもない。

「よし、生きているな、土着神の巫女よ。我らが父なる創造主と青銅器時代の地霊を一緒くたにしたその罪は重いぞ。簡単には死なせてやらぬ。まずはこの神の剣ミカエルにひざまずくがよい。さすれば主に導かれるべき仔羊として救いの手を差し伸べよう」

ミカエル。マジで。四大天使ではないか。心臓の大動脈が切れてもおかしくない。高位霊的存在のプレッシャーが霊感から逆流して身体の奥が灼《や》ききれそうだ。多分五分も口を利いていたら本当に死んでしまうだろう。

白の狩衣は正絹で高価だが濃い鼻血がぼたぼた容赦なく垂れ落ちる。が、四大天使にして〝大天使《Archangels》〟の長たるミカエルを前に洗い張りとかクリーニング代がどうとか言っていられないので袖で鼻を押さえていると、虎縞《とらじま》の毛皮、の残骸が目に入った。

「……エインセル」

と市子が呼んでいたもの。

毛皮の敷物のような綺麗《きれい》な姿ではない。肉片が飛び散り、砕けた骨が覗く凄惨《せいさん》な死骸だった。

それらを取り囲んでいるのは豪奢《ごうしゃ》な金の袈裟をまとった僧侶、錫杖を持った修験者、甲冑を身に着けた僧兵――天狗たちだ。皆一様に翼を持ち、鼻が長い者もいる。

「これは我らの山の者。我らで片づけた」

老僧が経を読み慣れた通る声で言い放った。

「危ないところだった、迷える仔羊の魂を抜き取った後でよかった」

――ミカエルの剣を持たない左手には、小さな嬰《えい》児《じ》の形をした魂が三つ。

それで思い出した。いかがが、気を失う瞬間に見たもの。

まず飛来した天使たちが巨大な怪物と化しつつあ

ったエインセルの背に剣を突き立て、背中を開いて〝彼らの仔羊〟の魂を取り出し。

そこに無数の天狗たちが飛来し、矢や錫杖や薙刀《なぎなた》を突き立て、エインセルをばらばらに引き裂いて。

最後に、市子を捜し求めたのだろうか。神牛や神馬がその上を駆け回った――

ミカエルが呆れたようにかぶりを振る。

「ヤスクニに囚われているよりは話が早かったが。全く、野蛮人どもは無体をする」

「汝《うぬ》らが言うか」

「宣教師を追い出し、拷問し、シマバラで我らの仔羊たちを殺した恨みは忘れないぞ」

「汝らが八島などに来たのが悪いと遠藤周作《えんどうしゅうさく》も言っている。八島の泥沼に咲くは蓮《はちす》のみ！」

「ノベルを真に受けるな！　この異教徒、悪魔、悪代官《インクィジター・イノウエ》！」

ミカエルに食ってかかるのは天狗ではなくいかにも祟り神の眷属《けんぞく》という風情の恰幅《かっぷく》のいい赤い袍の髭の男。人間に見えても、直感で天神様の牛だとわかった。他にも狛犬だの鼠だの鶏だの蛇だの馬だの、山ほどいるのだろう。背筋がぞわぞわする。もう頭の中がごっちゃごちゃだ。

それよりエインセルだ。……市子は確かこの化け物に何か言おうとしていたのに。

いかがは座り込んだまま膝を進めて、毛皮の残骸に触れた。

実体を持たないそれは霊力の塊に戻り、光になって空中に溶けていく。霊山の空気に還っていく。

「……これは、何だったのかな」

「有り体に言って幼子《おさなご》の甘えの産物」

いきなり言いすぎだ。

「死人の魂が珍しく少しいいことを申したものだから宮は動揺なさって御聖断を誤られ、いつもなさっている術式をお間違えになり、我流で何ともつかぬ奇っ怪なものをお作りになってしまった。傍目《はため》から見ても西行法師《さいぎょうほうし》が反魂のやり方を誤ったようであった。宇宙人とはまこと妄言極まりない。生きている頃は愚かなりに脳味噌があったものが死んでそれも失って一層分別がなくなりたわごとを発したのを、真に受けておしまいになるとはおいたわしい。妖は音で惑わし、光で惑わし、幻で惑わし、言霊《ことだま》で惑わすもの。悪い妖よりもよいものの方が始末に悪い。幼き頃の話とは言え宮にも今少しご自重いただかねば。君主に苦言を呈し、道を正すのも臣の務め」

天神様の牛は、容赦ない。

「何ともつかぬ奇っ怪なもの故《ゆえ》、天狗と大層モメていた様子だな。この天使どもがやって来たのを見て隙《すき》あらば漁夫の利を得んと、俗物どもが集って今か今かと待ち受けておったようだ。恐るべき早さで打擲しおって、小人《しょうじん》の恨みは買いたくないものだ」

「小人の恨みなどではない」

僧侶は小さいながらに背を伸ばし、かっと目を見開いてこちらも負けてはいない。

「人の子に仇なす者を捨ててはおけぬ。この鳥巣のお山は法難で寺こそ破却されたとはいえお大師様が開山なさった密教の霊山なるぞ。拙僧らの行いは即ち蔵王《ざおう》権現様の降魔《ごうま》調伏の光明なり。破邪顕正《はじゃけんしょう》！　天神地祇の使わしめといえども御仏の大慈大悲を解さぬ鈍牛に差し出口を挟まれる筋合いはない！」

「張りついて監視しておったから早く反応したのだろうが、それを小人の恨みと言うのだ。菅公の本地仏は十一面観世音菩薩である。大慈大悲については汝より知っておるわ！」

「何が本地仏だ、法難を恐れて近所の寺に押しつけたのではないか！　そなたらこそ大衆の空気に惑う、信仰も己もない俗物ども！　葬式仏教を作ったのはそなたらだ！」

「テング・フェアリーとは、下等なゴーストが虫のようにうじゃうじゃと湧いて出るものだ。おぞましい。アニミズムの地霊同士で仲間割れとは、これだから辺境は。青銅器時代の獣の霊が徒党を組んで必死だな」

ミカエルがふんと鼻で笑う。

「貴様らのような狭量なものが神を名乗るとはおこがましい。この土着神の巫女も我らでいただいていこう」

またこれで牛の矛先が天使に向いた。

「陰陽師は神道の巫女でも仏教の尼でもなくこの娘は我らとも関係ないが、切支丹伴天連が一人でも増えるというのは許せん！　陰陽師など無形文化財に等しいではないか！　道を究めて人間国宝になれ！」

「笑わせる、無形文化財、人間国宝とは伝統芸能の担い手か。古式ゆかしくベルやドラムを叩いて踊り、カーニバルをするのがお前たちの信仰か。どうせ思想などない冠婚葬祭の手引きに過ぎんのだろう。伝統芸能など観光地とミュージアムに押し込めてユネスコ世界遺産にでもしてしまうがいい。文化財、骨董品《こっとうひん》を崇めるは信仰にあらず。このミカエルが父と子と聖霊の御名においてお前の人生に相応しいまことの信仰、まことの救世、魂の救済というものを教えてやろう、小娘！　エイメン！」

大天使ミカエル様は剣を振って好きなことをほざいてくれた。――全然ノリが合わないのでそんなもの教えてくれなくていい。禁野本家道場は宗教法人でいかがはその跡取りだが魂の救済は目的ではない。

そこに、従者らしいトーガを巻いた少年の天使が進み出て遠慮がちにミカエルに耳打ちした。

「……あのうミカエル様。それ、違います」

「何だと。何が違う。珍妙な民族衣装を着ているではないか、見るからに異教の巫女だ」

「いえ、確かにそれも異教の巫女なんでしょうが、このソフィエルが不覚を取ったのは少し前に大きな狐《フォックス》にくわえられて消えた方です」

「あんなところに人間の気配があったか？」

「あったんです」

「消えてしまったら、私自ら窮地を救い恩を売って改宗を迫る作戦はどうなる」

「どうなると言われましても……」

「異教の巫女はポイントが高いんだ！　またメタトロンに手柄を取られてたまるか！　最近はサンダルフォンなんてマイナーどころまで出張ってきて、大天使筆頭はこのミカエルだ！」

……何やら大天使とは思えないしょうもないことを言っているぞ。貴方、さっき魂の救済がどうとか言ってなかったか。

「鼻血がひどくなるので出てこないでくれますか！　親に断りもなく改宗とかできませんから！」

いかがが叫ぶと、牛が手を打った。

「よくぞ言った、それでこそ大和撫子《やまとなでしこ》！　忠孝こそ日本人の美徳である！」

「親だと、つまらないことを！　親の命令で祖霊や獣を崇め称えるのが信仰か！」

「汝らも祖先に恩を売ったからといつまでも利子を取っておるだけであろうが、それが信仰か！」

「何でもいいから大声出さないでください！　貴方たちの宮ほど打たれ強くないんです！」


たまらなくなって悲鳴を上げた。複数の高位霊的存在が衝突し合ってオーラがザクザク突き刺さり、とっくにいかがの許容量を超えている。意識が飛びそうだ。いっそ気絶したい。一体、出屋敷市子はどんな精神構造でこんな生活に耐えているのだ。大雅もどうやって同じ家に住んでいるのだろう。

ソフィエルがミカエルのマントを引っ張った。

「仔羊の魂は回収したし異教の巫女は逃げたんですから、帰りましょうよミカエル様。辺境の牛馬を相手にハルマゲドンを起こすわけにはいきませんよ」

「火雷天神の使わしめを牛鬼《うしおに》とでも思っておるのか、毛唐！」

「だから皆でモメないでください！」

ＡＤの三保が騒ぎに気づいて助けに来てくれるまでどれだけだったろうか。

「えっ。イカちゃん、イカちゃん!?　無事なんですか!?」

「助けて、殺されるー！」

いかがは本気で叫び、その悲鳴は十二人のテレビクルーという俗人たちを呼び寄せ、やっと高名なる天使と神使と天狗の皆さんたちは解散ということに。すぐに救急車のお世話になって「事故では助かったのに霊圧で心停止」という事態だけは回避した。

ただ、禁野いかがには最後まで、宇宙人・エインセルが何だったのかはわからなかった。

＊＊＊

……話を聞き終えた市子の唇は、真紫色だった。

「お大師様の」

その声は震えていた。

天使に襲われても狐にさらわれても平然としていた彼女が、弱々しく震えて。

「仏教があれを認めなかったから、あれは消えるしかなかったと言うのか。——何者にもなりたくないとはそんなに贅沢な願いなのか」

「違います」

即答したのは史郎坊だった。

「宮にお覚悟がなかったからです。この八島に天神地祇ではないものを作ってどうなるか、御仏でないものを作ってどうなるか、甚だ浅慮であったとしか申し上げられませぬ」

「ちなみに」

少し疲れたように出屋敷大雅が片手を挙げた。顔が半笑いなのは、多分どんな状況でも表情が笑っているように見えるだけなのだろう。

「その、猫型宇宙人を最初に作ったのって、彼女が何歳のときの話?」

「御年六歳」

誘拐犯のことは殴らなかった父親が、このとき、丸めた新聞紙で天狗の頭をひっぱたいた。

9

大雅に言われた通り、市子は発見され次第、救急車に乗って禁野いかがが入院したのと同じ山の下の総合病院に入院することになった。栄養点滴を受け、CT、MRI、心電図、脳波測定等、各種の検査を受けることに。彼女は検査には慣れていた。

大抵の病院は入院患者に家族が付き添うのを禁止しているが、今回は特殊なケースでありマスコミ対策などもあって、大雅も同じ個室にベッドを借りて泊まることになった。――彼が心配していた捜索ヘリの料金だが、警察のヘリだったので思ったよりは安く済みそうだった。むしろ山岳救助隊、地元消防団の捜索チームなどがとんでもないことになりそうなので、内宮《ないくう》か外宮《げくう》で負担してもらえないか調整中だ。発端は内宮での勤務中の不祥事であり労災と言えなくもないので。

その人物が市子の個室に現れたのは、入院二日目。MRIから戻ってきたら、部屋のパイプ椅子《いす》に座っていた。暇潰しにベッドに座って刺繍《ししゅう》をしている大雅と二人、談笑しているようだった。

「やあ、市子さん、お見舞いだよ」

市子はどんな顔をすればいいかわからなかったが――ぺこりと頭を下げた。

「どうも」

「大体無事みたいでよかった」

「はい。おおむね、世間を安心させるための検査です。身体に変調を来たすようなことは何もありませんでしたから」

市子はベッドに座り――大雅には席を外してもらおうかと思った。だが少し考えて、彼にも聞いてもらうことにした。

「私は、貴方に謝罪しなければならないと思います」

「まあそれはそうだな。大変だったんだ！　警察なんか、俺たちでお前を切り刻んで山に埋めたんじゃないかと思ってたみたいだったぞ」

大変と言いながら声は冗談めかしている。

「これから保護者会を開いて説明もしなきゃいけないのに、お前、狐に化かされてたとかいい加減にしろよ何て言えばいいんだよ」

「それも申しわけないと思いますが、違うのです。――私は、貴方が何かたくらんで、私たちを欺いているのだと思いました」

「たくらむ？」

「一年生三クラスのうち、一組だけよそと違うプログラムが配られ、〝命の授業〟を受けずにハイキングコースのゴミ拾いをしていた件です。ゴミ拾いはそれはそれで意義あることですが、おかげで同級生は皆あの山の本当の名前すら知らず、事故のことをよそのクラスの生徒から教わることになったのです――貴方の仕業ですね、長尾《ながお》先生」

一年一組担任、国語教師の長尾政和《まさかず》は、それを聞くとへらへら笑うのをやめた。彼はアラサーでぽっちゃりしていて眼鏡をかけ、いつもユニクロで買ったようなポロシャツやカットソーを着ていて。

いい加減な性格で生徒たちにナメられている――

「そうだな。俺の仕業だ」

その彼が、表情を消して目を細めた。

「でも、たくらむって何なんだ」

「あそこはある意味の霊場です。そこに何も知らない中学生を何人も連れていって、何か変化を起こすつもりなのかと思いました」

「ああ、お前、死んだ人が見えるんだっけ？　何かいたか？」

「いました。――優しい、気のいい宇宙人でした」

「何だそりゃ」

長尾は鼻で笑った。

「――俺の父親は、いたか？」

今度は市子の心が揺れる番だった。大雅も、目を見開いて長尾と市子を交互に見たが、何も言わなかった。市子はため息をついた。

「――わかりません。もうずっと昔のことで、幽霊単体で出現することはないのです。通常、死人の霊は長く個を保っていられず、六道輪廻を巡って浄土や地獄に行ったり妖怪に吸収されてしまったり、様々な変化を起こして、死んだ直後のままでいることは稀《まれ》です」

半分は本当。

半分は嘘。

「そうか」

特に感慨を受けたようではなく、それ以上説明も求めず、長尾は首を曲げてごきっと音を立てた。

「〝命の授業〟って何かわかるか」

「受けたことがないので知りません」

「そうか。今どきの子供はさ。自殺したり、いじめで同級生を自殺に追い込んだり、〝人を殺してみたかった〟とかほざいて赤の他人をナイフで刺し殺したりするだろ？　そういうことをしないように、人間の命は地球より重い、命を粗末にしちゃいけないって学校で教えることになったんだよ」

「――よくわかりません。自殺する人は命を粗末にしているのではなく、何かしら困ったことがあって追い詰められて、どうしようもなくて死を選ぶしかないのではないですか。たまには幽霊とも口を利きますが、死んですぐの初七日や四十九日を経ていないものは現世への未練が残っていてよく話しかけてくるのですが、恋愛で困っていたとか仕事で困っていたとか借金で困っていたとか家族のことで困っていたとかとてもつらいことがあったとか、いろいろです。それは他人から見てつまらないことで思い悩んで死ぬ者もあるのかもしれませんが、人それぞれの価値観というものです。そんなことで、とは思いません。現在の八島には自殺すると輪廻転生できないという民間信仰もあり、生まれ変わったらもう少しましな人生でやり直せるなどと考えているわけではないと思います。ゲームをリセットしてやり直すというのではないと思います」

「俺もそう思う。ていうか、今どきリセットして有利になるゲームなんかねえよ、ソシャゲなんかオートセーブでリセットなんかリセマラガチャのときしかしねえよ。リタマラ、タスクキルはするけど面倒なだけで何も楽しかねえよ。リセット論者は作業ゲーの存在を知らない」

長尾のたとえは市子にはよくわからなかったが大雅には深く響いたらしく、何度もうなずいていた。

「いじめで同級生を自殺に追い込むのは命を軽視しているのではなく、同級生の人格を軽視しているのだと思います。他人を虫けらか何かだと思っていて、命がどうこうではないのでは。通り魔に至っては命が大事だということを知っていてわざと粗末にするのでしょう。残念ながらこの世には他人が大事にしているものを踏みにじるのが大好きな、邪悪で悪趣味な人間がいます。そこに〝人の命は地球より重い〟なんて言ったらかえって喜んで、他人が眉をひそめるような邪悪な行いをするのです」

「お前、頭いいな。お父さんが医者だからなのかな」

「ちなみに、たまに出てくる〝人を殺してみたかった〟みたいな奴がメチャメチャ目立つだけで統計的には少年犯罪は年々減少してます。少子化で少年自体の人数が減ってるからなんですけど」

大雅が肩をすくめた。

「それで〝命の授業〟の目的はわかりましたが具体的に何をするのですか？」

「よその学校では子供が自殺した父親を呼んで、どんなに悲しかったか語らせたらしいぞ。君たちは親不孝しちゃいけない、とか言ってたんじゃないか」

市子には一つも納得できない。

「そんなことを言われても、その人は私の親ではありませんしその子供が自殺したくなった状況と、私が自殺したくなるかもしれない状況は違うものなのでは？　誰かがいじめられるたび、その人は助けに来てくれるのですか？　私が名誉を守るために自刃するしかないと思ったとき、その人は私の名誉を守るために粉骨砕身してくれるのですか？」

「名誉のために自刃って、時代劇か。お前どんな状況なら死ぬんだ」

「男性に意に染まぬ行いを強いられたら、舌を噛んで死ぬかもしれません。親不孝ですが致し方ありません、人間にはどうしても耐えられないことがあります。そのときはすみません大雅さん」

真面目に言ったつもりだったが、なぜか長尾は目を逸らした。

「……何か、お父さんの前でする話じゃなかったな」

「そういう状況にならないように祈ります！　痴漢撃退ブザー持って青い飲み物には気をつけてね！」

大雅は簡潔に意見を表明した。

「で、うちでは事故の慰霊碑を拝んで、遺族かレスキューの話を聞こうぜ！　ってことになったわけだ」

長尾はやけっぱちのように笑った。

「――ふざけるな。俺の父親はお前ら中学生に命の大切さを教えるために死んだんじゃない。大体事故自体運が悪かっただけで、お前らはヘリの落ちない場所を選べよ、なんてことが言えるわけでもない。何を教えろって言うんだよ」

「……そうですね」

「林間学校の行き先を変えることはできなかったんですか？」

とは、大雅。それで長尾の目は暗くなった。

「そこにはうちの父親もいるからやめてくれって言ったら、学年主任は『じゃあ、長尾先生が遺族代表で話をしてくれ』とほざきやがった。――それこそ死にたくなった」

――この世界には。

信じられないほどの邪悪も、信じられないほどの悲しみもある。

市子の知らない俗世の話だった。

「――すみません」

「何で出屋敷が謝るんだ」

「私は貴方を誤解していました。大して信念のない事なかれ主義の役人気質なのかと」

「マジでボロカスだな、役人気質ってお前のお父さん役人なのにそんなこと言っていいのかよ。──お前、頭いいのかと思ったけど意外と中学生らしいかわいいとこあるな」

長尾が少し笑うのでむっとした。

「私がかわいい、とは」

「家族一人死んでるだけで人間が善人に見えるなんて単純だろう！　──別に誤解じゃない。親が死んでるだけで大して信念のない事なかれ主義者だぞ。お前だってお母さん死んでるんだろ。一緒だ。お前は成績はいいのに空気が読めなくてこの期に及んで狐にさらわれたなんて寝言をほざくような問題児だけど、悪い奴に騙《だま》されたら心が痛むからちゃんとしてくれよ！」

そこで初めて。

市子は気づいた。他人を虫けらか何かだと思っていたのは自分ではないか、と。

血の流れる人間とはどんなものか理解していなかったのは自分ではないか、と。

「……ぼくは、死体の解剖を生業としている医者ですが」

大雅がそこで軽く手を挙げ、訥々《とつとつ》と語り始めた。

「宮城に行きました。生きている人を診察する医者より死んだ人を解剖する医者の方が足りなかったので、手伝いに行ったんです。ここで事故が起きたときには、同じように上司がここに来て手伝ったそうです」

長尾が彼を見る。大雅は今までに見たことのないような穏やかな目をしていた。

「結局、運なんですよ。運がいいか悪いか、ただそれだけで。惨い死、悲しい死はあります。でも、人間はいつか必ず死にます。無意味な死はありません。同じように意味のある死も、ありません。人間は何かのために死ぬのではありません。天命で、死ぬんです。いいことをしたとか悪いことをしたとかそんなものではなくて、ぼくらにはよくわからない基準で、よくわからない神様が勝手に決めた運命なんです。人間はいつか死ぬと決まっているから死ぬんです。何がよかったとか悪かったとかではないんです」

それは『古事記《こじき》』に記されている。

——愛しき我が那勢《なせ》の命《みこと》、如此《かく》為せば、汝が国の人草を一日《ひとひ》に千頭《ちがしら》絞《くび》り殺さん。

——愛しき我が那邇妹《なにも》の命、汝が然《しか》為せば、吾は一日に千五百《ちいほ》の産屋《うぶや》を立てん。

どこの文化圏でも、人は神話によって永遠を失い、短く儚い命を得る。

「人間の命は大切で、できうる限り守るべきものですが、守れなかったからといってその命が無益に失われたわけではありません。同じように、命は失われたが尊い教訓が残った、なんてこともないんです。先人の死から学ぶことはあっても、だからその人はよく死んだ、偉い、なんてこともない……うまく言えないな。死にくだらないも尊いもない……」

「……〝命の授業〟は貴方に頼むべきでしたね」

——長尾は。

憑き物が落ちたようにさっぱりとした、晴れやかな顔をしていた。

「来年、そういう話が出たらお願いしますよ」

「ひ、人前で喋るのは自信ないなあ。ぼくコミュ障で友達いないんです」

「大丈夫大丈夫、行ける行ける」

「——あの、先生の宗派は？　よろしければ帰る前にお線香を上げていこうと思うのですが」

「別に今更気を遣ってくれなくてもいいけど、まあ、真言宗です」

——それで市子は息が詰まりそうになったが、

「うちもです。南無大師遍照金剛」

大雅は自然な動作で蓮華《れんげ》合掌し、頭を下げた。

長尾は少し笑うと、立ってぺこりとお辞儀をし、「もう狐にさらわれたりするなよ」と言って個室を出ていった。

「……ぼくあの人と三者面談するの、何か怖い」

大雅は柄にもないことをしたとでも言いたげに首をすくめたが――

「大雅さん」

市子はもう、涙を堪えられなかった。一生懸命目を押さえたのだが、溢《あふ》れてきてしまう。

「市子さん、目が腫《は》れちゃうから押さえちゃ駄目。出てきた分だけ吸わせて」

と大雅がティッシュを箱から数枚取って手渡してくれた。

「……エインセルのことを、言えませんでした」

彼らの中には、もしかしたら長尾の――

「違う。あの人のお父さんは真言宗のお墓に葬られて、六道輪廻を巡った」

大雅はきっぱりと言った。

「今はその名残があの人の家のお墓と仏壇と位牌《いはい》にいる。それは生きてる人間がもう死んだ人を偲《しの》ぶための方法で、死んだ人が祟るから法要をするんじゃない。――クラウドだ」

「クラウド？」

「同じものを別の場所に保存するんだよ。お釈迦様一人の骨があんなにあちこちにあるはずない。お稲荷さんの社が伏見稲荷以外のいろんな場所にあるのもクラウドなんでしょ？」

「分霊《わけみたま》、勧請です」

「その方が便利だってだけで、どれか一つだけうまくいかなかったからって全体が迷惑をこうむるわけじゃない。あの人の父親はエインセルの何百分の一だったかもしれないが、それがあの人の父親の全てじゃない。君に〝何者にもなりたくない〟と願ったものは確かにいたしそれはあの人の父親だったのかもしれないが、それが全てじゃない。あの人にはお墓と位牌の方が大事だよ。それに、エインセルは不幸な死の物語は必要ないから宇宙人になったんだよね？　同じようにあの人にはまほろば山の宇宙人の物語は必要ないんだ。君が作ったのはそういうものだ。責任を感じるなら永遠に黙っていなきゃいけない。君が気にしたりあの人に言ったりして何かどうにかなるようなものは、それは未完成品だよ。確かに失敗していたんだろうね。もう一度、あの人とエインセルを関連づけたりしちゃいけない」

大雅は刺繡枠をベッドに置き、市子のそばに立って頭を撫でた。

「ぼくだけが君を許すよ。——まあ、そういうこともあるさ。君はまだ子供だ」

「子供だからで許されていいのですか」

「ていうか、神様作るのに失敗したときの慰め方ってどうすればいいのか全然わからない。ぼくそれやったことないし子供だから失敗したんだろうってことにしないとちょっと。今度はうまくいくよ、じゃ駄目なんだろうなあ。——元々、エインセルが望んだことなんだ。彼らも嬉しかったと思うよ、君に親切にされてテレビの取材が来て夜来順一に会えて。宇宙人としては最高じゃないか。どうせならオーケンも来てればよかった？」

それはそんなに価値のあることなのか、市子にはどうしてもわからなかった——

10

——ばらばらに引き裂かれても、それはまだそこにいた。元々それには意志も何もなかった。ただ力の塊というだけ。

それは吹き散らされたが、再びそこに集まりつつあった。もう与えられた心も何もないただの力の名残として、だったが。

〝エインセル〟

どこかで誰かがその名を呼んだ。

〝エインセル、マジかよ〟

それは少しだけ、自分のことを思い出した。

〝エインセルは本当にいるよ！〟

——本当に？

〝そんなのいるわけないじゃん、バカじゃないの〟

〝いやあ、自分は否定しませんね。夢がある〟

〝不謹慎だ〟

〝そうかなあ〟

どんな内容でも。その名を呼ばれるたび、少しずつ存在が戻っていく。

〝エインセル、私のところにも来て！〟

〝エインセル！〟


気づいたとき、彼は、再び山中にいた。

身体はないが、心はあった。記憶はあった。

名前があった。

いつか、小さな女の子がつけてくれた名前。

彼を指し示す記号。

護摩を焚く匂いがして、彼の前に立派な金の袈裟を着て首に帽子《もうす》を巻いた僧がいた。眉は白く鼻が長く、右手に金剛杵《こんごうしょ》、左手に数珠。

「よし、勧請したぞ」

僧が背後を振り返ると、後ろに控えた修験者や僧兵たちが手を合わせた。

「実にめでたい」

「流石、阿闍梨の法力」

「〝天使ども《Angels》〟に魂を取られてどうなることかと思っておりましたが、肝心肝要の部分は残っておりましたな」

山犬も鼠も鷹も大喜びだ。鳥の顔の小天狗が阿闍梨のそばにやって来て、羽根団扇《うちわ》で顔を煽ぎ始めた。

——何が何だかわからない彼に、阿闍梨が咳払いして話し始める。

「エインセルよ、拙僧らの仲間にならぬか」

それは猫撫で声というものなのだろう。

「——あやつら、拙僧らを俗物と言うたな。おう、俗も俗。魔界外道の大魔縁、仏法の敵よ。天神地祇の御使いどもめ、己はユネスコ世界遺産だの国宝の本殿だのに住んでおるからと上から目線で言いたい放題、我慢ならぬ。怒髪天を衝くとはこのこと。拙僧に衝くような髪がなくてよかったな。――明治の法難で本尊を失い、伽藍《がらん》を失い、堂も塔も失い、最後に残ったのもその有様だ」

　阿闍梨が金剛杵で指し示すのは――砕けた石積み。元は、石塔だったのだろうか。阿闍梨は穏やかな顔立ちだったが目も口も荒々しく歪《ゆが》めていた。

「もうよい、何でもしてくれよう。高尾も鞍馬も所詮よそ者、都のそばに住んでいるというだけで威張りくさりおって、目にもの見せてくれる。――エインセルよ、拙僧らが法力でそなたに新たな存在を授けようではないか」

――それは。

――天狗になれ、ということだろうか。

「そうでもあるしそうではない。鞍馬の新米があれならば、拙僧らの新たなる同志もまた外連味《けれんみ》というものが必要である。拙僧が思うにな、あの姫君は世俗をわかっておらぬ。だからそなたは子供の噂一つで怨霊になってしまうのだ。猫の姿で撫でられておれば心が慰められようとはいかにも童女の発想よ」

　阿闍梨は小さく笑った。じゃらりと左手の数珠が鳴る。

「そう、そなたを憐《あわ》れみ労ろうとしておったのは他ならぬあの姫ではないか。そなたがそれほど悲しいものではないと言うのを信じていなかったのはあの姫ではないか。何という慈愛、何という浅はかさ、何という驕慢《きょうまん》。仏道を知ればそなたが曇ると思って拙僧らを遠ざけておっただけ。法華経を修めたものの言葉尻を知っただけで御仏の大慈大悲を知らぬ童女よ。齢《よわい》六歳で善女龍王《ぜんにょりゅうおう》にでもなったつもりか。まさに天狗の育てた娘であった」

　違う、と思った。

　だが、そうだとも思った。

「そなたの願いを叶《かな》えるはあの姫君にあらず。そなたをそなたの望む姿にするのは仏の道であり、修験の道であり、天狗の道である。拙僧らでそなたをもっと俗で染め上げて、もっと奇抜にしてみせようではないか。今までに誰も見たことのない八島の妖怪変化にしてくれよう。最初から俗で煮しめてしまえば噂などで動じることもなく、恐ろしい怨霊などと思われることもない。高尾の木っ葉天狗にできることが拙僧らにできぬと思うか」

――悪い奴にはなりたくないんだけど。

「悪い奴にはしない。もっと人間に愛される姿にしてやろう。何、そなたは遊んでおればよいだけ。そなたは人間にかまわれ、拙僧らはこのお山に再び伽藍をうち建てる。今様に言えばＷｉｎ－Ｗｉｎだ。

――そなたらの魂は既に六道輪廻を巡り、中にはあの忌まわしき〝天使ども《Angels》〟の〝天国《Heaven》〟に至った者もあるのであろう。それもまた業縁、大日如来の御心なり。皆、三千大千世界の涯《はて》で菩薩となり如来となる。残されたのはそなたであり、拙僧らだ。はて、そなたとは何だ」

――何なんだろう。

「これは本願寺《ほんがんじ》の連中の主張であって拙僧が如き真言坊主の言うようなことではないが。――森羅万象、全ての因果はどんな些細《ささい》なものであっても阿弥陀仏の本願によって定められたのであり、善悪の心などというものに価値はない。全て前世の因業によって定められている。そなたの今の状況は、そなたが定めたものにあらず。阿弥陀仏の本願である。そなたは再びこのお山に蔵王権現を勧請するべくここにおるのだ。信じられぬか」

――わからない。

――でも。

――退屈なのは、嫌だ。

阿闍梨は満足げにうなずいた。

「よくぞ言った。天狗に退屈などないぞ。これより得度式だ。得度・授戒はほんの入口。伝法灌頂に至るまで、幾度も厳しい加行がある。勤めよ。だが加行より前に」

修験者が大きな木の調度を持ってきて、阿闍梨と彼の間に置いた。

それは、箱のようにがっしりとした。

「まず囲碁を覚えよ。急いで仕込むぞ」

彼はもう猫のような生き物でも人間のような姿でもなかった。自分の手を見ると、丸くて尖った鉤爪《かぎづめ》が生えていた。

猫だった頃よりもずっと尻尾が太く、それを支えに後肢で立てる。頭は丸く耳が小さく、毛皮の毛はごわごわしている。

彼の新しい姿は、獺だった。

11

――まほろば山の宇宙人・エインセルの物語は悲しい結末を迎えた。

かに見えた。

本当のオチはその一週間後に待っていた。

『ちょ、今日ホラすぎ宇宙人特番あるじゃん！』

ある日、楓からＬＩＮＥが入った――テレビ番組アプリを見てみると、『ホラーすぎる夏の生放送二時間ＳＰ！　少女に何が起こったか！　まほろば山に黄金のＵＦＯ！』とはっきり書いてある。出演者の中に、禁野いかがと夜来順一の名も。

『え、ロケ中止になったんだよね？』

戸惑いながらもその夜、見てみると――

スタジオから始まった。そこにはいかがもいた。

「先日、信じられない事故が起こってロケは中止になりましたが、カメラは決定的瞬間を捉《とら》えていました。映像をご覧ください」

ＡＤ・三保カヤがスタジオで一通り紹介した後、それはオンエアされた。

――それは史郎坊が私たちに見せた、市子が助六にさらわれ、いかがの乗ったマイクロバスが転がるあの映像だった。

「この巨大な金色の物体は間違いなくＵＦＯです！　アブダクションの瞬間です！」

とスタジオで夜来順一が熱弁し、

「動物のように見えますよ！　こんな大きな動物がいるはずがない、トリック映像です！　CGです！」

謎の物理学者が反論し、

「私は、狐だと思います！　現場にいたんだから間違いないです！　この目で見たんです！　化け狐が恐ろしい力でマイクロバスをひっくり返しました！　私でなければ死んでいました！　私は泰山府君の祭りを執り行って狐に囚われていた彼女をこの世に呼び戻したんです！」

顔にガーゼを貼った禁野いかがは見た感じ、かなりやけくそになっていた。一週間も経ったら彼女は顔に傷なんか残っていないと思うのだが。

『これ、いいの⁉　いっちゃんテレビNGじゃなかったっけ⁉』

私は焦ったが、

『ホラすぎじゃぞ？　宮のご尊顔は映っておらぬし、背格好の似た仕込みの劇団員と解釈できんこともない。世間に対するホラすぎの説得力が微妙な感じなんじゃなあ。それにこれで肖像権侵害とか言うたら、宮が八キロメートルほどワープしたことになって藪蛇になる。既に八キロの件は物理学者殿からツッコミが入っておるし、テレビはギリギリ宮のこととは言うておらぬ』

なぜか史郎坊が反論してきた。

その後、番組は二度目のまほろば山ロケ映像に。今度は禁野いかがが抜きで、陣九郎Pがバットを持ってCGくさい光球を追いかけたりしていた。雑木林の風景の見分けなんかつかないので、もしかしたら他の山だったのかもしれない。

――市子はかつて言った。「火のないところに煙は立たない、と諺《ことわざ》では言うが、人の世では全く関係なく煙だけ出ることも、煙が出てから火が出ることもある」と。

原因があって結果がある。

その因果が逆転する。

その後、ネットはこの番組の話題で持ちきりになり、私たち星ヶ丘中学一学年六十人の間に流れたものとは桁外れの噂が生まれた。

〝まほろば山には宇宙人がいる。林間学校で行方不明になって十四時間後に帰ってきた十三歳少女は、宇宙人にアブダクションされたのだ。彼女は武家屋敷のような場所で、獺のような格好の宇宙人とずっと囲碁を打っていたという〟

真剣に信じた人間は誰もいなかったと思うが、父子家庭の少女が同級生にいじめられて林間学校の宿舎を抜け出して散々道に迷って帰ってきた、という話は誰も面白がらなかった。「被害者がいるのに不謹慎だ」という話はないでもなかったが、なぜか市子が失踪していた間のネットニュースはデータが閲覧できなくなり、テレビももう二度と彼女の名前を出さなかった。ネットには明らかに出屋敷市子の実名を書こうとして、文章が文字化けしてしまった人がたくさんいた。

〝まほろば山に恵[redacted]と記された壊れた古い五輪塔が発見された。恵印[redacted]とも読める、これはエインセルが最初に地球に来訪した際のものである〟というネットニュースが出た日。

このニュースを受けて、五輪塔が壊れたからエインセルが怒って飛び出してきて手近な女子中学生をさらったものの、特に悪いことを思いつかず、囲碁でこてんぱんにしただけで帰したというほのぼのマンガがネットにアップロードされ、十万も二十万もPVを稼いだとか。私も見たが獺の顔がなかなかかわいく描けていた。

こうして市子に生み出された後、何年も猫としてごろごろのどを鳴らし、おぞましい怨霊に変貌を遂げ、天使や天狗や神使に引き裂かれ、消滅したはずの宇宙人エインセルは、まほろば山に華麗に復活した。「ヘリ事故の不幸な犠牲者」の過去から完全に切り離された状態で、なぜか狐のような獺のような姿を与えられて。

数多の神々に存在を否定されながら、その意志すら越えて。

神や天使ではなく〝人間〟が彼を望んだという形で。

それは化け狐のような黄金のＵＦＯで人をさらっては基地で囲碁を打たせ、AlphaGo級のとんでもない棋力を見せつけ、気が済んだら適当に帰す囲碁好きの宇宙人だ。江戸時代に地球にやって来て本因坊秀策と囲碁対決をして打ち負かされて以来、囲碁にドハマリして地球人を見つけては対局を迫るようになったのだ。人をさらうことはあっても殺すことはなく、宇宙人の基地は江戸時代の武家屋敷そのままらしい。

市子は何も言わなかったが、インターネット上に囲碁宇宙人エインセルと対局した話は日に日に増えていった。これには史郎坊も一枚噛んでいて、彼は市子に子規と打った囲碁勝負の棋譜を思い出させ、書き起こして匿名でネットにバラ撒いたとか。囲碁の打った順を覚えているとか、私は冗談かと思ったがプロなら当たり前だそうだ。じゃあプロになればいいのに。

その棋譜を見て、夢で獺の妖怪と勝負をしたのを思い出したプロ棋士がネットに何人か現れた。それがまた二万も三万も拡散した。夢の話なんか本当か嘘か誰にもわからない。棋譜はそれらしくできていたらしい。宇宙人に会いたくて囲碁を始める人まで現れる始末。人型のエインセルのイメージはやはり大雅に似ていたが、眼鏡をかけていたのでほとんどの人は羽生善治《はぶよしはる》がモデルだと思ったようだ。来月には調子に乗った玩具《がんぐ》メーカーから、ＬＥＤで光る「エインセル碁盤セット」が発売されるらしい。

その様子を、私は主に出屋敷家の居間で見ることになった。——夏休み中、暇だったし市子の家は無駄に広いので。

「恵彗阿闍梨の何がかわいそうなんだよ」

とタブレットPCを見て雀が舌打ちしたのは、まほろば山のその後。

そこには古い寺があったが明治の神仏分離令の際に廃寺になっていた。実はこれは宇宙人を崇めるカルト宗教の巣窟《そうくつ》と見なされ、迫害を受けたのだと――玩具メーカーよりも調子に乗って「エインセル観音像をまほろば山に建立しよう！」とクラウドファンディングを始める人が現れたらしかった。

「あの天狗野郎、これが狙いで宇宙人の噂とか撒いてたのか!?　何でもいいのかよ!?　町おこしじゃねえか！」

「所詮、魔界外道の大魔縁、天魔仏敵の類であったことよ。阿闍梨の位は今でこそ僧侶なら誰でも持っとるが、室町時代ではレアじゃったから我々木っ葉天狗ではとても敵わぬ大天狗じゃったな。同業者に簡単に同情するものではないぞ」

「地獄に堕ちろ！」

「もう堕ちとる」

雀は打ちひしがれていたが、史郎坊は煙管を吹かすばかりだった。

そのうち、驚異のハッキング能力でいよいよAlphaGoとも対局するかもしれない。宇宙人対AI。二十一世紀の囲碁SF伝説。伊藤計劃《いとうけいかく》囲碁将棋部、爆誕。宮内悠介《みやうちゆうすけ》を呼んでこい、本因坊なら二百年ほど時代がずれるが四世道策にして冲方丁《うぶかたとう》も一口噛ませろと史郎坊がネットで煽った。

「まさかこんな風に生き延びるとは」

市子はと言えば、満更でもなさそうに座卓で麦茶を飲みながらテレビのエインセル囲碁セットのニュースを見ていた。

「テレビやネットもたまにはいいことをする。私ではとても思いつかなかった」

「まあ妖怪として新しいところはないですが、器に相応しいものに落ち着いたのではないでしょうか」

助六は市子のグラスに麦茶を足しながら、少しむっとしているようだった。

「エインセルというものの姿は私ですしキャラクターは子規ではないですか。丸パクリですよ。きっと囲碁も天狗どもの作ったカンペを見ながらやっていますよ」

しかも、囲碁宇宙人は狐の方が獺の手下で、獺のためにに人をアブダクションしているという設定なのである。狐は顔の表情こそ毛皮でわからないが尻尾の毛が逆立ってほうきみたいになっていたのを、市子はスルーした。

「そうだな。子規は気を悪くしたりしているのか？」

「いえ。あれは謙虚ですので自分の名は宮がお呼びくだされればいい、AlphaGoと対局するときにはぜひ代打ちをさせてくれ、と申しております。どうせ民草は獺の顔の見分けなどつかないでしょう」

「どこが謙虚だ。まあ楽しそうにしているのならよかった」

「乃公より先にAlphaGoと対局など許さん！　乃公を出し抜くなど、許さんぞ天狗どもめ！　目にもの見せてくれる！」

テレビの前では火雷もただでも赤い顔を真っ赤にして、笏《しゃく》からバチバチ小さな雷を飛び散らせていたが特に誰も相手にしていなかった。

「折角《せっかく》屋敷を花で飾っているのに女主人がいなくて大層嘆いていますよ。毎日、宮のために膳や菓子を用意してございますのに」

「その手に乗るか。――と言いたいところだが、子規のために遊びに行くか。碁を習いに、三時間程度なら。……二週に一度くらいなら。大雅さんの許可が取れたら」

「ぜひに。――口惜しい。宮は子規には情けをかけ、名までお与えに。私はあれを引き裂いてやりたいほど妬《ねた》んでいますよ」

「引き裂くのは駄目だ。あれをいじめたら許さないからな」

妖怪が混ざってしまい、また二つに分かれることはよくあるらしい。化け狐なんかは妖怪マンガや映画にたくさん出てきていろいろな噂がフィードバックして来るとか。

「今は物珍しい宇宙囲碁妖怪エインセルが有名だが、こんなものは何年も持たない。——ただ、あれにこんなにも人に愛されたという事実ができた。誰が忘れてもそれは変わらない」

「間違ってエインセル観音が完成してしまえば、もう忘れるとかいう問題ではなくなりますよ」

彼女はこの宇宙に新たな仏陀を作るのには失敗したが、囲碁好きの宇宙人を生み出すのには成功した。作ったのは恵彗阿闍梨でも、彼女が碁を打っていなければ生まれなかった。

何ともアホくさく、人畜無害で、そして幸せな妄想。悲しいことなど何もない。

「ひとりぼっちは寂しい」とつぶやいた宇宙人は、もうどこにもいない。

他人に何をしたかは忘れているものだ

1

逢魔《おうま》が時、という言葉がある。大禍時とも書く。夕方の薄暗い頃を指す。他人の顔が見えづらくなり、足許があやしくなり、人の間に魔性のものが入り交じる頃合い。

言葉の意味は時代によって移り変わるものだ。現代の逢魔が時は終電の時間だと出屋敷大雅《でやしきたいが》は思う。

東京の電車はいつだってそれなりに混んでいるものだが、慣れとは恐ろしいものでその日、大雅は吊《つり》革《かわ》に摑《つか》まり、立ったまま眠っていた。

ふっと意識が戻った瞬間、まずい、と思って慌てて電車を降りた。降りてから駅名を見ていないことに気づいてしまった。かなり寝ぼけていた。

東京はどこもかしこも眠らない街であり、サービス残業満員御礼であり、終電と言えど決して空いてはいない。いないはずなのに。

その駅のホームは、がらがらだった。降りたのは大雅だけだった。思わず目を疑った。電車を振り返ったときには、もうドアが閉まるところだった。

辺りを見回したが、駅員がいない。ホームは看板だらけで町並みが見えない。見たことのない病院と美容整形の広告看板だらけだった。

『こんなニキビ痕《あと》は更衣《きさらぎ》美容クリニックへ！』

貼《は》られた写真は明らかに画像を加工しているだけだが本当ならニキビ痕というレベルじゃないぞ、美容なんかで済ませないで普通に皮膚科で保険適用内で診察してもらえ。いい処方薬があるぞ。

やっと見つけた駅名表示は〝みなづき〟。……山《やまの》手線《てせん》ではない。一体《いったい》どこなのか、スマートフォンで調べようと思った。現代人はスマホ様におうかがいを立てなければ自分がどこにいるのかもわからない。

しかし。

『電波状況をご確認ください』

　東京にあるまじき、圏外。時刻表・乗換アプリが機能していない。当然ＧＰＳ情報が取得できず、Googleマップも、車には乗らないがもしものときのために入れてあるYahoo!カーナビも、気紛れで入れたIngressもポケモンGOも全滅だ。

　仕方がないので駅員に尋ねようと思ったが――やっぱりいない。どんなに目を皿にしてもいないものはいない。終電なのだ、酔っ払いがトラブルを起こすかもしれない。いないはずがないのに。

　仕方がなく階段を登って駅舎に出て、大雅は再び目を疑った。

　屋根が少しと自動改札機があるだけで、そこにも駅員はいない。壁が全然なくて冷たくなり始めた夜風が直接吹きつける。

　無人駅だ。

　……いやいやいや。東京都二十三区に無人駅とか、ご冗談を。いやないわけではないらしいのだが山手線は乗りすごしたってぐるぐる回って車庫に入るだけでこんなところに出るはずがない。

　とりあえずSuicaを使って改札を出てみたが。水《み》無《な》月《づき》駅前とやらは、街灯がぽつぽつ灯ってタクシー乗り場が形だけあったが、肝心のタクシーが一台もいなかった。街灯は光っているがコンビニやファストフード店らしいものは見えない。居酒屋の気配すらない。当然ビジネスホテルもカプセルホテルもカラオケボックスもネットカフェもない。「最悪、二十四時間営業の居酒屋でだらだら朝まで過ごす」という最後の手段まで断たれている。チェーン系居酒屋がない駅前とは？　何か店らしきものはあるにはあるのだが全てシャッターが降りていて灯りが点いていない。

　タクシー乗り場が空どころか。一番近い信号が黄色く点滅している。道路にも一台も車が通らない。

　ド田舎ならいざ知らず。山手線沿線でこんなことがあるはずがないのだ。

よくよく見るとシャッターの降りた店の看板は『巨頭オ』『メメクラゲ科』など、出鱈目《でたらめ》な文句が並んでいる。

――これは、間違いない。

「狐《きつね》に化かされた……！」

大雅は呆然《ぼうぜん》と立ちつくした。


実は、初めてではない。

出屋敷大雅はよく妖怪《ようかい》にかどわかされる子供だった。食べられそうにもなったし、子供を亡くしておかしくなった女妖怪に「母がいないのは寂しいだろう、育ててやろう」と監禁されたこともあった。大きなお世話だ。そのときは脱出するのに二週間もかかり、現世に戻ったとき、父親は捜索願を出しておらず「どこをほっつき歩いていた」とぶん殴られた。

――女妖怪に育てられた方がマシだったのかもしれない。


いやしかし。今の大雅には思春期の一人娘がいて、仕事がある。二週間も現世とおさらばするわけにはいかない。――どちらもなかった小学生の頃だってそんなことをされてよかったわけではないが。児童略取・監禁だ。ダメ、絶対。

絶対自力で脱出しなければならないわけではない。一人娘の市子《いちこ》は大雅より遥《はる》かに秀でた霊能者で、何やらありがたいオバケを八十八匹も飼っている。親が子供に助けを求めるなんてみっともないとは思わないし、「クソオヤジ、死ね」なんて言われたことはないし、助けを求めたら応じてくれるはず。

大雅は仕事鞄《かばん》を探り、筆ペンと半紙を取り出した――こういうときのために常備している。

半紙をベンチに置き、筆ペンをかまえる。

「居収五帝神将《きょしゅうごていしんしょう》。電灼光華《でんしゃくこうか》。納則一身《のうそくいっしん》。保命上則《ほめいじょうそく》。縛鬼伏邪《ばっきふくじゃ》。一切死活滅道《いっせつしかつめつどう》。我長生急急如律令《がちょうせいきゅうきゅうにょりつりょう》」

一瞬心を無にして小声で唱え、息を止めて護符の呪文《じゅもん》を書きつける。注。本来、大雅のような三下霊能は紙も水も墨も硯《すずり》も筆も丁寧に穢《けが》れを祓《はら》ったものを用意した上で身体を禊《みそ》ぎ、心を鎮めて集中しなければならないが、それどころではないので出来合いのものを呪文でごまかして何とかするしかない。何もしないよりましなのだと思おう。

少し考えて『SOS！　出屋敷大雅』と隅に書いておいた。

しばし乾かしてから。その半紙で鶴《つる》を折り、胴に息を吹き込む。えい、と気合いを入れると。鶴がふわりと宙に浮かんで消えた。これでよし。ボトルメールのようなものでいつ届くかわからないのだが。

さて。助けは求めた。――これ以上、できることがない。しかし登山のように寝て体力を温存して待っていたりすると多分《たぶん》、人喰《く》い妖怪に喰われてしまったりする。そこそこ気を張っていなければ。ああ面倒くさい。一体大雅は前世でどんな悪行をしてこんな不幸の星の下に。

もう既に妖怪の巣の中だったりするのだろうか。腹の中だったとしてもおかしくはない。

筆ペンを鞄にしまい、よいしょ、と立ち上がる。改めて、空間にほころびがないかじっとよく見る。自力で脱出できるならその方がいい。

果たして。アスファルトの地面に、銀色のタブレットPCが落ちているのを見つけた。――露骨に怪しい。普通に駅前にタブレットPCが落ちていたら誰か不用意な人が落としたのかな、で交番に届けて終わりだが、ここは恐らく妖怪の作り出した隠れ里、異世界、亜空間だ。タブレットPCに触れた途端、ヌシの妖怪が現れてガブリ、ということもありえる。

……しかしこれに触れさえしなければ無事、という保証も何もない。単に展開が遅くなるだけかもしれない。

大雅は気合いを入れて背筋を伸ばしつつ、足許はそろそろと足音を立てないようへっぴり腰でタブレットPCに歩み寄る。突然妖怪に化けて襲いかかってきても大丈夫なように。この程度警戒したところで何も大丈夫ではないが。

タブレットPCを拾い上げたが、特に妖怪が現れたりはしなかった。画面は真っ黒でスリープしているようだ。

とりあえず大きなボタンを押してみると、アイコンの並んだ画面が浮かび上がった。——何とWi－Fiを拾っている。慌てて電話かSkypeかLINE、音声通話できるアプリを探したがそれらしいものはない。よく考えたら全然知らない赤の他人のタブレットPCに娘のLINEアカウントを登録してしまうのは怖いし、LINEで警察に通報する方法を知らないが。Skypeなら電話番号直打ちで一一〇番できる？

ええと、インターネットブラウザ。ブラウザはどれだ。Safari？　Google Chrome？　Firefox？　Opera？　最悪でもInternet Explorer？　今どきはMicrosoft Edge？　Silkブラウザなんてのもあるんだっけ？

——どれも見つからない。マジか。その辺のどれかがあると思っていたのだが。

画面に並んでいるのは見たことのないアイコン。狐、蛇、鹿《しか》など動物をモチーフにしたものが多いが、パズルゲームか何かだろうか。

何となく蜂《はち》のアイコンを押してみた。

ぱっと画面が広がる。

『久しぶり　最近会ってないけど元気？』

メッセージが開いた。どきっとしたが、自分宛《あて》のはずはない。

SNSか何かのようだ。グレーのウインドウにメッセージが並んでいる。『やっほー！』『しんどい』『どうしてる？』同じ人からのようだ。全部、同じ蜂のアイコンがついている。名前は〝有為堂〟。何と読むかはわからない。

ためらいは感じた。しかし、他に手段がない。恐る恐る、タッチパネルに入力する。

『助けてください！

自分はこのタブレットを拾っただけで持ち主の人と全然関係ないのですが、道に迷って困っています。警察に通報をお願いします』

何とかそれらしく書いて、送信。メッセージのタイムスタンプはたった五十秒前だ。どきどきしながらリプライを待つ。

『え　誰ですか？』

『？』とマークつきのイラストは出来合いのスタンプなのだろうか。

『初めまして、出屋敷大雅、デヤシキタイガ、36歳、男です』

何となく職業は書きそびれた。……出会い系みたいだ。

『有為堂です
警察に通報って何て言ったらいいの？』

……確かに。「どこだかわからない場所で誰だかわからない人が道に迷っています」なんて通報でも何でもない。

『そうですね、通報はしなくていいです』

……どうしたものだろうか。顔も名前もわからない相手に「ここに連絡してください」と中学生の娘の電話番号など個人情報を渡してしまったりしていいのか。自分の番号ならいいが、今誰かに電話をもらっても全然助かった感じがしない。

娘に電話は、わりとしてほしいのだが悩ましい。「そんなことをしてもどうにもならない」とは思わない、かなりどうにかなる。こういうときに効果的なおまじないは彼女の方がよく知っている。逆に警察より頼りになる。警察に「狐に化かされたので助けてください」とか言っても無駄だと思う。

『ええと　タイガさん　何があったんですか？』

——画面に一行、ログが増える。いい人だ、有為堂さん。あんたに教えても無駄だ、とは思わない。

『自分でも状況を整理してみようと思います。ぼくは終電でうとうとして目が醒《さ》めて慌ててどこかも確認せずに電車を降りてしまいました。水無月駅と書いてありますが聞いたことがありません。電波もWi－Fiも全然ダメで』

書いてみて、やっぱり自分でもこれはないな、と思ったが、送信。

もう一度周囲を確認し、木のベンチがあったので座ることにした。立ったままタブレットPCをいじっているのも何だ。この状況で襲いかかってくる敵に対しては、立っていても座っていても大差ない。

『水無月駅　ググってみるね』

有為堂は特に突っ込んでくるわけでもなく、素直だ。すぐに、Wikipediaらしい URLと、コピーペーストしたと思しき内容が張られた。

『水無月駅　蜊ｱ髯ｺ縺ｱ縺吶?ょ~代@縺ｺ髫薙?√%縺薙←縺?※縺上□縺輔∧縲りｲｪ譁貞勧縺代◆縺?□縺代╤縺吶?ょｯ??縺励→縺?╤縲らｱ√、菴輔↓縺九☆繧九。繧峨?ょ、ｱ荳亥、ｫ』

……文字化けしていてとても読めない。スーパーハッカーならさくっとこの文字列を変換して正しい内容を読み取ることができるのかもしれないが。タブレットPCのOSもわからないのでは。

『すいません。文字化けしていて読めません』

面倒くさい奴だと自分でも思う。有為堂は特に文句を言わず『そう　仕方ないなあ』と簡潔な反応だった。

『何か変わったものが見えたりする？』

何てまっとうな人なんだ。これはこれでいたたまれない。全然知らない人なのに甘えているのではないかと思う。少し考えて、

『もう秋なのに桜が咲いています』

何でもいいから目新しいことを書いてみようと思った。頭の横に白い桜の花が咲いている。それほど大木ではないし一面の桜が、というほどでもない。驚くほどの狂い咲きではない。

『そういう種類なのかもね　桜前線とかいうのは染《そめ》井吉野《いよしの》だけど他にも桜の種類はあるし』

『そうかもしれません。花の名前とかわからなくて』

『写真を撮って送るとかできない？』

『できるのかなあ。ちょっとやってみます』

一応、アプリにはカメラ型のボタンがあってそこを押すとカメラが起動した。立ち上がり、画面を押して花にピントを合わせる。桜は、花がいっぱいあって撮りにくいんだよなあ、などと思った。うまく撮る必要など微塵《みじん》もないが。

シャッターを切り、送信ボタンを押し、座り直してしばし待つ。

『冬桜だ』

送れたらしい。ちょっとびっくりした。この程度の画像で品種がわかるのにも。

『十月から十一月に下の方からちらちら咲き始めて上の方は四月頃に咲く　年に二回咲く』

『もとから今頃咲く種類なんですか。詳しいですね』

『それくらいしか楽しみがないからね　綺麗《きれい》だ』

『風流な趣味があるんですね』

『そんな大層《たいそう》なもんじゃないけど　少し安心した』

『安心？』

『花が咲いているならそんなに悪いところじゃない』

そんなものだろうか。

ふと気づいた。ベンチのすぐそばに、自動販売機がある。中には色あせた缶が並んでいるが一応灯りがついている。

のどはそれほど渇いていないが――

急に思いつき、大雅は立ち上がって自動販売機を見た。〝天国直行！〟〝飲めば命の泉湧《わ》く！〟〝アホ専用　頭ようなるで〟という冗談のような名前の書かれたジュースが並んでいるが、そこではない。

普通、自動販売機には住所の書かれたラベルが貼《は》ってある。知らない場所に来たら一番に自販機を見ろ。救命措置の後の通報などで役に立つ知識だが、今も十分使える。屈んで缶の並ぶディスプレイの下を見る。

——それらしいラベルは。赤茶けて汚れていて文字が読めそうにない。

ちょっと指先で擦ってみると、文字が浮き出た。

『ここは地獄の一丁目　お前はここから帰れない』

今更驚きはしない。ただ失望しただけだ。いちいち期待した自分が馬鹿《ばか》だった。再びベンチに腰を下ろし、ため息をつく。

『うーん。自動販売機を見れば何かわかるかと思ったんだけど駄目ですね』

報告する義務は何もないのだが何となく。

『自動販売機？』

『普通、住所が書いてあるんですよ』

『へえ　タイガさんてどこに住んでるの？』

『世田谷《せたがや》区ですね』

隠すべきなのかもしれないが、こうなればやけだ。今更隠したらどうなるという気もする。

『お仕事は？』

『医者です。病院勤めじゃないし患者もみないけど』

『えーっ　頭いいんじゃないの』

『受験勉強が得意だったんですよ。高給取りではないです』

謎《なぞ》の謙遜《けんそん》。

『有為堂さんはお仕事は？　学生さんだったり？』

『家業で　店というかサービス業というか』

豆腐店とかクリーニング店とかだろうか。味噌《みそ》屋《や》、酒屋などもサービス業と言えばサービス業だ。何となく自分も聞いた方がいいような気がしただけでそんなに頑張って聞き出したいわけでもない。

『霊感とか不思議な話とか信じます？』

——書いてから「アホか」と蹴《け》られそうだなと思った。

背中にぶわっと汗が噴き出した。服の下、各所に冷たい汗を感じる。やってしまった。

実際、大雅はこの話をして何度となくドン引きされた。いじめられたことは数知れず。父方の親戚《しんせき》が新興宗教をやっていたこともあり「宗教かよ」と言われるとそれは事実である。新興宗教イコール詐欺商法、カルトではないだけで。「水晶とか塩とか売ってるのかよ」と言われたら、それはしっかり売っていた。なぜかいつの時代も水晶と塩だ。

焦ったせいか急にのどの渇きを感じた。

ガコン、と大きな音がした。それに合わせて身体の中で心臓が跳ねる。

——自動販売機？

立って覗《のぞ》くと、商品取出口に缶が出ていた。赤と青の塗装で、コーヒーのミニ缶のように見える。

いや。見るな。

頭を振って視線を逸らした。

異界で飲み食いは危ない。昔の人だって狐に化かされてご馳走《ちそう》を食べると次の日、肥だめの中で泥水を飲んでいたりした。化かされていた、で終わればいいが飲み食いしたらそこでゲームオーバーというパターンもある。

そういう話はいろいろと調べたが、科学的に根拠がないではない。

山中で狐や天狗《てんぐ》に化かされたという話はほとんどが酸欠、低血糖、低体温からの幻覚だ。脳内で視覚情報を処理する信号とまるで根拠のない幻覚は、自分では見分けがつかない。ちょっとした見間違いを脳が拡大解釈して民話的なイメージを作り出す。

自分は今、多分、終電の中で眠ったまま死にかけている。

大雅はそういうものを〝狐〟や〝天狗〟や〝妖怪〟の仕業だと認識するような教育を受けてきた。なので、オバケの仕業のように思っているが現実は全然違うことが起きている。

違ったとしても何だ。

大雅でない人間にとっては同じことだ。主観も客観も大した意味はない。

ここで誰に何と思われても、大した意味はない。

娘が、市子がこの状況に気づかなければ死ぬのだ。

決めるのは彼でも他の誰でもない。

だからここで何をしたところで、無駄なのだ。

チャイムのような音。タブレットPCの受信音。

『待って　落ち着いて　タイガさん』

メッセージのログが増える。

『そういうの　よくわからないけどあった方が楽しいと思う　不思議な話　私は好きだよ』

何だろう。少しほっとした。冷たい汗が止まった。

『有為堂さんはいい人ですね』

この期に及んでフリックする余裕があるなんて。

『だってタイガさん困ってるんでしょ　どうせヒマだし全然つき合うよ　だからめげたり諦《あきら》めたりしないで』

『何かすいません』

『大丈夫だよ　そこは花が綺麗だから　大丈夫』

ちらりと横の白い花を見る。

一重の、薄紅の桜。染井吉野とどう違うのかはさっぱりわからないが。小さくて可憐《かれん》で綺麗なのは確かだ。

——悪意に満ちた世界ではあるが、そんなに悪いものではないのかもしれない。

『座ってメッセージ送ってるの？』

『はい』

『少し歩いた方がいいよ』

『そうかも』

有為堂に促され、大雅はベンチを立った。迷子は迷子になったところから動かないのが鉄則だが、この世界では多分関係ない。

少しは、何かいいことがあるかもしれない。

2

まばゆいライトが少女を照らす。

「——古来、人間は道を歩いて生と死、正と邪の狭間を行き来した。伊邪那岐命《いざなぎのみこと》は黄泉《よみ》から走って戻り、巨石でもってその道を封じた。道の果てには人ならざるものが住まう異界があり、道は異界と現世をつなぐもの。ハレとケの交わるところ」

　線路の上でつぶやくセーラー服の少女の姿もまた、日常と非日常をつなぐもの。小さな影のような姿。

　少女の名は出屋敷市子。少し——あまり普通ではない中学生だ。とはいえコンクリートの駅舎にいて不思議なところはない。

　地面に落ちた彼女の影の中から、温泉に浸かっているように男が顔を出している。高尾山史郎坊《たかおさんしろうぼう》、顔の造作は人間のように見えてもれっきとした天狗で、煙管《きせる》を振りながら語る。

「昨今では欧風のハロウィンなぞが導入され、〝電車内ではコスプレ不可〟という新たなる掟《おきて》が明文化されましたなあ。ここはハレであってハレでなくケであってケでなく現世であって現世でない場所、客の全てがマレビトでありそうではない。ゆえに食事や化粧をする場ではなく、祭りの扮装《ふんそう》も許されぬと。祭りの法被《はっぴ》や褌《ふんどし》姿で電車に乗ってはならぬと、いつの間にやらそういう掟になっておりました」

　史郎坊の話に、傍《かたわ》らの狐、助六《すけろく》もため息をついて後肢《うしろあし》で首筋を掻《か》く。

「食事は、駅弁というものがあったはずなのになぜかコンビニの菓子パンだと怒られる風潮がありますね。酒の方が怒られなかったりします」

　紫の前掛けをしている以外、どこからどう見ても野生の狐だが声は若い男のようである。

　史郎坊は煙管をこめかみに当てる。

「もしや竹の皮に包んだ握り飯ならばどこで食っても怒られぬがコンビニおにぎりや菓子パンじゃと怒られが発生するというだけかもしれぬな」

「〝獣《けもの》を乗せてはいけない〟〝楽器を乗せてはいけない〟〝武具を乗せてはいけない〟——道理の通った話もそうでないものもあります」

「時折おぞましい怪物が現れますぞ。地下鉄サリンと申しまして——ここは八島《やしま》においては生死の境を表すゆえに、黄泉平坂《よもつひらさか》の如くまじないで封じねばならぬのです。火葬した後の灰を葬る墓場よりもずっと恐ろしい斎《いつき》の庭《にわ》、異界と現世の交わるところ。人間が生きて死ぬる狭間の国」

天狗の言葉を聞いて市子はすっと目を細めた。

「異界と現世をつなぎ、人の運命を操るもの――人の命を喰らい、神になったつもりか！」

彼女を照らすスポットライト――それは、彼女より遥かに大きな細長い鉄の箱。いたるところに四角い窓があり、黄緑のラインが側面に入っていて、けたたましい音を立てて金属の車輪で動く。

ライトがまるで光る目のようで顔がついているように見えるが、特に何と言って誰も目を留めることのない――

「いやはやこんなものが化けるとは」

史郎坊が笑い、ぬるりと影から身体を出す。色あせたシャツにズボンで取り立てて変わったところはないが、足には一本歯下駄を履いている。

「誰も恐ろしいとは思っておらぬし、誰もが恐れておる。深刻に乗りたくないと思い詰め、胃を痛める者もおる。挙げ句、人身事故になる。ナチスの拷問部屋よりもたくさんの人間を積み込んで平然としておる。日々の楽しき思い出と苦役の記憶の象徴ですぞ、これは」

「高速で此岸《しがん》と彼岸を行き来し、生《い》け贄《にえ》の血を吸う。蟹《かに》のように決まった方向にしか進めない。まるで地を這《は》う長虫だ。名なしというわけではないのだろう？」

「クハ２３１－５９６！」

市子に促され、史郎坊がナンバープレートに刻まれた数字を読み上げた。

列車が警笛を鳴らし、市子の目前でカーブを描いてあさっての方へと走る。風圧でおかっぱの髪がなびいた。

「番号か」

「無機質に聞こえましょうがクハとは制御車のこと、つまり他の車両を引っ張る先頭車両です。クは諸説ありますが〝駆動〟〝くっついて走る〟のクだと言われており、ハはいろはのハで〝普通〟〝三等車両〟――こう見えて言霊《ことだま》に満ちた名前でありまする。番号部分も、路線によって限定されておりプレートを見ただけでどこを走る列車かわかるのです」

「名前があり、人の信仰がある。祭祀《さいし》を行った痕跡《こんせき》もあるが？」

「鉄道車両に神主が乗り込んで祓い鎮めることも、まあありましょうなあ。政教分離と言いながら自治体によって消防車なども結構お祓いしておるものです。駅と列車は今や東京で最も人の死ぬる場所の一つ。人は列車に全ての命運を定められ、その最期を列車に委ねるのです」

「口の中にたくさん人を抱えて、鯰《なまず》のようですね。南国には口の中で仔《こ》を育てる鯰がいるのです。親鯰は仔を喰らったりはしないものですが、普通は」

助六が楽しげに笑った。

しかし列車は遠くへ駆け去るというわけでもない。

レールが弧を描いて駅舎の周りを回るようになっているからだ。既に術で縛っている。再びそれは轟《ごう》音《おん》を立ててホームを通過し、おかっぱの髪をなびかせる。

「こいつを止めるのに必要な術式は、こうだ」

市子は手を伸ばし――駅舎の柱の、赤いボタンを押す。オレンジ色の箱の中心にあるそれは。

緊急停止ボタン。

――しかし取り立てて何が起きるでもない。市子は首を傾《かし》げた。

「サイレンが鳴ったりするのでは？」

「そうでもないんですなあ」

史郎坊が煙管をくるりと回す。それは黒い駅員の帽子とコードのついた無線機になり、史郎坊は帽子をかぶって無線機を口許に翳《かざ》した。

「〝お客様ァ、どうされましたァ？〟」

独特の抑揚で市子に話しかける。市子は少し戸惑った。

「ええと……」

「〃もしかして、体調の悪いお客様がいらっしゃるとか？〃」

「……そうだ、病人がいるので電車を止めてほしい」

「〃はァい、列車を止めて対応しまァす。乗客の皆様は急停止にお気をつけくださァい〃」

と史郎坊が唱えた途端《とたん》。

音を立てて銀色のアルミの車体がホームに滑り込んできた。車輪から火花が散り、ブレーキをかける。耳障りな金属音。史郎坊は帽子を脱いでくしゃりと無線機と一緒に手の中で丸め、元の煙管に戻した。

「と、このようなやり取りがあって列車が止まりまする」

「そういうものなのか」

「魔術らしいと言えば魔術らしいです」

プシューッと音を立てて列車のドアが開いた。市子はためらわず中に乗り込み、

「大雅さん」

父の姿を探すが、乗客は一人もいない。車掌や運転士の姿もない。東京の列車が空っぽなのはとても落ち着かない。

天狗や狐と手分けして連結部のドアを開け、隣やその隣の車両も見てみたが、人間の姿はなかった。

「いないぞ」

市子は手下たちを振り返る。

「はて。喰われて溶けた、にしては早い。あれは成人男性じゃし丸呑《まるの》みでも骨くらいは残っておるはずじゃが」

首を傾げる史郎坊のすねを助六がぴしゃりとはたいた。三角に尖《とが》った耳をぴくぴく動かし、濡《ぬ》れた鼻をかすかに鳴らす。

「大雅の匂《にお》いは残っているのでここにいたのは確かでしょうが、あの符を書いたのはここではない気がしますね。……かすかに別の妖物の匂いもします」

「大雅さんはこれに喰われそうになって、別の妖物に攫《さら》われた？」

「鳶《とんび》に油揚げ、という感じなのでしょうか」

「面倒くさい男じゃなあ」

「妖怪に攫われてしまったのは大雅さんのせいではない。助六」

「はい、匂いを嗅《か》いで捜します」

助六は狐らしく地面に鼻を近づけ、くんくん音を立てる。

「蟲《むし》……蜂ですね、これは」

「蜜蜂《みつばち》？　雀蜂《すずめばち》？」

「いえ、狩り蜂です。毒針で獲物を眠らせて巣に持ち込み、生きたまま臓物を仔らに喰わせる。臓物の端の方なら多少失っても生きていますし眠っていれば痛がって暴れもしませんので肉が腐らず長持ちするのです」

史郎坊がぺちっと助六の後頭部をはたいた。

「姫御前に何ちゅう話をするんじゃ、お前は」

市子は手を振った。

「非常時に姫も何もあるか。大雅さんが生きてさえいれば内臓が多少欠けていても何とかなるだろう。現代医学でも魔術でもどうとでも」

それを聞いて助六の方が肩をすくめた。

「肝が据わっていらっしゃる」

「妖物を相手に怯《おび》えたり泣いたりしていられるか。それより見つかったか」

「そうですね、こちらに」

四本の肢でホームに降り立ち、歩き出してから、助六はふと立ち止まって振り返った。

「クハとやらはよいのですか？」

「これか」

市子は手を伸ばして列車の壁に触れたが、列車の方は気づいてもないようだ。

「人を喰らい国を乱す悪だが、これほど図体の大きい妖怪なら戦いたい者はいくらでもいるだろう。危ないから何とかしろと連絡しておく。大雅さんを助けようというのは私しかいまい」

「まあそれはそうですね」

「親を敬い助けるのは子の務めだ。急げ。命に別状ないと言っても目が醒めて内臓が欠けていたら苦しいだろう」

「やはり宮は肝が据わっておられる」

「忠孝というものを知っているだけだ」

言い放ち、市子は列車を降りた。ローファーで足音を立て、もうそれきり列車の方を振り返りはしなかった。

3

少し歩くと、住宅街に出た。懐かしい感じの木造家屋が続いているが、玄関先はしっかりセンサーライトがついていていちいち大雅を照らし出し、そのたびにびくつく。心臓に悪い。

表札は全部出鱈目で日本人にあるまじき名前ばかりだがちらほら電灯が灯っているところもある。

『灯りの点いた家がある』

タブレットPCに書き込んでみた。すぐにレスがある。

『行ってみたら？　チャイム　ないの？』

『あるけど、行けないよ』

『どうして？』

『誰かいたらどうするの』

『誰かいるから行ってみなきゃ』

『行けないよ』

もしあの玄関の引き戸を叩《たた》いて普通の知らない人たちが出てきたら。

何も変わったところのない家族が食卓を囲んでいたりしたら。

そんなところに一人でのこのこ入っていくことを考えると。

――人喰い妖怪の方がまだましだと思う。

『行けない』

東京とは思えない庭付き一戸建てを眺めていると。

紫の茂みが生け垣に混じっていた。背の低い茂みで細かい赤紫の花がたくさん咲いている。花の形は豆のようだ。
『桜以外にも花が咲いてる』
『写真』
すぐに送るとすぐにレスが来た。
『萩かな
萩　桔梗　葛　藤袴　女郎花　尾花　撫子』
すらすらと並ぶメッセージに少し気圧された。
『ええと。読めないです、単に読み方を知らない字ばっかり』
『ハギ　キキョウ　クズ　フジバカマ　オミナエシ
オバナ　ナデシコ　秋の七草』
『わあ、読み方わかっても何かわからない
春の七草は知ってるけど秋の七草？』
『タイガ先生　勉強ばっかかじゃ駄目だよ　今の季節小さい赤紫はハギ』
『そうなんだ』
言われてみると、玄関先にプランターや植木鉢を置いてある家もある。イングリッシュガーデンのミニチュアのような花壇も。あばら屋なのかわざとなのか蔓《つる》植物に覆われた家もある。三角錐《さんかくすい》のような房に赤紫の花が開いている。字は出鱈目ばかりだが多分花はまともだ。
『桔梗は流石《さすが》にわかる、と思う。撫子は何か前に見たような気がするし見たらわかるかな・・・
葛って葛粉の、どんな花咲くんだ。
フジバカマとオミナエシとオバナはそもそも何かわからない』
『本当しっかりしなよ』
有為堂が笑ったような気がした。
『たくさん花が咲いているね』
『そうですね。ハイキングなのかな』
最初はおぞましいことばかりだと思ったが人喰い妖怪が現れるでもなく、ぶらり町歩きくらいの感覚になってきた。
ただ、少しばかりお腹が空いた。ぐう、と腹の虫が鳴る。餓死するほどここにいなければならないとは思わないし誰が聞いているわけでもないが。

角を曲がった。そこに定食屋の看板。

〝うどん　蕎麦《そば》　定食〟——何とここに来て初めて灯りの点いている店に出会った。藍染《あいぞ》めの暖簾《のれん》に古めかしいガラス張りの木の引き戸だが電灯の光が漏れ、〝営業中〟の札までかかっている。ショーケースには埃《ほこり》をかぶった蠟細工《ろうざいく》の丼《どんぶり》の数々。

井之頭五郎《いのがしらごろう》ならためらわない局面だ。個人の家は怖いが、店なら大丈夫だ。店なら大丈夫。

言い聞かせて、戸に手をかけた。ガラガラと大きな音と独特の抵抗があって開く。

店員は誰もいなかった。客も。安っぽいテーブルと背もたれのない丸いパイプ椅子がとても昭和の空気。壁に貼り紙でメニューが書いてある。うどん、きつねうどん、天ぷらうどん、親子丼、天丼、カツ丼、カレー丼。

——客もいないのに、テーブルに水のコップとカレー丼が置いてあった。ご飯にカレールーを和風だしで薄めてかけてグリーンピースを散らしたもの。

いい匂いがして、お腹がまたぐうっと鳴った。

しかしこれは、客がたまたまトイレに行っているのではないのか。店員は気にせずカレー丼を置いて、奥でテレビでも見ているとか。ここは隣のテーブルに座って水が出るのを待つべきだろうか、と思っていると。

タブレットに新規メッセージがあった。

『カレー　食べないの？』

有為堂だ。

待て。

違和感がする。

この状況。

覚えがある。

『……何も言ってないのにどうしてカレーだってわかったんですか？』

——自分は、大変な思い違いをしていた。

頭を殴られたようだった。ひどい眩暈《めまい》がする。

全身から血の気が引いていく。

——罰を受けるべきだ。

そう思った。


ひらりと、折り鶴が落ちてきた。

「大雅さん！」

娘の声がした。


ゲームステージをクリアして、画面がリザルトに切り替わるように一瞬で定食屋が消え、ホームに投げ出された。駅。水無月駅のホーム、なのだと思う。駅はどこも見分けがつかない。

投げ出されてコンクリートに腹ばいになり、手から夕ブレットが飛び出した。それを蹴飛ばし、ホームから落とす紺の靴下にローファーの細い脚。


「このコンピュータから離れてください！」

「宮《みや》、タブレットです」

セーラー服の、細身の女子中学生。つき添う、顔は若いが白髪頭の男。狐。一人娘とお供の妖怪ども。

助かった、と思うより先に。

大雅は這いつくばったまま、ホームから落ちたタブレットPCを追いかけていた。

「大雅さん！　ここは夢の中で、それは大雅さんに夢を見せてはらわたを喰うつもりです！」

市子が大声を上げる。

だが、関係ない。

——線路の上にあったのは、タブレットPCではなかった。

黄色と黒の膨らんだ腹、そこから伸びた毒針。昆虫の身体に人間のような上半身。服は着ていないが胸をさらしで覆っている。目は昆虫の複眼で、額に触角が生えていた。身体中に傷があり、特に腹のは格子状に縦横の模様のようになっている。

そう、それは。

人喰い妖怪だった。

知っていた。

「……違うよ、この人は」

ため息をついた。

見ていられず、手で目を覆う。

「市子さん、違うんだ」

「何がですか」

「ぼくのお母さんなんだ。殺さないでくれ」

「……大雅さん、毒で夢を見ているのですか？　毒針を刺されて眠らされると」

市子がかなり戸惑っているのが声でわかる。

「毒なんかないよ。ぼくは正気だ」

「いえ、あの、人喰い妖怪ですよ？　血の匂いがしますよ？」

「知ってるけど違うんだよ。——ぼくが貴方のことを思い出したから、助けに来てくれたんだよね」

涙がこぼれた。声が詰まるが、振り絞った。喋《しゃべ》らなければ市子は彼女を殺してしまう。

「昔、子供に死なれて、ぼくを自分の子供のように思ってあれこれ世話を焼いてくれた。あの頃のぼくは馬鹿で恩知らずで、どうしていいかわからなくなって逃げてしまったけど」

「それは妖怪に攫われていたのでは？」

「そうとも言う。でも悪い人じゃなかった」

「妖怪に育てられたりしたら人間でなくなってしまいますよ」

「知ってた。だから逃げた」

「ずっとここにいたら人でなくなってしまいますよ」

「知ってる、だから君と帰る。——でもぼくは馬鹿で、この人にひどいことをした」

「攫われたのは大雅さんでは？」

市子には何もわかるまい。

大雅だって、今の今まで何もわかってはいなかった。何も。

それは乳房を丸出しにした蜂の妖怪で最初、小学校低学年の男の子を抱いてあやそうとした。

「やせているねえ、坊や。お乳を飲むかい。子供が死んだばかりで張って痛いんだよ」

「バカ、ぼくは八歳なのにおっぱいなんか飲めるか気持ち悪い！　何で虫のくせにそんなもんあるんだよいやらしい！」

「だってガリガリだし傷だらけだよ。このままでは死んでしまうよ、お前」

——その頃の大雅は三食ご飯をちゃんと食べていなかった。妖怪と戦ったり父親に殴られたり、彼女の言う通り、死にそうな子供だっただろう。

だが。

「大きなお世話だ、人喰い妖怪！　ぼくはお父さんと一緒に悪い妖怪を退治してるんだ、お前も人を喰ったんだろう！」

小学三年生は、反抗期だった。

本当に彼女が人喰い妖怪だったのか、根拠は何もなかった。血の匂いすらも感じていなかったのに。

小さな手足で小さいなりに殴ったり蹴ったりして彼女を寄せつけまいとした。九字を切ったりまじないもした。傷痕はそのときのものだ。

そのうち、彼女は胸にさらしを巻くようになった。あまり大雅に近づかず、少し遠くから声をかけるようになった。

「坊や、これなら食べるかい。人の食べ物だよ」

そしてどこからか、出前の鈍い銀色の岡持《おかも》ちを持ってきた。中に入っていたのはカレー丼。多分盗んだものだったのだろうが。

「……カレーならちょっと食べてもいいかな」

実際お腹は空いていたので、彼女に背を向けて食べた。かなりガツガツ食べた。

彼女の巣は木の上に泥で作ったもので、最初は危ないと外に出してくれなかったがそのうち景色を見せてくれるようになった。

「ほら坊や、冬桜が咲いているよ。下のは萩。綺麗だねえ」

白い桜に、赤紫の花。桜が妙に近くに見えて。

「萩、桔梗、葛、藤袴、女郎花、尾花、撫子、秋の七草。覚えておくんだよ」

「花なんか。興味ない。男はそんなもの面白くも何ともないんだ。マンガが読みたい。そろそろ隣のおじさんがジャンプを廃品回収に出す。早く帰りたい」

大雅は不満ばかり言っていて。

ある日、彼女が岡持ちを盗みに行った隙《すき》に、何かの植物の蔓に摑まって巣から降りた。体重が軽かったからできたのだと思う。——そうだ、あのときに見た、三角錐の花の房。

「坊や、どこにいるの、坊や」

上から彼女の声が聞こえたが、かまわずに逃げた。

「そのままじゃ死んでしまうよ、お前」

——実際、家に帰ったら父親に殴られたのだ。子供のくせにどこで遊んでいたのだと。廃品回収の日はとっくに過ぎていた。

帰らなければよかったと、そのときに思った。

「ごめんなさい、ごめんなさい、よくしてくれていたのに」

涙が止まらない。彼女の顔を、とても見られない。

多分あのとき彼女が持ってきた出前を食べたせいで、少しだけまだ縁が残っていたのだ。

娘より早く助けに来てくれた。

姿を見せたら怖がらせると、人間のふりをして。

「貴方のことを何もわかっていなかった。親になるまで」

「……そう、親になったんだね」

彼女がつぶやいた。あのときと同じ声だった。

「かわいらしい娘さん。目がそっくり」

「ごめんなさい、お母さん。ぼくは貴方のものになれません」

「いいんだよ、気になっただけだから。もうやせていないし。——花の名前は覚えていなかったけど、花は覚えていたね。これはお前の夢だからお前の心にないものは現れない。これはお前の心に咲いていた花」

「貴方がくれたんだ！」

「大事なものがそこにあるんだ、お帰り。もう電車で眠るんじゃないよ」

それが最後の言葉で。

わあわあ泣いた後に顔を上げても、そのとき既に彼女は影も形もなかった。

終電後のホームは静かだ。もう水無月駅ではない。山手線の駅なので、タクシーに乗れば十分で家に帰れるが。

立ち上がり、市子のハンカチで散々顔を拭《ふ》き、洟《はな》をかむと。

「……ねえ、帰りコンビニ行っていい？　カレーメシかカレーラーメン買って食べる。お腹空いた。市子さんも何か買う？　和スイーツとか」

「え」

大雅は満面の笑みを作ったつもりだったが、市子の目が泳いだ。娘は表情が乏しい感じがするのだが、何とも微妙な顔つきでこちらを見上げる。

「た、大雅さん、大丈夫なのですか？」

声も焦っている。

「大丈夫だよ、何が？　毒針は刺されてないしはらわたは喰われてないよ」

「泣いていました」

「泣いたらスッキリした。泣くと脳内物質が出て精神が安定してストレス解消になる。悲しい映画とか皆、そのために見るんだ」

大雅はぽんぽんと市子の頭を叩いて、歩き出した。ここなら出て二分でローソンがある。

が。

市子の方はすぐに歩き出さなかった。両手で頭を摑み、うめくようにつぶやいた。

「わ、わからない……！　それでいいのか⁉」

「いやあ、まあ、そんなものですよ」

助六の方が平然と首筋を掻いている。

「私はお前たちと一緒にいるのに、大雅さんはあの蜂と別れてしまっていいのか⁉」

「儂《わし》は人など喰うた覚えはありませぬが」

史郎坊も面白くもなさそうに頭を掻いていた。

「一緒にいるのが愛ではないですよ。三十年ばかり会っていなかったのですし」

「大人がいつまでも母に甘えてばかりもおれん。向こうも犬が気紛れで仔猫を育てたレベルの話でしょう。まあ、宮も大人になればおわかりになる」

「今わからない！」

夜の駅に少女の叫びがこだました。

今どきのゲームは一日一時間では終わらない

1

――その日、私たちはいつも通りショッピングモールをぶらついていただけだった。特に買うものはなかったけど、何となく服屋やインド雑貨店やヴィレッジヴァンガードを冷やかして映画の看板だけ見て、フードコートでポテトやドーナツを食べる、いつもの日曜日。中学生らしい、特に何でもない日。

その日は楓《かえで》が、とあるブランド雑貨の店の前で足を止めた。そのまま、十五分も同じ合皮のハンドバッグを見ている。確かに房がついていてかわいいはかわいいけど二万円は高い。

「カエちゃーん。まだ見てるの」

「んー、このバッグどうしてもほしいんだよねー」

「でも高くない？　八千円なら考えるけどさ」

「どーしよ。じーちゃんにたかろうかなー。パパにたかろうかなー。こないだ一生のお願い使ったばっかだし、クリスマスプレゼントの前倒しかなー」

楓がぐだぐだ言うのを市子《いちこ》は鼻で笑った。

「一生のお願いとは、お前来世分まで願いを使い切る気か」

負けじと楓は市子を肘《ひじ》で突つく。

「何なら出屋敷《でやしき》市子さんがおごってくれてもいいんでございますよ？」

「冗談を言うな。お前に二万円のバッグを買う筋合いなどない」

「まーそーでしょーともよ。うー。マジどうしよ」

「早くしろ、私はもう疲れた」

と市子が言い放っても、楓はまだバッグの前を動かない。これは臨機応変に対処しなければ。

「じゃ私たち、マックでお茶飲んでるから気が済んだら来て？」

「マックは私が食べられるものが少ない。コメダ珈琲《コーヒー》がいい」

「いっちゃん、小倉トースト気に入りすぎ」

「あんパンとは全然違う食感になるのだな。あの発想は脱帽だ」

「和歌山で育ったから名古屋の文化が馴染《なじ》むの？」

「三重県だ。名古屋に近いのは認める」

私、葛葉芹香《くずのはせりか》は出屋敷市子を連れてコメダ珈琲に向かったので、田口《たぐち》楓にその後何があったかを見ていない。

——楓は十五分ほどしてからコメダ珈琲に来たのだが、持っていたのは新しいバッグではなかった。

それはそうだ。今は二万円も持っていないから金策をどうするか悩んでいたわけで。

バタートーストにあんこを塗っている市子に彼女が見せたのは、裏が黒いカードの束。何十枚もあるようだが、トランプとも少し違うみたいで。

「なーイッチー、魔法のカードで願いが叶《かな》うとかあると思う？」

「クレジットカードという意味か？」

「それもある意味魔法なんだろうけどさ。見てよ」

しかめっ面の楓の手の中で、カードから黒い靄《もや》が漂った——それは二十センチほどの、蜉蝣《かげろう》のような翅《はね》の生えた金髪の少女の姿になる。マンガっぽい何だかずるずるしてよくわからない白い布を身体に巻いて服の代わりにしていて、腰には長剣を差している。アニメのフィギュアみたいだ。——動かなければ。

「私はジークルーネ、ヴィッカースの案内役、〝ワルキューレ〟の一人」

妖精《ようせい》は羽ばたきながら高い声でそうささやいた。

「楓様は〝瑠璃懸巣《るりかけす》の城〟の城主《マスター》となられました」

楓いわく。

「何か、バッグ見てたら全然知らない必死な女が現れて、突然願いはないかって聞いてきて。バッグほしいって言ったらこのカード押しつけてきたの。女はそれでどっか行っちゃうし、あたしは謎《なぞ》の妖精に絡まれるし、これってイッチー案件なのかなって」

「全然知らない必死な女」

「中学生か、高校生なのかなあ？　制服じゃなかったけど、まあうちの学校じゃないのは確か」

長靴型のグラスに入ったクリームソーダを飲みながら、暢気《のんき》に語る。その間もテーブルの上では妖精・ジークルーネが飛び回り、きらきら光る鱗粉《りんぷん》（？）を撒《ま》き散らす。――他にも客がいるのに騒ぎになっていないところを見ると、私たち三人にしか見えていないのだろう。心霊現象と思わなくてもインスタ映えとかそういうリアクションがありそうなものだ。

楓はカードに選ばれたマスターで、市子は遺伝子操作で誕生したとか何とかいう最強魔法少女で、私は市子に引きずられて最近どんどん霊感が強くなっている。カードの妖精くらい見えても仕方ない。

――どう考えてもおかしいな、出屋敷市子。見た目は日本人形みたいなおかっぱでクソダサい黒縁眼鏡をかけた少女だ。本当に私たちの日常はどうしてしまったのだか。

飲み物についてきた豆菓子を一粒あげると、ピーナッツが林檎《りんご》ほどの大きさに見える。ジークルーネは品よくおちょぼ口で、しかし両手で豆菓子を持って直接齧《かじ》りついた。ぱりぱりと齧ってから小さくかわいいげっぷをする。

「ヴィッカースで七人の城主を倒し、その後クイーンに挑んで勝てば、あらゆる願いが一つだけ叶います。契約成立です」

「ヴィッカース？」

「カードゲームです」

この黒いカードを使うのだろうか。

市子は小倉トーストを齧っていたが、トーストを皿に置いておしぼりで手を拭《ぬぐ》い、カードを一枚取り上げた。鎧《よろい》を着て旗を掲げる女戦士らしきイラストが描かれている。

『シルバーレア』『ポーン』『白銀の聖女』『コスト

6　ATK5　HP5』と何だか意味不明なマークと言葉がいろいろと。
　おもむろに市子はそのカードを、両手で縦に引き裂いた。ビリッと呆気《あっけ》なく真っ二つに破れる。

「いきなり!?」

「破っていない」

　市子が言った途端《とたん》、『白銀の聖女』のカードは元に戻った。

「お前たちが見たのは魔術のイメージだ。……このカード、私に破られるのに抵抗したばかりか、私に呪《しゅ》を返そうとした。吠《ほ》えるではないか」

　市子はカードを置き、他のカードもめくった。『見習錬金術師』『イチイの矢』『足軽歩兵』――洋風ファンタジーなのかと思ったらなぜか槍《やり》を持った和風の鎧武者の絵もあるのだが。

「間違いなく呪具《じゅぐ》、間違いなく私案件だ。――で、楓はバッグ目当てで契約してしまったと」

「した。ダメだった？」

「いや、大きな願いでなくてよかった。物欲ならもしおかしな契約とわかっても、反故《ほご》にしても大したことにはならない。いざとなればバッグに色をつけて返品すればいい。バッグに色をつけるとするとストラップやキーホルダーか？　金や物で解決するなら安いものだ。七人に勝ってクイーンにも勝てば願いが叶う？」

「は、はい」

　妖精は市子が相手だと少し怯《おび》えた様子だった。

「負けたらどうなる？」

「七回敗退でリタイヤ。カードセットを新たな城主に譲り、私やヴィッカースのことを忘れていただきます。状況によっては願ったことも忘れていただきます。城主は十八歳未満の、願いを持った人間女性です」

「バッグのことを忘れるなら願ったりではないか。遊んでやったらどうだ。単に流行《はや》らなかったゲームが付喪神《つくもがみ》と化して、遊んでほしくて豪華賞品をつけているだけなのかもしれない」

「イッチーたまに激烈に冷たいよな」

「たかがゲームだ。魂をくれと言うのではない」

お正月に親戚《しんせき》が集まって、お年玉を賭《か》けて花札をするようなものと思えば、カードゲームでバッグが手に入るのは確かに割がいい……の？

「それがさー。何か難しくてルール全然意味わかんないんだけど」

楓が頰杖《ほおづえ》をつき、ため息を吐く。

「ヴィッカースは二人のプレイヤーがそれぞれ五十枚から六十枚の手札でデッキを構築して相手の城を攻撃します。城のライフポイントは20、相手の城のライフを0にした方が勝ちです。城主はポーン、ナイト、ルーク、ビショップ、キング、クイーンの六種のクラスを組み合わせて」

――べらべらとジークルーネが説明を始めたが、確かにこれは。聞いていて耳が滑る。いや脳が滑る。右から左に流れていくだけで全然わからない。市子も眉《まゆ》をひそめている。

「……これは、家庭教師を頼んだ方がよさそうだな」

彼女は手を叩《たた》いた。

「溝越《みぞごえ》、雀《すずめ》、毛野《けの》」

途端彼女の背後に、三人の影が。一人はやたら色あせたシャツの白髪のおじさん。一人は長い髪を結った水色の水干《すいかん》の美少年。一人は古式ゆかしい白の水干に緋袴《ひばかま》の、白拍子姿の麗人。非現実的な格好の人々。

日本全国の神社仏閣から派遣され、市子を常に守る神々しい妖怪の皆さん――のはずだが。

「ゲームと聞いて！　デジタル天狗《てんぐ》推参！」

「デジタルネイティブには負けねえ！　一番現代人は俺だ！」

「非電源系なら毛野ちゃんにお任せあれぇ。屋内遊戯なら制してみせましょぉ？」

全然神々しくもオバケっぽくもない台詞を吐いて、皆でテーブルの上のカードをめくる。

「おお、末弥純《すえみじゅん》風じゃ！　流石《さすが》に本人ではないじゃろうが、燃えるではないか！」

「MtGのパクリくせー！」

「和洋折衷というよりはごった煮ですねぇ」

「ぎゃはは織田信長《おだのぶなが》のカードとかあるぞ、マジ何でもアリだな！　松永弾正《まつながだんじょう》の平蜘蛛《ひらぐも》自爆とかないのか！　ステラステラ！」

とても盛り上がっていて、何だか私たちの方が毒気を抜かれる。

「妖怪ってゲーム好きなの？」

「何せ皆長生きしとって暇じゃからなあ！」

白髪の溝越こと史郎坊《しろうぼう》が笑い、白拍子の毛野が扇を揺らめかせる。

「囲碁とか将棋とか地味なのは飽きちゃいましたぁ」

私たちと見た目年齢がそう変わらない少年の格好の雀が胸を張って自分を親指で指す。

「俺、生きてた頃に警察の寮の先輩がMtGにハマってて毎晩つき合わされてさ。マリガンの鬼、ゴキブリ白ウィニーと呼ばれた男だぜ」

「それ全然褒めてませんねぇ？」

「囲碁、将棋、双六、麻雀《マージャン》、モノポリー、ドミニオン、人狼《じんろう》、語彙《ごい》大富豪、横暴編集長。皆、いろいろなゲームに詳しい。今どきのゲームと言ってもそんなにものすごく違うわけではあるまい」

市子は再び小倉トーストを取り上げて齧り始めた。

雀がそこにカードを差し出す。

「って、これTCGだぜ」

「てぃーしーじー？」

「トレーディングカードゲーム。トランプやUNOみたくゲームに必要なカードが一セット揃《そろ》ってるわけじゃなくて、クジみたいにバラバラにカードが入ってるパックをちまちま買って集めて自分のデッキ――戦闘部隊を作るんだ。そんで同じようにちまちま買って集めてデッキ作ってる友達とか、仲間を探し出して対戦する」

「つまりここにあるカードは楓嬢一人分で、これだけでは対戦できぬ」

「では練習試合ができないと？」

「そこは儂《わし》が融通しまする」

史郎坊がぱちんと右手の指を弾くと、左手の上にごっそりと黒いカードの束が現れた——束というか、もう厚さ十五センチくらいになっている。それをどんとテーブルに置く。

「これで四人分くらいになるじゃろう」

「溝越、それは」

「このようなものは、己の家が玩具《がんぐ》博物館並みになるほど蒐集《しゅうしゅう》しておるマニアがおるものでして。儂にはそのような飲み友達がいくらかおります、そこからちいと拝借してきたのでございます。なあに、気づかぬうちに適当に返しておきますゆえ。後で酒の一つもおごっておけばよいのです。と、これにはダイスとトークンも必要ですな」

赤いサイコロと、チェスの駒《こま》がテーブルの上に現れた。何でもアリだ。


「妖怪・無断拝借」

「天狗とはそういうものじゃ」

「天狗というかぬらりひょんですよねぇ」

「ついでに持ち主の夢枕《ゆめまくら》に立ってどのように遊ぶものか一通りレクチャーを受けてまいりました」

「夢枕って今、昼」

「儂は多少時間を遡《さかのぼ》ることができるんじゃぞ、知らんかったか。私設玩具博物館館長がTCGの夢を見るくらいで人類史は何も変わらんからな」

時間を遡ってカードゲームの遊び方を教わってくるって確かにすごいのかすごくないのか微妙。市子はカードを一枚取って鼻に近づけ、匂《にお》いを嗅《か》いだ。

「楓の持ってきたカードには魔術の匂いがするが、マニアの蒐集した方は普通の玩具だな」

天狗が持ってくる方がファンタジーな感じなのに、おかしなものだ。

「ああ、このゲームのメインデザイナー、制作者は三年前に三十代で死んでおりました。病にて。天命というものでいかなる術を使っても避けられぬもの。メインデザイナーが亡《の》うなって、運営会社もほどなくして消滅しました。TCGは新しいカード、新しいルールを定期的に供給せねばならぬ遊具ゆえ、供給が止まると廃れてしまうのです。プレイヤーは皆、他のゲームへと散り散りに。対人戦でございますから仲間が辞めると己も辞めねばならぬことになります。今や私設玩具博物館に飾られるばかり」

「では無念のあまりカードに遺恨を残し妖《あやかし》に変え、対戦相手を求めている可能性はあるわけだ。——病の床は、退屈だからな。遊んでやればいい」

隣の四人テーブルが空いているのをいいことに、妖怪たち三人はそこにカードを広げて史郎坊が説明を始めた。

「まず2d6を振って多い方が先攻。城と合戦場の二つの盤面があり、城には固定のライフが20。各カードは攻撃力と耐久力、コスト、スキルが設定されており——」

「MtGっていうよりはシャドバクローンか？」

「シャドバ、毛野の得意とするところですよぉ」

「火雷《からい》も呼ぼうぜ、四人で二人ずつペアで回せるだろ。こういうのは数こなすだけ経験値が溜《た》まるんだよ」

「響音《ひびきね》ユラも出しましょぉ、煩雑な計算と記録は機械にやらせるのが確実ですぅ」

これでまた妖怪が増えた。響音ユラはiPhoneの付喪神で薄紫のツインテールで巫女《みこ》服とミニスカートを合体させたオタクくさい扮装《ふんそう》の幼女だ。

火雷はといえばいかめしく髭《ひげ》の濃いパッツンパッツンに太ったおじさんで、朱色の袍《ほう》を着ていてものすごく偉そうな見た目をしている。この人に叱《しか》られたら滅茶苦茶《めちゃくちゃ》怖いと思う。史郎坊は大分とっつきやすい方なのだと思った。それがカードを見つめて難しい顔をするのだから。

「ふむ、乃公《われ》が出てきたからには天満宮《てんまんぐう》名代《みょうだい》として負けるわけにはゆかぬ」

「……菅原道真《すがわらみちざね》はゲームをやる人じゃったか？」

「学業と不完全情報ゲームの何が違うのか。学で天狗や狛犬《こまいぬ》に負けられぬ」

「火雷は負けず嫌いですからねぇ」

「天満大自在天神は至誠の神なれば、遊びにも誠を尽くすは必定《ひつじょう》」

四人席が埋まったのでユラは予備の椅子《いす》を持ってきて横に座ることに。こうして人知れず理屈っぽい男たちの戦いが始まった。

「6ゾロ、スタートダッシュスキル〝堅牢《けんろう》の壁〟発動！」

「ジジイいきなり運よすぎだ！　リアルラックか？」

「恐ろしいことを、そんなもの使ったら殺し合いになるではないか。これはチュートリアルモードじゃ」

「本気で言ってんのかよ。マリガン何回まで？」

「三回じゃが引けるカード数が減っていくぞ」

「じゃ二回目！　だーっ！　配カードが腐ってる！」

「乃公らにとっては運も実力、汝《うぬ》の言いわけなぞ聞かぬ」

「レッサーバット召喚！」

「くっ、セコいカードでアグロって来やがって」

「ターン2、雀兄様ノ手番デス」

結構、うるさい。……私たちは、放置してクリームソーダやアイスココアや小倉トーストを味わうことにした。ジークルーネは心配そうに隣を窺《うかが》っているが、私たちのテーブルからは動こうとしない。

「……何で男ってこういうゲーム好きなん？」

「男だからなのかな？　毛野さんはどっちにカウントすればいいの？」

「意味もなく小難しいことが好きな連中なのは確かだ。好きな奴らにやらせればいい。あれで楽しく研究してもらって、成果だけ教われば効率的だ」

「てかあたしよりあいつらが戦えばいいんじゃないかなー……」

「遊んでもらいたいだけのカードゲームの霊なら、妖怪の間で流行ってもらった方が手っ取り早いな」

「何であたしなんだろ。ソシャゲだってミラクルニキとなめこしかしてないのに」

楓は何度目かのため息をついた。

「あまりゲームをしないからこそ布教したいのかもしれないいな。楓は客観的に見てもゲームをしそうな顔ではない」

「私もやらないけどね。私のケータイ、テトリスしか動かないし」

「私は目が弱いのでゲーム機やスマートフォンのものはしないが、あれらがやるので囲碁や双六はほぼ毎日やっている」

「すごろくって人生ゲームみたいな？」

「ここで言うのはバックギャモンだ。電子ゲームに対して、テーブルゲームや非電源系と言うのか。溝越があの調子でどこだかのマニアから〝借りて〟くるから、私はあまり持っていなくてもいろいろある。競技カルタや投扇興のような体力を使う体育会系インドアゲームは毛野が強いな。将棋や囲碁、完全情報ゲームは火雷が頭一つ抜けている。雀と溝越はそんなに強くないがリアクションが大きいので観戦していて楽しい」

「完全情報とか不完全情報とか何？」

「将棋や囲碁やチェス、オセロのような偶然の要素が全くないものが完全情報ゲーム。ルールに従って駒を動かす、その通りのことしか起こらず、わからないのは相手の頭の中のことだけだ。サイコロを振ったりシャッフルしたカードを選んだり、運の要素が絡むのが不完全情報ゲームだ。件のカードゲームはカードを山から引いて狙《ねら》い通りのものが出るかわからないので不完全情報だな」

「何でそんなにゲームするの？」

「暇だからだ、決まっている。妖怪は労働しなくていいのに数百年も数千年も生きるものだから暇を持て余している。——このジークルーネも、ゲームを勧める以外の機能がないようだぞ。カードを取られて手持ち無沙汰《ぶさた》にしている」

確かに、彼女は隣のテーブルを気にするばかりで私たちの会話にも加わろうとしない。

「あんた、ゲームの妖精ならあっちのテーブル行ったら？　妖怪なら仲間みたいなもんでしょ？」

楓が言うと、ちょっと顔を上げた。

「お、男の人が怖くて」

「そうなん？　水色と白は女じゃないの？」

「いや、その二人どっちも男だよ。女はツインテールだけ」

「え、マジ」

多分《たぶん》その二人は髪が長くて声が高いからだろう。毛野は袴が赤いのも女っぽい。しかし雀は声変わり前なのだろうが、毛野は二十代前半くらいに見えるのにどうやって甘ったるい嬌声《きょうせい》を出しているのか不明だ。のどぼとけもないと思う。妖怪だから融通が利くのだろうか。

「天狗どもはともかく毛野と火雷は大手の神使《しんし》だからな。妖怪と言っても高級な部類だから今どきのゲームの化けたようなものが混じるのは気が引けるのだろう。響音ユラは今どきの機械の化けたもので取り立てて立場もないから話が合うと思うぞ」

「大手って？」

「毛野は厳島《いつくしま》神社の狛犬、火雷は太宰府《だざいふ》天満宮の牛だ。太宰府は菅原道真の墓所、北野《きたの》と並んで全国にある天満宮のツートップだ。受験生が必ず行く学業の神様〝天神様〟の本家だ」

「マジで、そんなんいるからイッチー頭いいの!?」

楓は身を乗り出したが、多分市子の成績がいいのはそういうのと関係ないと思う。現に市子も難しい顔をしている。

「火雷の哲学では、学業は努力で修するものだぞ
……私は、女は十二、三になれば男から和歌をもらうようになると幼い頃から菅公流《かんこうりゅう》で仕込まれたのに、中学の同級生は誰も和歌など詠んでいないではないか……」

「……ご愁傷様です」

「大体《だいたい》火雷は、囲碁だって手加減してくれない！

そんなだから太宰府なんかに流されるのだ！」

「……ダザイフってどこ？　地の果てなの？」

「福岡県だ」

「フツーに人間、住んでるとこじゃん」

頭がよくても人を思いやる心がなければこんなものである。

その後私たちはいつも通り同級生の話だとか芸能人の話だとか昨日見たテレビの話だとかインターネットで見かけた面白い看板の写真だとか、他愛のないことをべらべらとだべっていたわけだが、十五分経った頃に史郎坊がこちらの席に来た。

「大体把握しましたので楓嬢はこちらに」

「へ、あたし？」

「お前のために皆骨折ってくれているのだろうが」

「そこまでしてくれなくてもいいんだけど……」

「そう楽な話ではないぞ。そこのジークルーネ嬢、ざっと見た感じじゃが呪力による通信機能があってほどなくして仲間と通信を始める。すぐなのか明日以降なのかはわからぬが」

「へ？」

「け、契約して二十四時間を過ぎると楓様の参戦を姉妹に伝えることになっています」

ジークルーネが蚊の鳴くような声で答えた。

「ほうほう、そういう仕組みか。——戦乙女。とすればブリュンヒルデを含めて九人、含めねば八人、七勝せよということはそれらが通信機能で互いの動向を把握し、明日になれば楓嬢の新規参入を察知して挑みかかってくるであろう。それぞれの居場所と、誰に勝って誰に負けたかなどのデータを管理しておるのか？」

「は、はい」

「他に機能は？」

「攻城戦の際、反則行為がないよう記録しています」

「他の城主がどこにいるかわからなければ対戦できないからな。ということは城主は東京近郊に住んでいる者から選ばれるのか？」

「そうなりますな、物理的にカードを手渡しできるような相手しかなれんのでしょうな。――他の城主も早う七勝したいじゃろうし、新参がルールをようわかっとらんうちに滅多矢鱈《めったやたら》と殴れば簡単に勝ちが拾える。というわけで二十四時間の練習期間が終わったら即実戦じゃぞ。楓嬢は、一刻も早くルールを把握せねばあっという間にボコられてリタイヤじゃ。早う習得せねば」

「大変だな。頑張れ。ただより高いものはないぞ」

平然と市子が言い切った。

「ちなみにジークルーネ、城主は何人いる？」

「現在、楓様を含めて八名です」

「やはりブリュンヒルデは別格か」

「一番上の姉上様はクイーンの専属です」

「なるほど。なら七人に勝たなければクイーンに挑めないとして、最初の一人に負けたらもうそこでお終いということになりはしないか？　負けた後どうするのだ？」

「同じ城主に再戦を挑むことができます。再戦で勝てば一勝にカウントできます」

「同じ城主と二度三度再戦すれば？」

「同じ相手に対して勝ちは一度のみカウントされ、二度三度勝っても二勝、三勝にはなりません。が、負けた回数はカウントされます。相手が何人であれ七回負けるとリタイヤです」

「聞いたか溝越」

「聞きました。面白い手練手管《てれんてくだ》が見られそうですな」

「手練手管、駆け引き、権謀術数。現実ならばとてもおぞましいものだが、ゲームなら刺激的でいい。ルールに則り楽しい勝負を、だ。頑張れ、楓」

市子があっさり背中を押したので、楓はあれよあれよという間に隣のテーブルへ。代わりに史郎坊がこちらに残り、余ったカードを適当に並べる。

「とりあえずジークルーネ嬢のルークデッキは〝瑠璃懸巣の城〟じゃったか。バニラプラスアルファという感じでイマイチじゃったので儂の借りてきたカードを入れて改良しました。このゲームには城と合戦場、二つの局面があり、攻撃・防御ができるのは合戦場に置かれたカードのみじゃが城を攻撃して倒すのが最終的な目的。ゆえに合戦場を無視して城を直接攻撃する戦法がありまする。それを合戦場の雑魚《ざこ》のスキルで防ぐのをヘイト管理、ダメージコントロールと申しまして。攻撃を引きつける等ヘイトスキルを使い、味方の中でもしょうもない者や防御専門の盾役に敵の攻撃を当てさせたり、避けて無駄撃ちさせたりするのです」

「ほほう、運だけで勝負とはいかないわけか」

楓が史郎坊と交代で席に座らされて恐ろしい悪鬼《あっき》羅刹《らせつ》のごときゲームマニアどもに取り囲まれ、目を白黒させているのには気づかない様子で、市子は興味深そうにカードを見下ろしている。

「戦略があり、編成があり、用兵があり、兵站《へいたん》がある。たかがカードゲームと笑うものでもないな」

「雀は自称するだけあってなかなかのゴキブリ野郎であることが判明しましたぞ。鈍牛も鈍牛ですが。これが儂のナイトデッキ、名づけて〝梟《ふくろう》の城〟です」

史郎坊はカードを広げてみせた。……何十枚あるの、これ。テーブルがカードで埋まってしまった。確かトランプが五十二枚……

「城主はポーン、ナイト、ルーク、ビショップ、キングの五種類のカードを十枚ずつ組み合わせて五十枚のデッキを作りまする。敵も合わせれば百枚。特殊なのはクイーンでこれは入れずともよい」

「チェスだな。クイーンとはただ強い女というだけではなくゲーム上の属性もあるのか」

「クイーンは、公式戦で一定の戦果を挙げんと認定カードをもらえぬそうです。儂らでやる分には勝手に借りてくるのでクイーンも使ってしまいまするが」

「公式戦があるのか」

「最後に開催されたのは三年前です、人間世界では。ジークルーネが案内するこの勝負の果てにおるものが、公式戦のクイーン——エンペラーかどうかはわかりませぬが」

「公式戦のクイーンに勝るとも劣らない方です。私たちワルキューレはクイーンに相応しい勝負を捧《ささ》げるために存在します」

「まさに戦乙女か。血腥《ちなまぐさ》くない、ゲームバトルを捧げるなら平和なことだ」

「相撲勝負を捧げるのも神事でございますからまあ乙女同士のカードゲームなど雅なものですな」

――市子と史郎坊は暢気なことを言っているが、その間にも隣では「マリガンだマリガン！　そんな重たいカード捨てちまえ！　火雷の編成が素人向けじゃねーんだよ鈍牛デッキ！　初心者なんだからバッと出したら勝てるようにしとけ！」「小雀が囀《さえず》るものよ。初心者だからと敵が勝たせてくれるか！」「だからこそソリティアが最強なんだよ！」「流石雀ちゃんは田んぼの端っこに落ちているお米を拾って食べるような小鳥の名を冠するだけあって根性が卑しいですねぇ」「根性が汚くても勝ちゃいいんだよ！」


などと恐ろしい怒号が飛び交っている。

市子はいつもこんな環境でオセロをしていたのか。前々から、生まれつき頭がいいにしても強すぎると思っていたが、まさかこんな風に鍛えられていたとは。楓の声が全然聞こえないのがとても気になる。

「……カエちゃんじゃなくていっちゃんがあれやればよかったんじゃないかな」

「わりとそう思う」

「城主は楓様です。私は楓様が七勝してクイーンに挑む、あるいは七敗するまでつき従います」

ジークルーネはきっぱりと言い張った。

「だそうだ。一緒にバッグを見ていればジークルーネが私のものになっていたのかもしれないな」

「いっちゃん、妖怪カードに叶えてほしい願いなんかあるの？」

「特にない」

そんなきっぱりはっきり言い切る人のところには来ないのではないだろうか。

「が、カードゲームが妖怪になってまでプレイヤーを集めるに至った過程は気になるな。〝ヴィッカースがなぜそんなことをしているのか知りたい〟という願いでは駄目だろうか。事情によってはゲーム友達になってやろう。今更幽霊だの妖怪だのが増えても何も変わらない」

それは市子はそうだろうとも、手下が八十八匹もいるらしい。私は友達の友達に妖怪が増えるのは勘弁願いたいのだが。

「——楓が何人か蹴落《けお》とせば私にもお鉢が回ってくるかもしれないな。楽しみだ」

このタイミングでほくそ笑む辺り、かなり彼女は卑怯《ひきょう》な手練手管に興味があるらしい。

「私はいいや……スパルタってレベルじゃないよあのゲーム強化訓練」

「強くなれるぞ」

——強くなるだろうが、大事なものを失いそうだ。

というか、楓はもう「タダでバッグを手に入れるという次元ではない。妖怪たちは彼女に「ゲームにつき合ってもらったお礼に、賽銭《さいせん》でバッグを買ってあげる」とかしなければならない。

怒鳴られながらびくびくとカードをめくる楓の姿を見て、私はしみじみ、今回取り憑《つ》かれたのが私でなくてよかった、と思った。

2

翌日、楓は目の下にくまを作って学校に来た。

「……イッチーさあ。あれ、もう返したい」

「悪いな。皆、ゲームに夢中になっていてお前の迷惑など二の次になっているようだ」

「もう五秒で負けてもいいからとにかくあの連中を引き取ってほしい」

……恐るべきゲーム強化合宿は、彼女が家に帰っても続いていたようだ。楓はろくに寝ることもできなかったらしく授業中うつらうつらして、教師に叱られていた。

「こんな状況でカードバトルとかマジ無理もう無理」

「気持ちはわかるけどカエちゃん、これで負けたら疲れた記憶すらなくなっちゃうよ」

「バッグもどうでもいいですごめんなさい」

楓はげんなりしていたが、ジークルーネは「頑張りましょうね！」とやる気満々で拳《こぶし》を握っていた。

彼女は金の髪に人形の髪飾りを挿し、お昼には楓から四分の一に切った苺《いちご》を食べさせてもらう。ペットボトルの蓋《ふた》にちょっとだけミルクティーを注いでやると、両手で抱えてこくこく飲む。人形のベッドに寝かせたら丁度よかったそうだ。

このまま、不思議なペットでいてくれれば――

しかしそうは問屋が卸さなかった。

終礼のチャイムが鳴ると同時に――ファンファーレが鳴った。一瞬校内放送かとも思ったが違う。それはジークルーネが小さなラッパを手にし、吹き鳴らしているのだった。私たち三人以外には聞こえていないようで、同級生たちはまるっきり無視してカバンを持ち、部活に行ったり帰路についたり銘々自由な放課後を満喫する。

「これは、楓が仕上がった合図か？」

「はあ、もういいっすよ……」

楓はカバンを担ぎ、ゾンビのように力のない足取りで家路についたものの。

校門前で、少女の声に呼び止められた。

「貴方が新しい城主ね！」

展開が早い。

のは、同じ学校の制服を着ている。顔は特に見覚えがないが、三年生なのだろうか。髪を長く伸ばし、肩にジークルーネによく似た妖精を乗せていた。

「私は三年一組の小矢田七瀬《おやだななせ》」

「はあ、一年一組田口楓ですけど、三年なのにゲームしてるんすか……何が願いで？」

「嫌あねえ願いなんかないわよ、私はロスヴァイゼに乞《こ》われてゲームをやってるだけ。選ばれたからには義務を果たさなきゃね」

早くも楓がげんなりしているのに気づいた様子もなく、小矢田七瀬はやる気満々でべらべら喋《しゃべ》っている。

「さあ攻城戦よ、デッキを並べなさい。アウトブレイク！」

彼女の周囲に五十枚のカードが浮かび、彼女はそこに光るダイスを叩きつけた。ロスヴァイゼが彼女の肩から飛び立ち、金色の光に包まれて銀の甲冑《かっちゅう》に衣装替えする。

「は、はあ……アウトブレイク」

七瀬の空気にすっかり呑《の》まれた楓も、やる気なげにカードの束を差し出した。それらは勝手に楓の身体の周りに浮かぶ。

ロスヴァイゼと同じようにジークルーネが鎧にお着替えする。それは胸当てとスカート状の鉄板で構成されているが、頭を守るのは羽根の生えた繊細な冠でそれほど防御力がありそうな感じがしない。細身の剣まで抜いた。

「ワルキューレ・ジークルーネ、〝瑠璃懸巣の城〟の主、楓様とともに出陣します！」

剣を振り上げるジークルーネのかけ声で、周囲の景色が一変する――

そこは確かに星《ほし》ヶ《が》丘《おか》中学の校門前だったはずなのに、私たち四人は砂漠のど真ん中に立っていた。見渡す限り、地平線まで砂の山だ。他の生徒たちの姿はない。

そこに、音もなく白亜の城が現れる。白大理石と黄金の金具で組み上げられ、城門や尖塔《せんとう》などもある西洋風のファンタジーな城塞《じょうさい》だ。軽く学校の校舎より大きくてスケール感がおかしくなる。実際、さっきまで目の前にいたはずの小矢田七瀬が遥か遠くに見える。

「こちらに見ゆるは〝蜂鳥《はちどり》の城〟、ワルキューレ・ロスヴァイゼ、出陣！」

なのに小さなロスヴァイゼの声がはっきりと聞こ

える。彼女が斧《おの》をかまえてかけ声を上げると、楓の背後にも巨大な城が浮かび上がった――深い藍《あい》色の瑠璃の石で組み立てられた〝瑠璃懸巣の城〟だ。

「おお、やっとるな。ホビーアニメ文法に則ってなかなか派手な演出じゃ」

「楓様、教えた通りにやれば大丈夫ですからぁ」

「困ったときはマリガンだマリガン！」

「黙れゴキブリ白ウィニー」

なぜか田口楓を応援する妖怪の皆さんまで城の前に現れて、好き勝手なことを言い始めた。市子が首を傾《かし》げる。

「何だか仰々しいな。ゲームをするのにいちいち結界を展開するのか？」

何やら、ゲーム音楽っぽい雄壮なＢＧＭまで流れている。

「この手のは雰囲気作りが肝要です。やはりな、カードゲームは出したカードが具現化せんとな！」

「カードにこめられていた霊力と演出の規模が合わないぞ。これは、胴元は採算が取れるのか？」

「宮、これはコロコロコミックのノリですぜ」

納得しない市子に妖怪の皆さんはノリノリで突っ込みを入れつつ、地面にゴザを敷いて座り込むのだった。火雷など小さな文机を出して巻物に硯《すずり》と筆で何やら書き込み始める。

楓はというといつの間にか白い透かし彫りのテーブルと小さな椅子につき、そこでカードを選ぶことに。テーブルにはレースの日傘が差され、紅茶のセットまであって優雅だ。

「えっと……これとこれ、コスト高いからマリガン」

指先で浮遊するカードを選ぶと、カードがほどけるように消えて光の球が浮かび、新しいカードになる。確かにここまで大きなセットで、やることがカードゲームというのは何だか。

「先攻は楓様。ＡＰ5、カードをお選びください」

「は、はーい……じゃあ、これ」

楓がそっとカードを指先で押すと、カードが青い光になって消えた。ジークルーネがかっと目を見開いて朗々と読み上げた。

「〝見習錬金術師〟！」

瑠璃の城の門扉が開き、中から小さな人影が現れた。ファンタジー風のマントを着た錬金術師の少年だ。背負ったカバンからスライムが二匹飛び出した。妖怪どもが興味深げに背筋を伸ばす。

「あ、こういう演出になるんだ。――これ初めてだから目新しいけど、慣れてきたら宝具演出スキップ実装しろようぜえってなんのかな」

「えっと、ターンエンド」

楓が言うと、ジークルーネが繰り返した。

「ターンエンド！　七瀬様の手順です」

七瀬は浮遊するカードの一つをひっぱたく。カードは楓のときと同じように青い光になって消える。

「〝ストーンゴーレム〟！」

ロスヴァイゼがカードを読み上げ、白亜の城から石でできた巨人が一体、現れた。

「ターンエンド」

「じゃスライム二体は城に突撃。〝見習錬金術師〟もう一枚出して、ストーンゴーレム攻撃」

楓は手早く指示を出し――

――十分ほど後。白亜の城は液状化したスライムにまとわりつかれ、ボロボロになっていた。何せ楓が〝見習錬金術師〟を一人出すたびおとものスライムが一緒に二匹現れる。手数のない七瀬は増えすぎたスライムを駆除しきれなくなってしまった。

ロスヴァイゼが沈痛な顔で深々と頭を垂れた。

「残念です、七瀬様。城の耐久がなくなりました」

「あんたスライムばっか出してセコくない⁉」

七瀬は顔を真っ赤にして立ち上がったが、楓は頭を掻《か》くばかりだ。

「セコいって、これ雀に教わったんだし？」

「手数勝負のゴキブリ白ウィニーだからな。馬鹿《ばか》でも初心者でも勝てるスライムデッキだ」

雀も平然とあぐらを掻いている。

「別に反則じゃねーよ、なあ」

とジークルーネに向けてあごをしゃくる。

「は、はい。デッキには同じカードを五枚まで入れていいことになっています」

「何でそっちは〝見習錬金術師〟出さないんだよ」

「AP2のセコいカードなんかデッキに入れてないわよ！　SSRの〝死せる英雄の詩〟がAP11もあるのに！」

「馬鹿野郎、現実見ろ！　出せないSSRより出せる星1だ！　モノ賭けてんのにセコいも卑怯もあるか、勝てば官軍、座れば牡丹《ぼたん》、歩く姿は茄子《なす》の花！　親の説教とナスビの花は千に一つも無駄がない！」

雀が何を言っているのかはよくわからないが、勢いだけはある。毛野が扇で口許を隠して笑う。

「まあ流石鞍馬《くらま》の小雀ちゃん、卑怯な立ち回りがお得意でぇ」

「鞍馬関係ねえよ生きてるうちから俺はこうだよ！」

「てか何でそのデッキ、〝騎士の勲《いさおし》〟入ってるの⁉」

「逆に何でこの構成で入ってないと思うんだよ！」

「というか、今のは〝語るに落ちた〟な」

市子が笑った。彼女は城主ではないのでテーブルがないのだが、誰が用意したのか和風の日傘を差しかけられた緋毛氈《ひもうせん》の敷かれた縁台に座っている。私も立っていると疲れるので端に座らせてもらった。

「デッキ構成を知っているとは、さてはお前、先代の〝瑠璃懸巣の城〟の城主と戦ったことがあるな。それからデッキ構成が変わっていないと信じていたわけだ」

途端、雀が渋面を作った。

「……まさか君ら、ワルキューレからほいっとデッキ渡されたらそれきりデッキ組み替えねーのか？」

「だ、だって組み替えようにも持ってないし」

「カード買い足さねえの？」

「……買うって、売ってるの？　これ」

史郎坊が手を叩くと、両手の間に銀色のパッケージが浮かび上がった。

「新品として流通しとらんだけでブックオフでスターターセットが二百円、ブースターパックが五個で五百円じゃな。メルカリならもっと安くである」

七瀬が悲鳴を上げる。

「売ってるカードを入れたりして、いいの!?」

「いいも悪いもTCGは元からそういうゲームだよ！　……マジかよ、どんな願い叶えようと思ってそれなんだよ？」

「わ、私の望みはその、恋愛成就……」

「ラブレター書くかカードの勉強しろよ！」

「まあ楓嬢にとっては初陣じゃ、多少セコくとも堅実に越したことはない。嬢ちゃん、三年の先輩なんじゃろ。後輩に譲ってやらんか。おぬしは十分かわいいから普通に告白して何とでもなるぞ」

史郎坊がまとめようとしたが、雀がなおも口を尖《とが》らせる。

「譲るって何だよ楓ちゃんはちゃんとルール守って勝ったんだろーが、負けた奴がぐじぐじと、悔しかったら何しても勝てよ後からうんこデッキとか言ってんじゃねーよ。ベストを尽くしてないお前が悪いんだろーが。——お、泣くのか、泣くのかぁ？　男が皆、小娘の涙に怯《ひる》むと思ったら大間違いだ、悔し涙を呑んで強くなれ！　真のファイターに必要なもの、それは負けたくないという意志だ。メキシコの太陽とテキーラが腰抜けのお前をバンデラスにする」

「おい、雀」

市子が制止したのは、流石に言いすぎだと——いうわけでもないらしかった。

「後ろにお客が控えているぞ。その辺でやめておけ」

「お客」

それで私はふと周りを見回した。

——少し離れたところに日傘の差されたテーブルがもう二つ。おさげでブレザーの少し年上の少女と、白いワンピースの少女。

「楓と対戦したくて順番を待っているのだ。済んだのなら先輩にはどいてもらおう」

「いやあ、急かしてるみたいでごめんなさいね？」

おさげの少女が手を振った。途端、辺りの景色が一変し、砂漠も白亜の城も消えて赤い土と石の崖《がけ》がそびえ立つ。グランドキャニオンのように壮大な風景の中に、ルビーを切り出したような深紅の城が。

戦槌《せんつい》を持ったワルキューレが声を張り上げる。

「こちらは〝紅雀《べにすずめ》の城〟のワルキューレ・シュヴエルトライテ、城主は松岡有望《まつおかゆみ》様です。楓様に攻城戦を挑ませていただきます」

「な、何でこんな立て続けに。皆そんなにこのゲーム好きなわけ」

「一刻も早く願いを叶えたいから——もあるが、これがこのゲームのもう一つのルール、七敗負け抜けバトルなのだから仕方がない」

怯む楓に市子が笑ってみせた。

「——このゲームはクイーンに挑む前に七人に勝たなければならないが、城主は楓を含めきっちり八人しかいない」

「それ、他の七人を全員倒せってことでしょ？」

「六人まで倒して一人に負けたらどうなる？」

「諦《あきら》めれば？」

「それが七回負けるまでは失格にはならない。負けたらどうすればいいかというと——強い相手を避けて弱い相手と何度も戦い、七敗リタイヤに追い込んで新規のプレイヤーと入れ替えるのだ。そしてその新規のプレイヤーが、ゲームに慣れていないうちに叩いて勝ちを稼ぐ。新規のプレイヤーが七敗リタイヤでいなくなってまた新しいプレイヤーが現れる。その新しいプレイヤーを慣れていないうちに袋叩きにする。これを七人に勝つまで繰り返せば自分より強い者などどうでもいい」

聞いている楓の表情がみるみる歪《ゆが》む。

「は、はあ？　何それ」

楓と反比例するように市子は嬉《うれ》しそうですらある。

「陰険だろう、このゲームはカードをデッキに並べるばかりではない。その前から戦略、手練手管が必要なのだ。たとえば実力の拮抗《きっこう》する相手とはあらかじめ同盟を組んでお互いとは戦わず、他のプレイヤーから弱いのを見繕って二人がかりで七敗に追い込む。実力のわからない相手に対しては、同盟の中で一番負け数の少ない者が対戦してどれほどの者か見定める。他の者がまだ戦っていないオイシイ相手をさっさと七敗させると文句が出るので空気を読んでお伺いも立てなければならない。七人のうち一人しか勝ち残れないわけではないので強い仲間を作って協闘すれば有利になる。——現在、誰とも同盟関係のない新参プレイヤーの楓は、皆の楽しい玩具《おもちゃ》で勝ち数を稼がせてくれる貴重な資源。並んでも戦いたい相手だ」

「いじめじゃん!?」

「ゲームが強ければ何人かかってこようが別に何の問題もないので、いじめほど理不尽ではないな」

「同じ相手に勝っても勝ちにカウントされぬので一見再戦は旨味がないように思えるが、実は新規のプレイヤーを入れるのに必要なんじゃ」

史郎坊が煙管《きせる》を吸って丸い煙を吐いた。

「負けた方は一回でも勝てば勝ちがつくので前回はカードの引きが悪かった、作戦が悪かった、改善の余地がある、もう一度やれば勝てるかも、なぞと思えば再戦を挑んでしまう。あるいは向いていないもう勝てぬからさっさとやめたいと思うたら七敗するしか手がない。勝ちたい者は相手にこのどちらかの考えを抱かせられねばリタイヤさせられない。また一回勝った者は自分だけ勝ってばつが悪いとでも思うか、相手を七敗に追い込む自信があるかでなければ二度は戦ってくれぬ。あるいは、こちらの願いの方が深刻じゃからおぬしは諦めよと集団で迫ってプレッシャーをかける策もあるじゃろうな。そのために同盟を結んで協力する。リタイヤする者に言い含めて、次のプレイヤーをゲームが不得手な者に指定することもできるのか？　これは八人のうち四、五人の固定レギュラー枠が連携して新規の泡沫《ほうまつ》プレイヤー枠を循環させるゲームなんじゃ。強い者が勝ち残るのではなく弱いと見なされると負ける。楓嬢はまだ固定レギュラー枠を取れるほどの実力を示せておらぬ、と」

「先ほどの三年生は楓の前の〝瑠璃懸巣の城〟の城主の七敗リタイヤにかかわっていたのは間違いない。――一対一のゲームバトルに見えて求められているのは実はコミュ力。攻城戦とはよく言ったものだ。主戦場はここではなく日常の交友関係にあり、間《かん》諜《ちょう》も放たれる。これぞソーシャルゲームだ。社会がある」

「やっぱこれあたしよりイッチーの方が向いてるんじゃね!?」

楓は悲鳴を上げたが――

「さあきりきりやっていきましょう！　楓様はジークルーネに親切にしてくださいますが、やはりワルキューレの幸福は戦の誉れ！　パンも果実も蜂蜜も、戦いの昂揚《こうよう》に勝るものではありません！」

と金の髪に赤い薔薇《ばら》を咲かせたジークルーネが、顔も赤くしてにこにこ笑っているものだから。

「この勝利の赤い花が七つ咲いたとき、クイーンへの道が開けます！　戦の華を我らの父と姉上に捧げましょう！」

「あーっもう皆好き勝手言いやがってー！」

喚いていた楓だったが――スパルタ強化訓練の成果で、十分ほどで勝ってしまった。〝紅雀の城〟も水色のスライムの餌食《えじき》となり、ジークルーネの髪には二つ目の赤い花が咲き、おさげの少女は頭を掻きむしった。雀もドン引きの顔になっている。

「マジかよ、この子もバニラだ……」

「バニラとは」

「本来カードのステータス書く欄が大きいわりに白いって意味ですけどわかりやすく言うとバニラアイスみたいにプレーンってことです……普通カスタムするんすよ……」

「なるほど、苺やラムレーズンやチョコチップや抹茶を加えるというようにか。……というか彼女は先ほどのバトルの中頃から見ていたはずだが楓の作戦になぜ対策しなかったのか。策がないわけではないのだろう？」

市子も何やら難しい顔でこめかみを揉《も》んでいる。

「そうっすね、スライムが溜まったところで軽めの全体攻撃を一発撃って消しちまうとかありますけど……そもそもＴＣＧのことを理解してないフシが……七敗ルールだけ把握してさっさと同盟組んじゃって肝心のカードゲームの方は誰もうまくないんじゃねーの？」

「これだけお膳立《ぜんだ》てしてゲームの腕がお粗末では誰も救われない」

さて最後は白いワンピースの少女で戦場は大海原の上だが――〝海猫の城〟、花で頭を真っ赤にしたワルキューレ・ヴァルトラウテを引き連れた城主・雨堤《あまづつみ》あゆは戦う前から青ざめて震えていた。

「わ、私、これで負けたら七敗になっちゃうから今日はキャンセルでいい？　元々バトルは止められてるし」

途端、市子が息巻いた。

「楓！　勝ってそいつのワルキューレとカードデッキを私に寄越《よこ》せ！　同盟を組んでいて六敗もする奴が七勝は無理だ！」

「六勝はしてるのよ、後一勝なのよ！　貴方まだ無敗なら一回くらいわざと負けて⁉」

「……絶対あんたらよりイッチーの方が得意だし長生きしててもいいことあると思えないけど、あたしこんなんでいきなり三勝していいのかちょっと疑問だわ……てか命乞《いのちご》いしてんのにぶちのめすとかマジ無理なんすけど……」

楓もドン引きの様子だった。市子が「楓、真剣勝負を譲るな！」と大声で喚いているのが私も怖い。

「ええっとあたし、そんなマジじゃなくてバッグがほしいだけだからわざと負けてもいいけど、雨堤さんだっけ。願いは何？」

雨堤あゆは目を見開き、椅子から立ち上がって声を上げた。

「友達が心臓の手術をしなきゃいけないの。命懸けなのよ。もう何度も手術してて、今回で終わりにしてあげたいの。元気にしてあげたい」

――市子も目をみはって縁台から立ち上がった。

「……お前は、それが願えば叶うものだと聞かされたのか？」

声が震えている。あゆはそれに気づいた素振りもなく、必死で楓に訴える。

「ねえ、私に勝ちを譲って！　この一回で次はクイーン戦なの！　この一回だけよ！」

「それは医者に任せろ！」

市子はもう声を張り上げるだけでは足りなくなって、ずかずかとあゆの方に歩き出している。

「それは駄目だ！　その願い方では、お前はお前の友人に自分の心臓を差し出すことになるかもしれないぞ！　危ないことを言うな！」

あゆに摑《つか》みかからんばかりの勢いだったが、その鼻先にばちっと火花のようなものが散って突然尻餅《しりもち》をついた。

「ここでは暴力行為は禁止です」

ヴァルトラウテが弓をかまえていた。彼女の放った矢が市子に当たったらしい。素早く次の矢をつがえる。

「また、勝負中の城主に助言をするなどの行為も禁止です。市販のカードを混ぜるのはTCGの基本ですが印をつける等の細工は禁止です。イカサマはなしです、純粋にゲームで戦っていただきます。悪質な場合は退場をお願いします。貴方がたは城主ではありません、観戦を許しているだけです」

「まあそらそうだわな」

市子がやられて、慌てるかと思いきや史郎坊は暢気に煙管を吹かしているばかり。――と思ったが、拳銃《けんじゅう》をかまえた雀の右手を摑んでいる。

「賭郎《かけろう》立会人でもそうするわな。宮《みや》、ここはご寛恕《かんじょ》を。雀、あんな羽虫の號奪戦《ごうだつせん》の間合いに入る気か」

雀はそれでちっと舌打ちして手を下ろしたが。

「宮は姫御前だというのにすぐに御手を上げるのが悪いところだ」

と火雷もため息をつきながら立ち上がろうとする毛野の肩を摑んで押しとどめている。毛野はいつも笑っているのが明らかに唇を歪め、意外に長い牙《きば》がはみ出していたが、火雷の方が大柄だからかものともせずに座に引き戻した。

「ここはゲームをするところでしょう。打ち手ではない宮は黙って見ておれと言われればそうでしょうとも。理はその羽虫めにあります。囲碁盤の裏のくぼみを血溜まりと言い、口を差し挟んだ者の首を切り落として晒《さら》すところだと言う。他人の勝負に口出しなど天子であっても許されぬ。少々痛い目を見ても当然でございます。君主を甘やかすのは忠孝ではないぞ、犬めが。神の使わしめともあろう者が子供の喧嘩《けんか》に一喜一憂しおって」


低い声ですごまれると怖くて私の方が肩がすくむ。毛野は雀ほどものわかりがよくないらしくものも言わずすごい目で火雷をにらんでいた。

「――何が寛恕だ！」

市子は顔を押さえていたが、怪我をしたわけではないようで尻餅をついたままで元気そうに喚いた。

「暴力行為禁止は守るが今はゲーム中ではないから口出しではないぞ。――病気の心臓を治すなんてそんなことが可能なのか」

答えたのは、ジークルーネだった。

「……そんなに難しいことですか？　クイーンになれば全ての願いが叶います」

「嘘だ！」

市子は大声で言い放ち、ジークルーネはびくっと震えた。

「妖のせいで病んでいるということはある、祓《はら》えば治るというものは。だが手術の必要な心臓の病というのは生まれ持ったものではないのか。それは天命だ。本人と医者が努力すべきことであってお前たちごとき妖怪が介入していいことではない。人の天命を動かすことはできない。それが神であってもだ！」

あゆは全く動じていない素振りで言い返す。

「やってみなきゃわかんないじゃない、そんなの！」

「私にはわかる！」

「あんた宇宙で一番偉いわけ!?」

「そうだ！」

……いや、あの。それはいくら何でも。私は市子の味方の側のはずだったが、軽く手を伸ばそうとしてしまった。前にも見たことある、この光景。市子はものすごく口喧嘩に向いていない。

「ちょっとイッチー黙ってろ！」

楓も大声を上げた。彼女らしくもなく、唇を噛《か》んでいる。あゆはぎゅっと両の手を組み合わせる。

「バッグなんてどうでもいいでしょ？　ね、一回だけなのよ」

「聞くな、楓！」

市子はついに怒鳴る相手を楓に変更し、彼女に向き直ってあゆを指さす。

「これは質《たち》の悪い話だ。この女の天命を友達とやらにそっくり移して、こいつが死ぬ可能性もあるぞ！」

楓ではなくあゆが返事をする。

「別に私はそれでもいいよ、マミが助かるなら！」

「いいわけないだろうが、大馬鹿者！　それで救われるのはお前だけだ！」

「私がよければいいじゃん、臓器移植みたいなものでしょ！」

「臓器移植には法がある、生体心移植などするのは悪魔だけだ！　無法な手段で生き存《なが》えたレシピエントの気持ちがお前にわかるものか！　どこまで行ってもお前の自己満足に過ぎない！」

「自己満足の何が悪いのよ。ヴァルトラウテはできるって言った！」

あゆはかぶりを振り、手を広げた。彼女のフィールドはどこまでも、空と海との境界がわからないほどの紺碧《こんぺき》。空には雲、海にはさざ波の白があるだけ。

「妖精がいて、こんな不思議な空間に来れるんだよ！　魔法だよ！　マミを助けるくらいできる！」

「これはただの幻だ」

――市子が断言した。

「狐《きつね》などが見せる安いまやかしに過ぎない。科学的に言えば脳内物質の偏りだ。中学生や高校生の脳は幼いのでこれくらいの幻覚は簡単に見えるものだ。心の奥底にあるイメージを引っ張り出して再生しているだけだ。まやかしが少し豪華なくじ引き大会をしてくれただけで、服やスマホをもらうくらいで満足しろ。これは人の命などというものを扱う構造にはなっていない、断じて」

「だからお前ら黙ってろって言ってんのに」

楓がいらいらと頭を掻いた。

「あーもう、いいよ負けてやるよ、ジークルーネ、デッキ編成！」

「あ、はい」

「編成、その二！」

ジークルーネが革装丁の本を差し出すと、楓の周囲のカードがそこに集まった。本のように見えるがバインダーになっていて、勝手にページがめくれてカードが自分から動いて入れ替わる。

「楓！　勝負を投げるな！」

市子は喚いたが、片膝《かたひざ》をついてピストルを手にしていた雀がそれを袂《たもと》にしまい、正座で座り直して背筋を伸ばした。

「宮、ここから助言禁止ですぜ。――ド素人同士のゲーム未満のごっこ遊びより見応え出てきたな」

史郎坊も煙管を置いた。

「うむ、天覧試合に相応しい展開じゃ。やっとゴキブリうんこ白ウィニーではなく血湧《ちわ》き肉躍る合戦が見られるらしいぞ」

「うんこまでつけんな！　真面目にやってんだ！」

「悪趣味ですよ貴方たちぃ」

毛野も先ほどまでの剣幕を忘れたように、いつも通りにしなを作って袖《そで》で口許を隠した。

「小娘が服だの指輪だのをやったり取ったりしてもつまらんじゃろうが。七つのヴェールの踊りはこの世にまたとなき預言者ヨカナーンの首を賭けるからこそ美しい、サロメ単品は所詮《しょせん》若いだけが取り柄の舞い上がった小娘よ」

「それが悪趣味だと言うのですぅ。ああ毛野はこのような残酷まな板ショーは好みませんのにぃ」

「寝ぼけたことを、しっかり見ておるではないか」

なぜか妖怪たちはひそひそとささやき合い、笑い合う。火雷は黙々と筆を動かすのに戻った。その様子に一番引っかかるものがあったのは市子らしく、眉をひそめながら縁台に戻ってきた。

そのうち楓は編成を終え、サイコロを投げた。

「アウトブレイク！」

「アウトブレイク！」

あゆもサイコロを投げ、城門が開く。楓は――〝見習錬金術師〟を出さなかった。

「〝軽騎兵〟！」

「〝長篠《ながしの》鉄砲隊・足軽〟！」

双方、何だかものすごく地味な兵士をぽんぽんと置くだけ。槍で刺したり火縄銃で撃ったりはするが、さっきまでのスライムまみれの戦場と全然違うのが私は不安になる。なお、兵士たちが武器を振るっても相手は目がバツになったり苦しそうによろめいて消えたりするだけで血が出たりはしない。

ふと市子を見ると――難しい顔をしている。目を細めているのは、戸惑っているような。

「いやこれは……もしや」

市子が口を押さえ、何かぶつぶつ言っている。一転、妖怪の皆さんは腕を組んで見守るばかりで一言も発さない。

「〝武田《たけだ》騎馬隊〟！」

「〝怒りの騎士〟！」

――あゆが赤い、重たそうな甲冑の騎士を出した。馬まで甲冑を着込んでいる。それは大きな槍を振り回し、楓の戦場からどんどん兵士を消していく。少し格上のカードだったらしい。紺碧の戦場を彼女の怒りが制していく。

「〝癒やしの世界樹〟！」

楓は戦場の隅っこに魔法の大樹を出した。大樹の枝からは蛍のような光の球が飛び、楓陣営の兵士たちの負傷を癒していくが、治った端から赤い甲冑の騎士に殴られる。全然追いつかず、どんどん兵士が消えていく。

「え、これ、まずいんじゃや。本当にカエちゃんわざと負けちゃうんじゃ」

私は思わず口に出したが、市子がしっと唇の前に指を立て、沈黙を促した。

「〝嘆きの騎士〟！」

あゆが次に呼び出したのは、青白い甲冑の騎士。両手で振るう、凶悪に大きな金槌《かなづち》で楓の兵士たちを次々殴りつけ、消していく。

万事休す、と思ったが——

楓が、大きな手振りでカードをはたいた。ジークルーネが読み上げるより前に、自分でカード名を唱える。

「〝雷鳴の竜神皇《サンダーボルト・バハムート》〟！　転身！」

——途端。〝瑠璃懸巣の城〟の半分ほどもある、あゆの騎士たちより遥《はる》かに大きな白銀の身体を持つドラゴンが戦場のど真ん中に現れ、咆哮《ほうこう》した。騎士たちが思わず怯み、私の前で雀が勢いよく握った両手を挙げる。

「来た——っ！　鈍牛デッキ、覚醒《かくせい》！」

「火雷天神デッキ軽量《ライト》版だ！」

すかさず火雷が訂正した。

「真の火雷天神デッキはこれほど軽くはない。初心者向けに随分《ずいぶん》要素を削っている」

「十分重いよ立ち上がり遅くてハラハラしたぜ！」

「やはり動きが鈍かったのは作戦だったのか」

あごを撫《な》でる市子に、史郎坊が解説する。

「最初からハイスピードで手数を増やしてしようも

ない攻撃を畳みかける雀のスライムデッキとは逆に、火雷考案の鈍牛デッキはAP13の〝雷鳴の竜神皇〟を出すため、序盤はAPをケチって最小限で場を作る必要があるのです。あまりケチると負けてしまうのでこれが難しい。鈍牛デッキはこの〝癒やしの世界樹〟が〝雷鳴の竜神皇〟のサポートとなる生命線で、他のカードは世界樹の盾となる役目、まあ何でもよいのですが逆に動きをルーチン化しづらくアドリブで立ち回るのがきついものでして」

「兵士を守るための回復ではなく回復から目を逸らすための兵士だったのか」

「これもヘイト管理でございまする。竜神皇さえ出てしまえば後は世界樹の自動回復任せで、奥義プラズマブレスを連発しまくるだけ。このフィールドは水で電撃属性を強化し、地の利もありまする」

考案者の火雷は舌打ちして不機嫌そうだった。

「相手が下手だったのです。手練《てだ》れならばもっと場を乱して〝癒やしの世界樹〟を出させせない。まだまだ取り回しに隙《すき》がある」

「たった一晩で鈍牛デッキを使えるようになったんじゃ、大したものではないか」

「使いこなせてはおらぬ、ライト版なので今の出目と配カードでもう2ターン早く清涼殿大霹靂《せいりょうでんだいへきれき》を発動できた」

「奥義の名前まで変えておるぞ鈍牛め！　ノリノリじゃな！」

「遊戯にも本気を出すが至誠というもの！」

「てかお前言い方キツいし顔も怖いんだからちょっとは楓ちゃん褒めて伸ばそうとしろよ！　頑張ってるじゃねえか！」

妖怪どもが好きなことを言う間、あゆが血相を変えて、楓に向かって喚き立てる。

「あんた、勝たせてくれるって言ったじゃない！」

——楓は、へらっと笑って片手を挙げた。

「あ、ごめーん間違えた、あたし初心者だから。メンゴメンゴ」

その後、急に真顔になる。

「てかこれ立ち上がり遅いからさっきまでに速攻で殴られてたらフツーに負けてたんだけど。本気で勝つつもりなら勝ちに来いよ」

それであゆは目を見開いたが——火雷が真顔でかぶりを振った。

「全くその通り、無様で見ておれぬ」

「だからそういうこと言うなよ鈍牛」

竜神皇はすぐにブレスを吐けない。その間に赤と青の騎士が必死で斬《き》りかかるが——分厚い鱗《うろこ》にはさほどダメージが通らないようで、ドラゴンは表情も変えなかった。そこに世界樹から回復の蛍火まで飛んできて、本当に、てんでお話にならなかった。

そして次のターン——いよいよ竜神皇がかっと口を開き、のどの奥に火花を散らして雷撃のパワーを溜める——それに合わせて火雷が立ち上がって笏《しゃく》でドラゴンを指し、腹に響くバリトンボイスで謳《うた》い上げた。

「恐れよ奸臣《かんしん》、恐れよ民草。これぞ御霊《ごりょう》の力。我が神威、我が怨《うら》みは太宰府より来たりて高御座《たかみくら》をも穿《うが》つ。火雷天神が通力、清涼殿大霹靂！」

丁度〝大霹靂〟のところで竜神皇が必殺のプラズマブレスを放出した——白銀色の光で視界が真っ白になり、再び青い景色が見えるようになったとき、一瞬赤と青の騎士の姿が浮かんだ。それらは音もなく、塵《ちり》も残さずぱっと消えた。

「おぬし宝具台詞《ぜりふ》まで詠唱するのか！　ジークルーネも詠唱しとったのに全然聞こえんかったぞ、かわいそうじゃろうが！」

「くわばらくわばらーっ」

「ていうか高御座穿ってないでしょぉ、大臣なぞを何人か殺しただけでしょうがぁ」

「穿っておらぬだけでじわじわ祟《たた》って殺《あや》めた」

「何でもアリじゃなおぬしの言い分は！」

妖怪どもが騒いでいる間に、〝海猫の城〟もブレスでぼろぼろになっていた。もう誰が見てもあゆに

勝機はなかったが、

「〝武田騎馬隊〟！」

彼女は必死にカードを出していた――このゲームには「降参」のルールがないのかもしれない。新しい兵士は現れた途端、何もできずにブレスで消えた。

「〝足軽歩兵〟！」

――何だか心が痛んだ。勝っても彼女の願いは叶わないだろうと私でも思うのに。勝手なのだろうか。

三回目のブレスで、城が傾いた。

「あゆ様、城の耐久が0になりました、敗北です」

ヴァルトラウテが淡々と宣告した。

「あゆ様はこれで七回敗北しました。城主の資格を失います」

「待って、ヴァルトラウテ、待って」

「新しい城主を探します。あゆ様から指名はありますか――」

あゆは涙声だったが、ヴァルトラウテは冷淡に言い放って――いつの間にか歩み寄っていた火雷に手で摑まれた。大きな虫でも捕まえるように。ジークルーネが口を押さえて「ひっ」と小さく悲鳴を上げた。

「ゲームの打ち手への乱暴狼藉《ろうぜき》は許されぬとして。主を失った羽虫に誠を尽くす必要はあるのか」

火雷はそのまま市子のところに持ってくる。

「宮、どうぞ」

「うん」

恭しく差し出すのを市子は受け取ると、火雷よりももっと乱暴に、失敗作の粘土細工のように両の手のひらでぐにぐにと押し潰《つぶ》した。おにぎりを作るように、ヴァルトラウテだったものをこね回す。

「お前はこれよりヴォータンの娘ヴァルトラウテにあらず。――〝鈴鹿《すずか》〟、そう鈴鹿だ。その名で私に仕えるがいい」

果たして、彼女が手を開いたとき――そこには和風の鎧を着込み、長い黒髪を後ろで結って烏帽子《えぼし》をかぶり、腰に日本刀を三振りも差した女の子が。サイズ的にはヴァルトラウテだった頃と同じくらいなのだが髪の色と目の色が違う。背中には魚のヒレのようなものが生えていて、ふわふわ空中を飛び、市子に向かって一礼する。

「はい、鈴鹿は宮にお仕えします」

「何か怖いよお前」

楓が嫌悪感たっぷりにつぶやいた。

「これは実に信用ならない泥人形だ。ワルキューレの機能だけ残して、私の言うことを聞くように作り替えた。私たちを欺いてこのゲームの胴元と密かに通信したりしないよう、嘘《うそ》などつけないようにな。お前のジークルーネもそうするか？　このゲームにはこいつらを作った主催者、賞品を出す胴元がいるはずだがそいつはできない約束をする邪悪な輩《やから》だとわかったぞ」

ジークルーネがびくっと震えて楓の肩に隠れた。

楓が市子とジークルーネを見比べて、ため息をつく。

「いいよ、ジークルーネはこのままで」

「小娘に偽りを吹き込んで操るのがこいつらのやり口だぞ。私は遊びにはつき合うが悪事は許さない」

「いや、大丈夫だよあたしは」

市子に畳みかけられても、楓は首を横に振った。

「バッグくれるならもらうし無理なら諦める、それだけで。これってゲームでしょ？」

それを聞いて、史郎坊が立って頭を下げた。

「宮、楓嬢は大丈夫だと思いますぞ。腹芸を打って鈍牛デッキを出した辺り、天狗も感服する肝っ玉でございます」

「火雷天神デッキライト版」

火雷が仏頂面で訂正する。

「それより、雨堤あゆ嬢の様子がおかしゅうござる」

史郎坊のその言葉で、皆があゆを振り返った――

テーブルと椅子は消えていて、あゆは地面に――大海原背景で地面というのもおかしいが設定された床部分に――へたり込んでくずおれていた。

市子が縁台を降り、近づいてあゆの首筋に手を当てる。難しい顔だ。

「霊力の消耗が激しいな。ヴァルトラウテは接続が切れてから作り替えたはずだが。この演出はカードの霊力以上のものを使っているので負けた城主にも降りかかるのかもしれない。すぐに死ぬということはないと思うが、念のために救急車を呼べ」

「はいな」

史郎坊があゆに近づいて背中に触れると、史郎坊もあゆも姿が消えた。通常空間に移動したのだろう。「妖怪カードゲームで負けたら霊力を吸い取られた」なんて救急隊員に説明できないので、例によって「よくわからないが女の子が気絶しているのを見つけた」とか何とか適当な作り話をするのだろう。

「さて」

市子が手を叩くと辺りの光景が変わった。白い玉砂利が敷き詰められ、ところどころに苔《こけ》むした岩が置いてあるだだっ広い枯山水の庭園で、市子の城は木造平屋建ての、お寺か神社みたいに色気のない建物で城門は鳥居だった。市子は金屏風《きんびょうぶ》を背に、お雛様《ひなさま》の座るような色とりどりの縁のついた分厚い畳の赤い座布団に正座する。

「〝海猫の城〟をそのまま使うのは嫌なので〝白雉《はくち》の城〟としよう。で、お前たち。折角《せっかく》私が新城主になったのだから一つ勝負しないか？」

市子が笑った——その視線の先にさっき負けた二人がいた。とっくに逃げたのだと思ったが、よくよく考えて同盟を組んでいるならあゆの勝負を最後まで見届けるはずだった。このゲームは相手の使うカードの種類などを見ておく必要もある。

「そこの楓は昨日、必死で一夜漬けで特訓したが私は正真正銘の初心者だ。さっき楓が戦ったのを見ていただけでこのゲームはやったことがない。勝ちを拾わせてやるぞ。——どうだろうか。いきなり友達と戦うのは気が引けるのだが」

「し、信用できるもんですか。ヴァルトラウテにひどいことしておいて」

有望が気色ばみ、七瀬が耳打ちする。

「この子、うちの学校では有名人よ。超能力者だか魔法少女だかで。何か、カードのモチーフじゃないキャラいっぱいいるのもズルだと思う」

「別にズルなどしないが――」

市子は怒りもせず笑っている。かえって怖い。

「そんなに心配なら、デッキを交換しよう。楓が先ほど使っていたスライムデッキと鈍牛、もとい火雷天神デッキライト版をお貸ししよう。私はお前たちのどちらかのデッキで戦う。ズルなどしようもない」

それで二人は顔を見合わせた。――楓のカードを勝手に貸すとかどうなのだろうと思ったが、楓は特に何も言わなかった。

「ご親征である！　ご親征！」

火雷が張りのある声で唱え、どこかに消えていた史郎坊が慌ててゴザに戻ってきて、毛野が市子のそばにひざまずいた。

「宮、バニラなど勿体《もったい》なぁい。僭越《せんえつ》ながらこの毛野もデッキをしつらえてございますぅ、どうぞお使いくださいませぇ」

「どこで誰が見ているかわからん、しまっておけ。それに毛野のデッキの使い方を知らない。お前の性格ならそんなに簡単ではないのだろう、今から教わると時間がかかる。あの二人のデッキ構成は見た」

毛野は頭《こうべ》を垂れた。

「出すぎたことを申しました、御意にございますぅ」

そうして彼もすごすごとゴザに戻り、正座する。

市子が右手を上げると、楓の周りに浮遊していたカードが彼女の許に集った。それが手振り一つで相手方の少女たちの方へと飛ぶ。

「楓はゆうべ大層《たいそう》ひどい目に遭ったと思っているかもしれないが、私は五歳の頃から火雷にしごかれてきたのだ。楓ばかり褒められたのでは癪《しゃく》だ。この辺りで姉弟子の実力を見せておこうではないか」

「宮は存外負けず嫌いでいらっしゃるからなあ」

「鈍牛は全然褒めてねえよ俺が一生懸命フォローしてんじゃねえか」

史郎坊がため息をつき、雀が口を尖らせる。

結局、二人はためらいながらも楓のデッキが使えるという条件につい乗ってしまい――

スライムの群れはあっという間に吹き飛ばされ、鈍牛デッキは竜神皇どころか世界樹すら場に出ることがなかった。五分ほどで市子は二つも勝ちを拾い、鈴鹿の黒髪には二輪の花が開いた。

「え、何でいっちゃんこんなに強いの」

つい関係のない私が呆然《ぼうぜん》としてしまうほど。

「それは鈍牛に御年五歳の頃からしごかれとったからの。ヴィッカースが初めてなだけでTCGの経験はおありじゃ」

「これで負けたら鈍牛だけじゃなくて俺らも何してたんだって話になるぜ。スライムデッキの対処法は俺がさっき教えたし」

雀がつまらなそうにあくびをする。……対処法って、私も聞いていたが全然わからなかった。

難しい鈍牛デッキはともかく。よりによってスライムデッキで負けた有望は、顔を赤くしたり青くしたり大変だった。

「あんた、ズルじゃないの！　何のカードが出るか改造ワルキューレに聞いたんじゃないの⁉」

市子を指さしたが――市子は怒りもせずに鈴鹿の背中を突ついた。

「鈴鹿、このゲームでカウントは反則か？」

「いえ、そのようなことは全く。そもそも、禁止と言って禁止できるものでしょうか？」

「カウント？」

「自分の山カードを全部覚えて出たカードも覚えて、山にどのカードが残っているか計算し、いつ頃出るか予測する。ポーカーでは必須《ひっす》のスキルだ。麻雀だって捨てた牌《パイ》から他人の手や自分の今後の配牌を予想する。ズルなどしなくてもそれくらいわかる。運も実力のうちと言うが、論理的思考力で運は補える」

断言した。――有望はもう声も出ず、私の方が啞《あ》然《ぜん》とした。

「ご、五十枚を覚えてるの？」

「トランプは五十二枚だ。競技カルタなら百人一首で百枚。敵味方百枚くらい覚えられなくてどうする。しかもこのデッキは単純で、同じカードが五枚ほど入っている。火雷天神デッキとやらは流石に複雑ですぐには覚えられなかったが。毛野のデッキを使わなかったのは覚えるのが面倒だったからだ」

「……何でいっちゃんってそんなに必死でゲームの修行してたの？」

「わりと、ゲームで勝負を挑んでくる妖怪がおるからじゃ。河童《かっぱ》が人間に相撲を挑んでくるのが有名じゃが、普通おなごや童女と相撲を取ろうということにはならん。その点、囲碁将棋バックギャモンならば年齢性別関係なく仕掛けてきよる。下手な負け方をすると命まで取られる」

「妖怪退治の修行にゲームも入ってたの？」

「左様。……ここだけの話、囲碁と将棋はいつプロにおなりになってもいいんじゃが、火雷の求めるレベルが高すぎてな……」

「どのみち、女流プロなどなってもつまらぬ。AlphaGoなどが幅を利かす今、人間のプロにさほどの価値があろうか」

火雷がきっぱりと断言した。市子は目を押さえた。

「私はテレビゲームなどは苦手なので、アナログゲームくらいできなくてはな。——先輩方。このゲームの胴元は恐らく普通に願いを叶えてはくれない、かかわってもいいことは一つもない。七敗リタイヤして綺麗《きれい》さっぱり忘れて足抜けするのをお勧めするが、ぐだぐだと逃げ延びて私たちがこのゲームを破綻《はたん》させるのを待ってもかまわない。どちらを選ぶ？」

——二人とも、七敗リタイヤは選ばなかった。今度こそ尻尾《しっぽ》を巻いて逃げ出した。不思議ゲーム空間から二人の姿が消えるのを見届けると、市子は首を鳴らした。

「ふむ、まあいい。邪魔にはならないだろう。どうする、楓。私たちで勝負をしてお互いに一勝一敗をつけてもいいが、無理をして勝ち星をやりとりする必要もない。お前がバッグをもらってから胴元を締め上げるのでもいい。練習試合でもいいぞ。私は指導碁というものを心得ている」

楓の答えはすぐではなかった。彼女はつまらなそうに頭を掻いていたが、

「――ジークルーネ、このゲーム空間解除して」

それでぱっと景色が変わり、私たちは見慣れた星ヶ丘中学の校門前に立っていた。ジークルーネも鎧姿ではなく謎の布をまとい、鈴鹿は髪を解いて豪華な十二単《じゅうにひとえ》を着ていた。

「練習試合にするのか？　私の家でやるか？」

やる気満々の市子に、楓はため息をついた。

「……なあ。あたしがあのあゆって子、負かしたのって正しかったんだよな？」

「ああ」

「何をどうやったってこのゲームじゃあゆって子の友達は助からないんだよな？」

「ああ。手術は運がよければ成功するだろうし運が悪ければ失敗する、それだけだ。普通の人間は皆そうして生きている。自分の運で勝負するべきだ。この世に大病をしている人間も死にそうな人間も山ほどいるが、医術で助けるべきであって魔術ではないだろう。私が思うに魔術の本質はこの世の誤りを正すものであって奇蹟《きせき》を起こすことではない。友人の命が惜しいのはわかるが、そのために普通の人間がしないような左道邪術に手を染めるなど言語道断だ。お前が気に病むことなど何もない。これから出会う城主たちも、打ち負かしてゲームから解放してやるのが慈悲というものだ」

「あたしがバッグほしさに邪術に手を染めるのはいいわけ？」

「バッグぐらい落ちているのを拾うこともある」

いや、それは警察に届けようよ。

「――イッチーってさあ、あたしの願いがもっととんでもないもんだったら、あたしのことも負かして

七敗リタイヤにしてたわけ?」

「そうだな」

――あ。私にもわかった。

市子は楓の地雷を踏んだ。

「ダメだ、正直ついてけない。あたし、家帰ってドラマの配信でも見るわ」

きっぱりと言い放ち、楓はカバンを拾って一人で歩き出した。振り返りもせず。

「……ついて行けない?」

市子は訝《いぶか》しげに目を細めるばかりだが――

「……いっちゃん。今、カエちゃんドン引きだよ」

「ドン引き?」

「カエちゃんは何ていうか、もっと友情みたいなものを……」

「おぞましい魔物に取り憑かれていたら、助けるのが友情だろう?」

「そういうことじゃなくってさ……」

「――宮。この火雷にはわかりますぞ」

火雷が、笏で左手を叩いた。

「宮のなさりようは有り体に言って、無粋」

――市子は信じられないものを見るように火雷を振り返った。

「私が、無粋?」

「あー、えーと。不肖溝越が思いまするに」

史郎坊が頭を掻きながら気まずげに言う。

「恐らく楓嬢は、少しばかりこのゲームを楽しいと思い始めておったのです。何せ二連勝しましたし、賭けも適度ならばスリリングです。それをあのあゆという娘は、金以上の重たいものを賭けてしもうた。たかがゲームがシリアスな事態になってしもうた。三勝目にして勝つのが嫌になった。それが一つ目の無粋。そこに宮が人命救助、妖怪退治目的で参戦した。それが二つ目の無粋。宮はお友達と一緒に妖怪退治するとなって楽しゅうあられるでしょうが、楓嬢はゲーム大会に参加しただけのつもりだったのに、話が大きゅうなって冷めてしもうたのです。そして宮が圧倒的にお強い。強すぎる。楓嬢からしてみれば努力で上回れる感じがせぬ。これが三つ目にして最大の無粋。宮と同盟を組んで宮の威を借り、格下とわかっておる相手としか戦わぬというのは怯懦《きょうだ》の極みに思えたのでしょう」

まくし立てられ、市子は顔をしかめた。

「しかしあのあゆとかいう女の願いを叶えたら、下手を踏むと霊力が足りなくてあゆも友人も両方共倒れということがあり得たぞ。あゆだけでも助けなければならないだろうが。私が強すぎるなんてどうすればいいのだ、手心を加えればいいのか」

「それは理屈でございまする。無粋は、理屈ではありませぬ」

「ではどうしろと?」

「そうですなあ。——友情と人助けは両立せんということですかな。あちらを立てればこちらが立たず、ということは人生には多々あり、普通の人間は皆そうして生きておりまするゆえ」

史郎坊はなぜかそこで笑い、市子は一つも納得できないという顔で憮然《ぶぜん》としていた。

一つ、確かなことがある。

私はこのゲームに参加しない方がいい。

＊＊＊

……本当に出屋敷市子には、人の心がない。

一体どうしてあんな冷血鉄仮面妖怪退治マシーンと友達になってしまったのだろう。赤信号で足止めを喰《く》らい、楓は空を仰いででため息をついた。悪い奴ではないとわかっているのに、なぜこんなに腹が立つのか。

市子だけではない。どいつもこいつも、世界の運命を背負っているみたいな顔をして。何だったんだあの雨堤あゆという奴は。

そんなに深刻な事情があるなら、ぐだぐだ言ってないでちゃんと勝てよ。真面目に強くなっておけよ。

バッグなんかのために妖怪連中のスパルタ特訓を受けた自分が馬鹿みたいだ――


「あのっ！」

覚えのない、甲高い声が背後から聞こえた。

振り返ると、髪の毛を頭の両側で結わえた、白いブラウスに紺のスカートの女子小学生が。ランドセルを背負っているのだから小学生なのだろう。

「城主の人ですよね！　攻城戦、いいですか！」

……こいつもかよ。少しうんざりしたが――ほおを真っ赤にした小学生を相手に、文句を言う気にもなれなかった。

「……あんた、一人？」

「はいっ！　私、榛名心乃美《はるなこのみ》って言います！」

「あたしは、田口楓。……ま、いーや。言っとくけどあたし、強いよ？　もう三勝ついてんだから」

「わっすごい。私、子供だからか何かあんまり戦ってもらえなくて。仕方ないからカードショップのお兄さんに相手してもらって、練習はしてるんです」

「ふーん。子供だからって手加減しないかんね。アウトブレイク」

辺りの景色が一変する。――そこは、真夜中の雲海の上。雪に包まれた山の頂が雲の隙間から突き出し、妙に低く見える空に丸い月だけが輝いている。

「心乃美様が居城〝夜鷹《よだか》の城〟より、ワルキューレ・グリムゲルデ、出陣します！」

一人前に槍を持ったワルキューレが高らかに謳う。髪に咲いた花は二つ。大した相手ではなさそうだ。

楓は、これまで通りスライムデッキで軽くボコってやろうと簡単に考えたが――

気づいたら、増殖したスライムを吹き飛ばされて城をヒビだらけにされていた。

「楓様、城の耐久が0になりました。負けです」

ジークルーネが悔しそうに頭を下げる。楓の方は一瞬何が起きたかわからず、悔しいとすら思わなかった。

「……え、あんたマジで強くない？　さっきの三人、全然こんなじゃなかったよ？」

「わっ、ありがとうございます！　えへ、カードショップのお兄さんが親切で」

笑うと、前歯が欠けている。乳歯が抜けてまだ生えないのだろうか。

「いやー、あたしも似たようなもんで怖いおっさんの特訓受けたんだけど、いやあんた素直に強いわフツーに感心するわ。あたしまだ一敗だし気にしなくていいよ。小学生の方がこーゆーの強いもんなのかな。脳が柔軟っていうか。え、今何勝？」

「これで三勝目です！」

……髪の花が二輪は、見間違いではなかった。もしや先ほどのような連中が、心乃美が二勝したところで「これは戦ってはいけない相手だ」と判断して避けまくったのだろうか。

楓は〝七敗負け抜けシステム〟がどうにも好きになれそうにない。市子は強ければ問題ないと言ったが、やはりこれは、いじめだ。

「……七勝して願い、叶うといいな。あんた強いんだからバトれさえすりゃすぐだよ」

「ありがとうございます、頑張ります！」

いちいち椅子から立って頭を下げるのが健気《けなげ》だ。

「ちなみに願いって何？」

何気なく楓は尋ねてみたが。

「はい！」

心乃美は歯の抜けた渾身《こんしん》の笑顔で答えた。

「死んだママに会うことです！」

――急に、雲海の世界が真っ暗闇《くらやみ》になったように感じた。

3

楓は次の日、私たちを避けた。登校のときも昼休みも、すっと他のグループに混じってしまった。

「まだ私は無粋者だと思われているのか」

市子はそれが不満そうで、ぶすっとした顔で煮物で茶色いお弁当を食べている。私も折角の冷凍食品でないクリームコロッケがあまり進まない。

「てかいっちゃん、あんだけゲームやれやれって煽《あお》っといていざ悪い妖怪が背後にいるってわかった途端に妖怪退治だ！　ってスイッチ切り替わるの、ちょっとついて行けないよ。何なの？　って思うよ」

「ゲームを真面目にするのと妖怪を退治することは両立すると思うが」

「それいっちゃんの世界だけの常識だし……」

「別に私だって、妖怪退治のためだけにゲームを覚えたわけではない」

「じゃ何のため？」

「小さい頃はあまり外で遊べなかったし、よく熱を出して寝込んだ。大雅《たいが》さんと会ったこともない頃だ。ひとりぼっちで寝ていて身体もだるいとこのまま死んでしまうのではないか、死んでも誰も気づかないのではないか、皆私のことを忘れるのではないかと大層不安になった」


——私は、クリームコロッケを箸《はし》で切るのをやめた。市子は牛乳を一口飲んで、息をついた。

「神使どもが駒や絵札を動かすだけのゲームの相手をしてくれるだけで、随分心が安らぐ。皆で将棋崩しやジェンガをやって、勝った者の頭を私が撫でて花を差してやるのだ。大したことではないが皆が笑ってとても楽しい。私の身体がだるいのは治らなくても、騒がしいのを見ていると少しは気が紛れる。あれらは莫大《ばくだい》な神通力や験力を振るうがその前に幼子が泣いていれば笑いかけ、歌い踊ってあやしてくれる心がある。それはつまり化け物にも、幼子のように泣きたいときがあるということだ。——数百年もひとりぼっちで退屈でおかしくなってしまった妖怪などを見ると、心が痛む。駒や絵札を動かす小手先の手妻や嘘八百の絵空事に救われることもあるのだ。それで現実が何も変わらなくても、ひとときでも楽しいのはいいことだ。ゲームの相手くらいしてやればいいではないか。友達になってほしいと言うならなってやればいいではないか。カードゲームのおばけが皆から忘れられたくない、遊んでほしいと言うのなら、遊んでやればいいではないか。化け物だって寂しいのはつらいのだ。たった一晩の孤独でも泣きたくなるほどなのに、奴らの孤独は数百年も続くのだ。それしきの慈悲もかけてやれないのか」

市子はじっと、箸でつまんだ茶色い蓮根《れんこん》を見つめていた。

「ワルキューレは食べず眠らずとも生きられるのだろう。戦いの昂揚に勝るものはないと。そういうことだ。鈴鹿も、戦いの昂揚の部分はいじっていない。私は芝居や話芸の心得はないのだから、せめて囲碁くらいは真剣に打つしカードだって覚える。やるからにはつまらない勝負などするべきではない、全力を尽くして楽しませようと思う。千円でデッキ強化できるならすればいいだろう。――だがそれと、嘘をついて少女から霊力を吸い取るのは別問題だ」

――正しい。息苦しくなるほど。

「できもしない約束で人を惑わして、苦しむ姿を見て楽しむような奴は下衆《げす》だ。胴体を三枚に下ろして三条河原《さんじょうがわら》に晒してやる。ゲームはコミュニケーション、ルールと誠意あってのものだ。そのどちらもないただの騙《だま》し合いなら下品な醜聞と変わらない」

「……いっちゃんは強いよね、確固たる信念があるっていうか。私とかカエちゃんとかそういうのないから、いつも叱られてるみたいで怖いよ」

大体普通の人間は、確固たる信念があっても悪い妖怪を三枚に下ろして三条河原に晒したりできない。……ああ、うん。すごく「そんなの、いっちゃんが一人でやればいいじゃん」と思いつつある。

クリームコロッケを半分に切って口に入れた。コーン入りで食感が楽しい。

市子本人は「女子トイレなんか連れ立たずに一人で行け」という主義なのに、カードの妖怪に戦いを挑むのにはついて来てほしいのか。これは女子らしくなったと喜んでいいのか。前は「そういうことするなら相談してよ」と思っていたが、本当に相談されるとかなり面倒くさい。

よく嚙んで飲み下してから、きっぱり言った。

「まあとりあえずカードの妖怪をさくさく退治してからカエちゃんと仲直りすればいいんじゃないの？」

「それは手配してある。何せ鈴鹿を手に入れたからな。いろいろと聞き出そうと——しかし鈴鹿は単純な造りでゲームをする少女を探して対戦させ、クイーンのところに導く機能しかついていない。胴元が何者かはあまり知らないようだ。取って喰うつもりで集めているというわけでもなさそうだが、結果的に悪い方向に向いているようだ。何だかわからん」

「じゃ悪い妖怪ってわけでもないの？」

「微妙だ。願いを叶える仕組みも、鈴鹿は知らなかった。どんな願いが叶い、どんな願いが叶わないのか知らなかったということだ。明らかに叶わない願いなら断る、という機能がついていない。願いの形に限界はあるはずなのだ。三つの願いを叶える、という約束をしたとして。二つ願いを叶えた後にもう三つ願いを叶えてくれ、とくだらないことを言われる事態になりかねない。大昔ならいざ知らず、今の妖はもう少し頭がいい」

「頭のいい悪いの問題なんだ」

「それは皆、痛い目を見たからな。人間だけが賢くなったと思っていたら大間違いだ。それに、限界がないのだとしたら——どんな邪悪な手段で帳尻を合わせるか見当もつかない」

——話が長いので、クリームコロッケのもう半分まで食べ終えてしまった。

「大変な病気を治すことができるよ、とかホイホイ約束するのはすごいNGなんだね？」

「すごいNGだ」

「設計に問題があるから作った奴をぶちのめしてお前ゲームやりたいならもうちょっとマシにしろとか何とか言うんだね？」

「そうだ」

おお、すごい、私の理解力。

「とりあえず放課後だ。──楓は、参加してくれないのだろうな」

市子はため息をつき、蓮根を口に放り込んだ。


さて放課後。例によって楓は私たちを避けてさっさと帰ってしまい、私は市子と屋上に。

「これからすることは、あまり私の好むところではない。死穢《しえ》が溜まる。──本当ならお前に見せたくはないのだが、ここまで来て蚊帳《かや》の外にするとまたモメると溝越が」

階段を登りながら、市子はぶつぶつ言っている。

「七人もの命がかかっているのだから、私の好き嫌いでどうこう言っている場合ではない。緊急事態だから。本当に今回だけだからな」

「何かすごい念を押すね？」

海を割ったときはこんなこと言ってなかったのに。

学校の屋上は、鍵《かぎ》がかかっていてあまり出入りできないはずなのに市子は好き勝手出入りする。いつか普通に怒られると思う。

そこに、史郎坊と雀が待ちかまえていた。──彼らの間に、ポロシャツにジーンズの見慣れない中年男がいる。神の使いのような神々しいところはなく、本当に駅ですれ違っても思い出せないような人。ただ、頭の上に丸いLEDランプのような輪っかが。

史郎坊が天狗らしく錫杖《しゃくじょう》を鳴らして市子を指す。

「こちらにおわすは我らがお仕えする姫宮。優れた霊能の才をお持ちで、世の中をよくしようと粉骨砕身していらっしゃるのじゃ。おぬしも人間社会の秩序を守るため、一市民なりに協力するがよい」

偉そうに言って、雀と同時にひざまずく。輪っかをいただいた男性は慌てた様子できょろきょろして、頭を下げた。

「ど、どうも、池田恒則《いけだつねのり》です。ええと……」

「よい。楽にしていろ。私は出屋敷市子。少々霊能があって世を憂えているだけで、今は普通の中学生だ。少し話が聞きたいだけだ」

市子も偉そうに、全然普通ではない自己紹介をした。本当に普通の中学生の私はおろおろしてしまう。

「……ええっと、誰、この人」

「ヴィッカースのメインデザイナーだ。三年前に死んでいたので、裏技を使って出てきてもらった」

市子も少し、苦々しげだった。

……これは。確かに、それは。

私はまじまじと男性の――男性の頭上の輪っかを見た。形は電灯のようだが金属光沢のような不思議な光を放っている。次に足許。靴下とスニーカーを履いている。輪っか以外は変わったところがない。言われてみれば影がなくて存在感が薄い、ような。

「……反則じゃない？」

「大分《だいぶ》反則だ。死は穢《けが》れだ。私は口寄せはしてはいけないことになっているので偶然出会ったのならまだしも、意図して死霊と話をするとペナルティが発生する。本当にやりたくなかったのだ。簡単にできると思わないでほしい」

それであんなに念を押して。

「裏技って具体的に何？」

「溝越と雀に、京都の六道珍皇寺《ろくどうちんのうじ》の井戸から六道輪廻《りんね》を手繰《たぐ》って捜してもらった」

「京都？」

「京都の鳥辺野《とりべの》、化野《あだしの》はかつて冥界《めいかい》だった。平安時代、京が都だった頃はかの地に死人を葬る風習があった。と言っても墓を作るようになるより前のことだ、身分もない町人が死ねば骸《むくろ》を打ち捨てて僧侶《そうりょ》が回向《えこう》するだけだった」

「ちょ、ちょっと待って、お墓作らないって埋めないの？　腐っちゃうじゃん」

――すごいことを言うので少し噛んでしまった。

「腐るとも。応挙《おうきょ》の幽霊画は美女だが中世ではいきなり九相図《くそうず》だった。平安時代などは鳥辺野や化野に行けば霊感などなくとも誰でも数多の骸が朽ちていくのを目にすることができた。地上に直接冥界が顕現していたのだ。勿論《もちろん》、腐敗中の死体には虫や黴菌《ばいきん》が山ほどたかっていてむやみに近づくと病気になって自分も死んでしまう。だから普通の人間は近寄らず、徳の高い僧侶だけがそうした地を巡る」

私、絶対平安時代にタイムスリップなんかしたくない。戦国時代でも無理。絶対無理。

「火葬が義務化された現代では墓地が多いだけでよそと何ら変わるところのないただの住宅街、人間が歩いても何ということはない。――が、天狗ならそういう縁があった場所から彼岸に降りることができる。いつぞやの賽《さい》の河原もこの二人だけ出てきたのは天狗にそういう属性がついているからだ。地獄の獄卒という属性が」

――それは結構おぞましい言葉だったが、史郎坊はへらへら笑って頭を掻いた。

「まあそういうわけで小野篁《おののたかむら》を気取って冥府より死人の霊魂を引っ立ててきた。この池田は、人道への転生待ちで待合でぼーっとしとったのを連れてまいりました。まあごゆるりと尋問なすってくだされ」

「な、何だかよくわかりませんがよろしくお願いします、痛いのは嫌です」

池田はガチガチで何度も頭を下げた。幽霊から見ると市子は何か神々しいのかもしれない。

「そう緊張するな。ヴィッカースの話を聞きたいだけだ」

「あ、はい、ヴィッカース。え、でもぼくが死んだら誰が跡を継いで……」

「跡を継ぐ者はなかったのでヴィッカース自体は絶版だそうだ」

「というかグループTOFは解散したんじゃ。社長は里に帰って実家の不動産業を継いだ」

「アッハイ、やっぱりそうなったんだ」

「現在、〝クイーン〟を名乗る者が勝てば願いを一つ叶えるなどと嘯《うそぶ》いて少女を誑《たぶら》かし、ヴィッカースで戦わせて負けた方から霊力を吸ったりする騒ぎになっている。クイーンはこのような使い魔を操り、人間離れしている。妖怪の類《たぐい》と思う。お前、デザイナーならばカードに妖怪が寄りつくような、何か呪的な仕掛けをしたとか――」

市子は説明をしていたが、話の途中でもう顔から力が抜けつつあった。というのは。

「え、知らない、そんなの全然わからない。何、クイーンってクラスのクイーン？　公式エンペラー？」

池田が、困った顔で首を傾げている。嘘をついているようには見えない。市子が手を振ると鈴鹿がヒレをはためかせてぱたぱた飛び出したが、それにもびくっと驚いた様子だった。

「お前がカードに仕掛けをしたわけではない、と」

「ないない。大体ぼくは死後の世界があるなんてことも思ってなかったのに、何が何だか」

「では偶然にカードが妖怪に変じたと言うのか」

「逆に何をどうしたらただのカードゲームが妖怪になるのかこっちが教わりたい」

正論of正論。幽霊の方がオカルトに疎いとは。池田はぱたぱた飛ぶ鈴鹿を物珍しそうに見ているので、市子が補足した。

「これは鈴鹿というが、元は〝ワルキューレ・ヴァルトラウテ〟を名乗っていた。私が少し改造してこのようになっている。『ニーベルングの指環』、ヴォータンの娘・ヴァルトラウテをモチーフとしたキャラクターなのだろう。私の友人は〝ジークルーネ〟を伴とし、女王づきの〝ブリュンヒルデ〟含め、全部で九体のワルキューレが存在するそうだ」

「ワルキューレ……ああ、アニメ化企画があって、そのときにサポートキャラが要るとか言って作ったかな……でも結局ポシャって、ゲームには実装してなかったと思う」

「全く心当たりがないわけではないが、お前が作ったものでもない、と」

「宮。時間の無駄です。建設的な話をしましょう」

とは、いつの間にか背後に現れていた火雷。何でか毛野も後ろにいる。火雷は地面にゴザを敷いて文机を置くと、座ってカードの束をどんと置いた。

「池田とやら。デザイナーということは、汝はこのゲームの最適解を知っているよと思ってよいのか」

「いや、そこまでじゃないけど……」

「謙遜《けんそん》はよい。最強デッキを組んでみよ。天満宮名代、火雷に汝の全力を捧げよ」

「……まあ最強ではないにせよ、その辺の小娘よりは遥かに強いのだろうな……」

市子がこめかみを揉んでいるのは、こんなつもりではなかったということだろうか。

「よい。池田、この火雷と一戦交えてみろ。私の護法の中では最も手練れだ」

「は、はあ。って言ってもクイーンデッキ組めるほどカードあるんすか」

「カードなら溝越がいくらでも持ってくる」

「儂頼みか。まあいくらでも持ってこれるが」

と、史郎坊が何やら青くて大きなバインダーを虚空から取り出し、ゴザの隅に置いた。池田はそれを取り上げるが、みるみる表情が真顔になっていく。

「…… 〝賢王の玉座〟って第一回優勝の田中《たなか》さんしか持ってない記念カードだぞ……」

「気にするでない。妖怪とはそういうものじゃ」

「本当にぼくのゲーム、妖怪に利用されちゃってるんだな……」

「言っておくが儂らは、いい妖怪じゃぞ」

どうだか。

池田は大真面目に十五分もカードを選んで、火雷と対峙《たいじ》することになった。二人ともゴザに座り、文机にカードを積み上げている。

「アウトブレイク」

「アウトブレイク」

サイコロを振る。二人は城主ではなくワルキューレはいないので背景が変わって城がせり出してきたりしない。

「先攻、太宰府天満宮・天満大自在天神が御使《みつか》い・

火雷、これなり」

「ええと、後攻、グループTOFヴィッカース企画チーム・メインデザイナー・池田恒則、です。1ターン目」

「〝亜人《あじん》の斥候〟、ターンエンド」

「〝使いの小狐〟」

二人は静かにカードをめくって眺めてから場に置く。周囲にモンスターなどは出てこない。小さくカードの名前を唱えるだけ。おじさん二人が机を挟んでカードをめくり、ぶつぶつつぶやきながらサイコロを振るばっかり。神使と幽霊の対決だというのに、城主の少女たちとは比べものにならない地味な光景。

それでも五分もすると火雷は袖を握り締めて長考するようになった。二十分になると悩ましげに歯噛みし、カードを置く。

「〝雷鳴の竜神皇〟、化生転身。前列に攻撃」

「〝幻の湖〟がタゲ集中してるから全部そこに当たって消えて、と」

あっさりと池田がトークンをのける。

「ターンエンド？」

「ターンエンド」

「〝蛇歌〟、竜神皇にスタン付与。……成功。〝ベオウルフ〟、城を攻撃」

そしてさほど悩みもせずカードを置く。火雷の眉《み》間《けん》の皺《しわ》が深くなった。

「むう……」

「すいません、これぼく次のターンで勝つと思うんですけど」

池田はちらりと上目遣いで火雷を見る。火雷はため息をついた。

「うむ、完敗である。この火雷、天満大自在天神が名代なれば勝負を偽ることはせぬ。勝者を称賛するは我が不名誉にあらず。流石はヴィッカースの創造主、恐るべき打ち手であった」

「いやあ、火雷さん全然定石じゃないところから刺してくるから結構ビビりましたよ。面白いデッキっすね、〝世界蛇《ヨルムンガンド》〟にあんなシナジーあると思ってなかった」

「クイーンを討つためのキングスデッキであったが虚しき砂上の楼閣であったことよ。5ターン目に失着をした」

「うん、〝無銘祭祀書《むめいさいししょ》〟はあそこで出すカードじゃないよね。早くエンジンかけたかったのわかるけど」

静かに勝負がつき、静かに反省会に移行した。両者とも何も賭けていないせいか血圧が低く、淡々とカードを並べ直している。見ている天狗たちの方が「マジかよ、火雷が負けたぞ」「メインデザイナーとはいえ。これは雷雨になるぞ」とひそひそささやき合っていた。毛野だけが何やら扇を握り締めてぎらぎら目を光らせていた。

「デバフ・ステータス異常は扱いづらいが重いアタッカーをメタることができるのだな」

「そうっすね、クイーンはつい火力積んじゃうけどスタンとヘイト管理で牛歩メタが堅実っていうか」

「この火雷が人の子に牛歩の何たるかを教わるとは」

火雷がため息をつき、池田がちらりと上目遣いをした。

「……ぼくこれ勝ったから生き返れるとかそういうあれは……」

「ない。調子に乗るな」

「アッハイすいません」

一瞬で期待をへし折り、火雷は右手の笏で左の掌を叩く。

「四十九日を過ぎた者は神であっても蘇《よみがえ》れないという法がある。我らは幸魂奇魂《さきみたまくしみたま》によって人智《じんち》を超えた神通、霊験を示すことが叶うが無法なわけではない。人道への転生先を少々融通してやるのでその辺で満足せよ」

「あ、融通してくれるんですか」

「富裕の家を選ぶ程度はな。勉強させてもらったのだから対価は支払おう。デッキを見せよ」

「は、はい」

池田はわたわたと山のカードを表に向けていく。

「って言ってもぼく、別に最強とかじゃないっすよ。歴代公式エンペラーの方が強いし」

「じゃが火雷を敗った、小娘どものゲーム未満のお遊戯とは桁違《けたちが》いじゃ。儂も勉強させてもらうか」

「クイーンデッキ拝見、と」

他三人も文机の周りに集まり、カードを指さしてわちゃわちゃ言い始めた。

「〝ヴァンパイア・バット〟が三枚入ってんのが味噌《みそ》なのかな。〝宝亀《ほうき》の眠り〟はこれ何とシナジーするんだ」

「〝白き鷹《たか》〟の第一スキルっすよ、この二つでバフ撒いとくとロイヤルデッキに刺さりまくりますよ」

「王特攻!? 使い道あったのかそれ!」

「ひっどいなあ、あるよ。クイーンはクイーンとキングをメタりながら雷鳴で城を削るのが王道っすよ。そんで〝王の霊廟《れいびょう》〟で敵墓場カードをリサイクル。これがクイーンのバニラデッキ」

池田がカードをこつんと指先で弾いた。雀は子供のように見えるが実年齢では池田と同世代くらいだ。話しやすいのだろう。

途端、市子が声を上げた。

「違う!」

「え、何、どうしたの」

私はびっくりしたが、市子は柵《さく》に縋《すが》って何かぶつぶつ言い出した。――普段の彼女と違う。白目を剝《む》きそうなほど真上を見て、ぶるぶる震えている。

「だから、だから池田さんは駄目なんですよ。クイーンデッキは欠陥がある。どうして気づかないんだ。ぼくが教えてあげなきゃ駄目なんだから」

口調も、小声で低くて何だか怖い。

「宮、おやめください」

火雷が声をひそめたが、市子は止まらない。

「ミドルレンジの対応が不完全だ。取り回しが遅いんだよ。そんな運ゲーでデザイナーとか笑わせる」

「……ええと」

池田が戸惑ったように首を傾げた。

「雷塚《らいづか》君？」

その名を聞いて。

市子の首が一瞬、曲がってはいけない方向に曲がった。

天狗たちの表情も硬くなった。市子は首こそ元に戻ったが、頼りなげな足取りで右に左に揺れながらふらついて。

「……いっちゃん？」

違和感がして私は声をかけたが——

市子は、柵を掴んで咳《せ》き込み始めた。力が入らないようで、くずおれて身体を折る。そのまま、うつむいて嘔吐《おうと》し始めた。

「い、いっちゃん！　気分悪いの⁉」

私は慌てて彼女の背中をさする。出てしまうものを我慢させるわけにもいかない。

市子は、結局昼のお弁当を全部出してしまったようだった。いつの間にかそばに現れていた狐の助六《すけろく》が手拭《てぬぐ》いを差し出し、彼女はそれで口を拭った。

「——死穢だ。死者になど真実を聞くからこうなる」

すっかり元の彼女に戻っていた。

池田が文机の前に座ったまま、首だけ伸ばして怯えたように彼女の様子を窺っていた。

「え、今の、ぼくのせいなの？」

「死者と口を利くペナルティじゃ。宮は口寄せをなさるものではないから、不成仏霊ならまだしも冥府のお裁きが済んだ死者をわざわざ追いかけて連れ戻したりなどするとこのようなことが起きる。要は宮が先ほどおっしゃっていた通り、腐乱死体なぞに近づくと不潔な虫や菌をもらって具合が悪くなるからよせと言う話だったんじゃが宮ほど霊能の優れた方になるともう死体のついとらん霊だけでも障りになるんじゃやな。芹香嬢の方は？　具合は悪うないか」

「あ、えと、大丈夫、だと思うけど」

史郎坊に気遣われたが、私の方は全然吐き気なんかない。

「体質的に強いのやもしれんが今日は玄関に粗塩を撒いて、風呂《ふろ》にも粗塩をひとつかみ入れるとよいぞ。儂ら天狗は只人《ただびと》ではなく昇仙に近いから死穢など出さぬがただ死んだだけのド素人は口寄せする方も大変でな。人間は死体も死霊もなかなかの産廃じゃ」

「マジか、知らなかった」

史郎坊が言う隣で雀が初耳という顔で目をぱちくりさせて、何が何だか。

「悪いが池田にはこの辺りで帰ってもらうとするか。火雷が勝つまで勝負しておったらまた宮の胃に穴が空いておしまいになる。デッキはもう儂らで覚えた」

「いや、まだ聞くことがあるぞ」

柵を握り締めて市子が身体を起こす。鈴のような声ががらがらになってしまって妙な凄味《すごみ》がある。

「今のは、ブリュンヒルデか」

「……うん」

「実在人物か」

「多分生きてる、と思う。九代クイーンの雷塚君。アニメ主人公のイメージ、かなりあの子だったから」

池田が目を泳がせながら答えている間、史郎坊は人さし指でこめかみを押していて、

「……ヴィッカース九代目公式エンペラー雷塚正《しょう》津《づ》！　よし、ネットで個人情報を押さえた。もう帰ってよいぞ。よき来世を、次回はもうちと長生きするがよい」

うなずき、錫杖をくるりと回して栴檀《せんだん》の数珠《じゅず》に替え、あやとりをするように輪を両手で広げた。池田の首根っこを掴んでその輪の中に押し込んでしまう。入り込んでしまうと数珠を縮めて錫杖に戻した。

助六がてきぱきと汚れ物に砂をかけ、狐そのものの小さな身体で器用に箒《ほうき》とちりとりを使って片づけている。続けて白蛇《はくじゃ》のみずちとみずはが現れ、市子に白木の枡《ます》を差し出して甕《かめ》から水を注ぐ。市子は口を濯いでから水を三杯あおり、息をついた。

「失着だった。まだ眩暈《めまい》がする」

「……幽霊と喋るとそんなにきついの？」

私はまだ何ともない。

「きつい。寒気もする。大雅さんがいつもこんな目に遭っていたなんて」

「あれは死穢の耐性があるので宮ほど弱ってはおりませぬよ」

「そうだろうか。――恐ろしいものを見てしまった気がする。真実が私たちの味方をするとは限らない。近道をするものではないな」

「それがあまり休んでもおれませんぞ」

史郎坊が難しい顔で頭を掻いている。

「何かあったのか？」

「楓嬢に一敗がつき、相手少女が七勝でこれよりクイーン戦に挑みまする」

「クイーン挑戦！」

火雷がすっくと立ち上がった。

「それは見届けねばならぬ。どこでやっておる！案内《あない》せい！」

「おぬし、楓嬢の霊力をたどって勝手に見に行けばよいではないか……」

「では参る！」

と笏で空中を指し示すと。漆塗りで金箔《きんぱく》で飾られた大きな車輪のついた……牛車《ぎっしゃ》（？）が彼の前に現れた。時代劇ではあまり見かけないが豪華な七段飾りのお雛様にときどきついている。牛はつながれていなかったが火雷は簾《すだれ》を上げて乗り込み、謎の動力で大きな車輪をさっと回転させて走り出す。

「ちょ、火雷、おぬし、宮をお連れせんか！」

史郎坊が呼び止めたがもう遅い。車は颯爽《さっそう》と晴天に向かって駆け上ってしまった。市子がだるそうに手を振る。

「いい。この体調で火雷の車に乗ったらきっとひどい目に遭う。あれは揺れるから嫌だ」

牛車、揺れるんだ。

「楓がいるということは歩いていける場所なのではないか。どこだ。状況を説明しろ」

「はあ。場所は私立紅鳳《くほう》学園高校の正門前、ここから歩いて十二、三分ですな」

「てか史郎坊さん、何でカエちゃんがどこにいるか知ってるの」

「それは儂は分身がおるからわからんように楓嬢のそばにやって動向を探り、宮と仲直りするきっかけがないか窺っておった」

「メチャメチャ気持ち悪いから私にはしないでね」

　私たちは市子の様子を見ながら皆で休み休み紅鳳学園へ歩いていくことになり、その間、史郎坊がことの経緯を語ることになった。市子はみずはに支えられてよろよろ歩き出す。

「楓が負けて、相手がクイーン挑戦権を得たということだが」

「左様でございまする」

「全然負けのついていない楓に勝って上に上がったということは、同盟を組んでいない単独上位者がいたということか？」

「いいえ、相手は同盟のトップでございまする」

「では同盟者たちに楓をリンチさせて仕上げに自分が勝って駄目押しした？」

「楓嬢の負けは本日と昨日の二回のみでございまする。順を追って説明しますゆえ」

　史郎坊が歩きながらしゃん、と錫杖を鳴らすと文机とゴザが消え、その上に散っていたカードが舞い上がり、彼の周囲を飛び交った。

＊＊＊

　田口楓はまっすぐ学校から家に帰るつもりだったのだが、校門の前に昨日の二人――小矢田七瀬と松岡有望の二人が待ちかまえていて彼女の前に立ちはだかった。雨堤あゆがいないのが少し心苦しい。

「田口さんだっけ。ちょっとつき合って？」

　何て暇なんだこいつら。帰って宿題しろ。

「何？　あたしが勝ち逃げしたからボコるんすか？　仲間の仇討《あだう》ち？」

「そんな野蛮なことしないわよ。会ってもらいたい人がいるだけ」

「はあ？」

「私たちのチームのリーダー。――貴方、見どころあるし仲間にならない？」

――同盟か。舌打ちしそうになるのを堪えた。

「今日は出屋敷市子といないの、喧嘩でもしたの？」

「だとしてもあたし全然つるむ気ないんすけど。一人で勝ちますから――」

断ろうとしたが――いや待てよ。

会えば五人目の対戦者になるかもしれない。何も本当に仲よくならなくてもいいじゃないか。このゲームを続けるならいつか出会って戦わなければならないのだから話を早く済ませるのも手だ。

「いや、やっぱ会います。連れてってください」

「ものわかりがいいじゃないの」

「イッチームカつくし、あんたらとつるんで当てつけてやるのもいっかなって。あいつ強いからって調子乗ってるし多少泣かした方がいいかなって」

適当なことを言っておいた。「やっぱやめた」とか言えばいいのだ。七瀬も有望もそう不審には思わなかったようで、得意げに笑って歩き出した。

「リーダーは網倉《あみくら》さん、高校二年生なの。凄く強いんだから」

「へー」

すごく強いって、それであんたらとつるんでるんなら高が知れてると思うけど。とはおくびにも出さないよう気をつける。

「もしかして松岡さんも高校生すか。高校生もこのゲーム、やるんだ」

「大学生はいないけどね」

「その人の願いは何なわけ？」

「学年トップ」

それは安心して殴れる。――雨堤あゆや榛名心乃美のような者ばかりでは疲れる。楓以外にもちゃんと雑な願いのためにテキトーに参加を決めた奴がいるんじゃないか。よかったよかった。

連れられて行った先は、赤煉瓦《あかれんが》の壁に囲まれた私立高校。制服がかわいくて金には困っていなさそうだ。どつき倒すのに良心の呵責《かしゃく》なし。

校門から入るのかと思ったら。七瀬と有望は校門前でヴィッカースカードを翳《かざ》し、唱えた。

「アウトブレイク」

「アウトブレイク」

辺りの景色が一変し、風がそよぐ草原が広がり、二つの城が出現する。七瀬と有望は白い小さなテーブルセットにつく。

「……バトルするんすか？」

「違うわ、待つのよ。まあ貴方も座って」

七瀬が手を振ると、ベンチが現れた。要領を得ないが、楓は勧められるままベンチに座った。

果たして。しばらくすると、黄土色のブレザーの少女が現れた。髪を長く伸ばしてリボンで結わえたいかにも育ちのいいお嬢様という風情だ。

七瀬と有望は立ち上がり、一礼した。お嬢様の前にクリスタルのテーブルセットが現れ、彼女は当然のようにそこに座る。テーブルの紅茶に砂糖を二つ入れてかき混ぜ、一口飲んだ。

「新しいのはその子？　中学生？」

「自己紹介しなさい」

有望に促された。何で楓が指図されなければならないのかと思うが、一応全員年上だから従わなければならないのか？　とりあえずここは逆らうまいと座ったまま頭を下げた。

「ども、星ヶ丘中学一年、田口楓っす」

「田口楓さん。私は〝翡翠《かわせみ》の城〟の城主、網倉輪《りん》湖《こ》。一応、リーダーってことになってるのかしら。──雨堤あゆを七敗させたって？」

「はあ、まあそういうことになりました」

「気にしなくていいわよ、あの子、シリアスで重かったから。こんなゲームにマジになっちゃって、ねえ」

何やらクスクス笑っている。──何だろう。癪に障る女だ。一回どつき合ったらさっさと縁を切ろうと思った。

「で、どうするんすか？　あたし、一回負けを進呈したりしなきゃいけないとか？」

「あら、真面目なのね。別にゲームなんかしなくていいのよ。貴方にはあゆの代わりにここにいてもらうだけで」

「だけ？」

楓は眉をひそめたが——輪湖は、カードを取り出したりなどしなかった。

彼女が出したのは学校の鞄から、ノートと問題集と筆箱。数学らしい。問題集をめくって下敷きを挟み、何やら書き込み始めた。

——唖然として他二人を見ると。七瀬は文庫本を読み始め、有望に至ってはスマートフォンをいじっていた。誰もカードを出す気配がない。

「……あのー」

「なあに？　私、忙しいんだけど」

「ゲームしないんですか？」

「しないわよ」

「じゃああたし、何しに呼ばれたんすか」

「言ったでしょ、あゆの代わり」

やっと輪湖がシャープペンシルを止めた。

「気づいてないの？」

「何を？」

「このゲーム空間、ここにいると時間が経たないのよ。だから今のうちにささっと予習復習済ませて、遊びに行く」

「は？」

「私は忙しいのよ。習い事、予備校、友達とカラオケにも行かなきゃ。だからこの時間の止まった空間でできるだけ勉強を済ませるの。そのためにそこの二人にカードデッキ使わせて空間出してるの。別にカードゲームしなくても引き分けにすれば解除されるから。ここで眠るときもあるわ。貴方もそのうちあゆの代わりにあれ、やるのよ」

「え。マジで？　セコッ」

――楓が思わず漏らした本音が、輪湖の地雷を踏んでしまったらしい。輪湖が音を立ててシャープペンシルをノックした。

「――楓ちゃんだっけ。星ヶ丘中学って公立でしょう。受験勉強のシビアさ、知らないでしょう」

「うん、まあ、それは知らないんすけど」

「私はこのゲーム空間で一分一秒も長く勉強して、ライバルに差をつけるの。そのためにはゲーム空間を出してくれる城主が必要なわけ。貴方は私の仲間のあゆを城主じゃなくしちゃったんだから、あゆの代わりに私の言うことを聞く義務、あるわよね？」

いや、確かに楓も「帰って宿題しろよ」とは思ったのだが。

「でもこれ、ゲームする空間なのに勉強するって」

「私の願いは学年トップになること。ゲームで勝って学年トップにしてもらうより、自分で勉強してなった方がいいに決まってるでしょ」

「それはそうなんすけど、ワルキューレの立場はどうなるんすか。どうよ、ジークルーネ。こういうのってアリなの？」

と自分の肩に乗ったジークルーネを見やると、妖精はおどおどと戸惑った表情をする。

「いえ、あの、ここはヴィッカースのゲームをより一層楽しんでいただくための舞台なので、勉学に励んでいただくのはちょっと何というか……」

「うちのオルトリンデは何も言ってないわよ。ねえ」

輪湖のワルキューレは頭こそ花だらけだが通常モードの布を巻いた姿のまま、クリスタルの机の端でびくりと震えて肩をすくめた。こちらを見ようともしない。七瀬と有望も似たようなもので、楓と輪湖が話し始めてからずっと下を向いている。

「いや、ワルキューレはゲームするためにいるんじゃないの？　あんたの受験勉強に魔力使われたらまずいんじゃないの？」

「うるさいわね、うさんくさいゲームなんかして何の得になるって言うのよ。願いを叶えてもらおうなんて甘えた根性は捨てなさい。自分で努力しなきゃ何の意味もないじゃないの」

それは確かにそうなのだが――

「……あのう。榛名心乃美って小学生知ってますか」

「ああ、死んだ母親に会いたいとか何とか夢みたいなこと言ってた小学生。どうせ叶うわけないわよ。放っといたらさっさと七敗すると思ってたのに意外にしぶといわね」

軽く吐き捨てた、それが決定打だった。――この女とはゲーム観が合わない。

楓はベンチを立ち、指を鳴らした。

「ジークルーネ、デッキ編成！　とっておきの鈍牛デッキ出して！」

「はい！」

ジークルーネがうなずき、バトルモードの鎧姿に変身して剣を振り上げ、革装丁のバインダーを空中に取り出す。無数のカードが辺りを飛び交い、楓のためのテーブルと椅子が出現する。楓がそちらに座ると輪湖は露骨に顔をしかめた。

「何張り切っちゃってるの、貴方」

「そっちこそ上から目線で醒めた顔してりゃ大人ぶれると思って、何様なんだよ。あんたのワルキューレ、目が死んでるよ！　前にバトったのいつよ！」

「忘れたわよ。やあよ、私戦わないから。見なさいよこれ」

と輪湖は自分のワルキューレの花だらけの頭を突つく。

「私、もう六勝だから貴方に勝ったらクイーン戦に進んじゃう。クイーンと戦って願いを叶えるとか馬鹿馬鹿しい」

――この女。

「いつから六勝だったって？　てかこのゲーム始めたの、いつよ？」

「始めたのは去年かしら？」

「あんた一年もここで勉強ばっかしてたわけ⁉」

「そうよ。私、優等生なんだもの。ゲームより勉強。当然でしょ？」

「ワルキューレ、あんたそれでいいの！　ゲームしてほしくて願い叶えてやるとまで言ってんのにこいつの態度、腹立ったりしないの！　あんたらゲームの妖精なんでしょ、何よりカードバトルしてんのが幸せなんでしょ。遊んでほしくて、かまってほしくてこういうことしてんじゃないの!?　勉強部屋に使われるためにいるんじゃないでしょ!?」

「オルトリンデ姉様！」

楓だけでなくジークルーネにも呼びかけられて。輪湖のワルキューレ・オルトリンデは、肩を震わせた。ぎゅっと拳を握り締めているようだ。

「……輪湖様、オルトリンデは迎撃したいです」

「ダメ。言ったでしょ、私、六勝よ」

「輪湖様は素晴らしいクイーンになれます、きっと」

「クイーンになんかなりたくないのよ。その後どうなるの？　クイーンになったら今のワルキューレと別れて専属のが来るって言うわ。そうなったらここ、使えなくなるの？　クイーンに負けたら私も七敗と同じ扱いでリタイヤ。どっちにしても今のままじゃいられなくなっちゃう」

「でも、オルトリンデは、クイーンになるプレイヤーを育てるために」

「どうせあんたらって妖怪か何かなんでしょ？　最終的に私の魂を取ろうとでもしてるんでしょ？　ゲームするだけで何でも願いを叶えてくれるなんてむしのいい話、あるわけないじゃない。その手に乗るもんですか」

オルトリンデの表情が凍った。見ていられない。

「じゃ何で契約したんだよ！　――オルトリンデ、契約切るとかできないわけ!?　あたしの友達紹介してやるから。そいつよりマシな城主探してやるからさ！　マジでやめなよ、あんた一生こいつの勉強部屋の管理するつもり!?」

「ちょっと、オルトリンデにおかしなこと言わないでよ！　貴方、私の友達でしょ、オルトリンデ」

今更猫撫で声を出したって。

「魂取る妖怪だと思ってるくせに！　もういいよ、ウチの友達でオカルトに強い奴がいるからそいつに契約強制解除してもらおう、オルトリンデ！　契約したからってそいつの言うこと何でもかんでも聞く必要ないよ！　てかそっちの二人は何でこいつの手下やってんだよ！」

指さしてやると、七瀬と有望は目を泳がせた。

「いや……私は先々週、彼女の仲間を七敗させちゃったから代わりになれって」

「わ、私も」

何て自分というもののない連中だ。

「この女、年上でウエメセで醒めたフリして偉そうなだけでゲームで勝とうねってワルキューレとの約束一つ守れないダメ人間じゃん！　勉強してても全然真面目じゃないし相手が妖怪なら約束破っていいなんてことない！　ワルキューレはゲームしてるときが一番幸せなのにさせないって何だよ。それで必死な他のプレイヤー見下してこんな女、調子に乗せてたらダメだぜ鼻っ柱へし折ってやんないと！」

「何でそこまで言われなきゃなんないのよ！」

「あたしは昨日四回もガチバトルしたし一昨日は練習で徹夜したんだよ！」

「あんたが努力したとか知らないわよ！」

「あたしだってお前の受験勉強なんか知らねえよゲーム空間じゃ真面目にゲームやれ！」

「オルトリンデは契約解除などいたしません！」

凜《りん》とした声が言い放った。

輪湖のワルキューレが、鎧姿の戦装束に変わる。

彼女は小斧のついた槍、ハルバードを高く掲げる。

「輪湖様！　彼女の討伐をこのオルトリンデにお命じください！　七敗するまで貴方がオルトリンデの主です。不正な取引など、恥辱でしかありません！」

「オルトリンデ、貴方」

「戦うと言ってくださいませ、輪湖様！　オルトリンデの心は屈辱で張り裂けそうです！」

――これは。

七瀬と有望がひそひそささやき合っている。

「契約解除って……あの子、そんなことできるの？」

「出屋敷市子……ヴァルトラウテにひどいことしたけど、そこまで……」

顔をしかめていた輪湖が彼女らを振り返った。

「な、何。契約解除なんてできるわけないいじゃないの。……ないわよね？」

声に迷いがある。

本当なら「ない」と断言できるところだが――楓もそんなに本気で言ったわけではない、勢いで思いつきを述べただけで本当に出屋敷市子にそんなことができるかどうか知らない。が。

これは、押せるのでは？

「網倉輪湖！」

楓は勢いよく輪湖の顔を指さした。――これも勝負だ。攻城戦の前哨戦《ぜんしょうせん》。

このゲームはカード戦に入る前の権謀術数、腹芸も勝負のうち。

「強制契約解除か、今ここであたしと戦うか、二つに一つだ！」

ここは勢いでできるような顔をする。選択肢が二つあるように思わせる。

ルールがあるように思わせる。

「輪湖様！　こんなことを言われて勝負をしないわけにはまいりません！　私、並びに我が主への辱め、許してはおけない！」

オルトリンデが乗ってきたのだ。二人でこのチャンスをものにしなければ――

果たして、輪湖は――

「……た、戦うわよ、戦えばいいんでしょ」

おずおずとカードを手に取った。

食いついた！

頭の中に、小さな炎が灯ったような気がした。恐ろしいような大きなものではない。蠟燭《ろうそく》みたいな小さな火。

小さいが、熱い。

これが戦いの昂揚というものか？

「アウトブレイク！」

輪湖の背後に、緑色に煌《きら》めく尖塔がせり上がる。

オルトリンデが朗々と謳い上げた。

「〝翡翠の城〟、網倉輪湖様、ご出陣です！」

「〝瑠璃懸巣の城〟、田口楓様、迎え撃ちます！」

ジークルーネが嬉しげに唱和する。

——さあ、ここからが勝負だ。釣りはあまり焦って竿《さお》を引っ張ると魚が逃げてしまうと林間学校で教わった。

生かさず殺さず、だ。調子を合わせるのだ。魚のペースに合わせて。

幸いこれは鈍牛デッキ。

これで勝つのは、難しい。

「ちょっと！　田口楓、本気でやってるの!?」

10ターンほどで輪湖は苛立《いらだ》ったように噛みついてきた。

「これ、鈍牛デッキだから立ち上がり遅いんっすよ。わざとじゃないって」

「本当でしょうね!?」

半分は本当。

半分は。

——オルトリンデを解放してやるには、楓は負けて輪湖を七勝させてしまわなければならない。だが勝負を嫌がっている輪湖を、楓一人で七敗リタイヤに追い込むことはできない。戦力的にもメンタル的にも。流石にオルトリンデも主を捕まえてやる気がないなら七敗しろとは言えないだろう、そんなことが言えたらこうはなっていないわけで。

七敗負け抜けルールは、一対一で七敗まで追い込むのは相当心を折らなければならないわけだ。反吐が出る。

一度だけわざと負けるのが輪湖にとってのベスト

解。それ以上勝負をする理由はお互いにない。

楓は、その輪湖にわざと負けなければならない。チャンスは一回。負けたい者同士、早く負けた方が勝ちの縛り勝負。

後出しの輪湖は勿論わざと負けやすいデッキを選んでいるが、咄嗟《とっさ》のことでそこまで完璧《かんぺき》に最弱にはできていないだろう。五十枚もあるのだ、本当に負けるしかないデッキを組むには十分も二十分もかかる。ずっといじっていないデッキを反射的に出してきたのだからうっかり勝ってしまう可能性は十分にある。楓の方は最強だがテクニカルな運用を要求される、つまりくせがあって油断すると普通に負ける鈍牛デッキ。

勝つも負けるも配カード次第のまさしく出たとこ勝負。山から一枚カードを取るたび、脳の芯《しん》の辺りに伝達物質がじゅっと出て頭の中の炎が大きくなるのを感じる。

楓は引いたカードをそのまま場に出した。

「あっちゃー、まだ〝雷鳴の竜神皇〟出ないわー」

「〝軽騎兵〟！」

ジークルーネがカードを読み上げ、輪湖が舌打ちした。

「ゴミカードばっかり出して！」

「配カードが腐ってるだけでーす、そんなもんっすよー。てかあたし、一昨日一夜漬けして昨日始めたばっかの初心者なんだってば」

楓はへらへら笑ってごまかした。

半分は嘘。〝雷鳴の竜神皇〟はとっくの昔に手許に来ている。

——この負けた者勝ち勝負、楓が有利なことが一つある。

オルトリンデが輪湖にささやく。

「輪湖様、ＡＰが溜まっております。一気呵成《いっきかせい》に畳みかけましょう」

「ワルキューレの分際で、私に指図しないで」

「は、出すぎたことを申しました」

はねつけられてもオルトリンデは少し頭を下げただけで、冷淡な口調で傷ついた様子もない。

楓はジークルーネを突ついた。

「あんた、あたしの味方だよね？」

「勿論です」

振り返ったジークルーネは正反対で、不敵な笑みすら浮かべていた。

「元々ワルキューレは城主の敗北を責めたりなどしませんが、オルトリンデ姉様の受けた仕打ちに比べれば一度の敗北など恥のうちにも入りません。クイーン戦に勝てば彼女は新クイーンとして一番上の姉上様のものになります。負ければ七敗と同じです。オルトリンデ姉様を自由にして差し上げましょう。かように誉れ高き戦いがありましょうか」

「よっしゃ、意思疎通できてるぅ」

「ジークルーネは楓様を城主に選んだことを誇りに思います。これほどワルキューレの心を汲《く》んでくださった城主は初めてです。今はクイーンになれずとも、きっと素晴らしいクイーンにおなりでしょう」

「褒めすぎ。てかあっちが姉なの？」

「一番上の姉上様以外、順番はないようなものです」

――あっちのワルキューレと城主はギスギスしていてこのバトルが終わった後も関係修復は不可能だろう。対してこっちは円満すぎるほど円満。モチベーションでは勝ちだ。やっていてストレスがない。

「あはっ、またバハムート出なかったー、ほんっと今日のあたしの配カード腐ってるわー日頃の行いかなー？」

カードをめくるたび煽ってやると、輪湖はいかにも苛立った様子で爪を噛み始めた――余裕がない。

「〝見習錬金術師〟！」

オルトリンデがカードを読み上げたとき、輪湖が真顔になった。

「違っ、それじゃなくて」

彼女が言い募ろうとする間にも、出現したスライムが楓の兵士を飲み込んだ――二人。

「あーっやられたーっこれは痛い！」

楓は大袈裟《おおげさ》に頭を抱えてみせる。

実際、これまで戦場には常に輪湖と楓の兵士が同じ数だけいて、一人が殴られて死ねば次のターンにもう一人補充されるという具合の泥仕合だったのだが、スライムは必ず二匹召喚されるので楓の戦場の方が人数が少なくなった――戦場に出た兵士は必ず何らかの行動を取らなければならず、攻撃をパスすることはできないので、このまま楓がクソ雑魚カードを出し続ければ人数の多い輪湖が勝つ計算に。

心に余裕がないと、失着しやすくなる。

「くっやしいなあバハムートさえ出りゃああたしの勝ちなんだけどなー！　いやあもうこれ詰みだわー流石次期クイーンには勝てなかったわー」

楓は笑って雑魚カードを切った。

「やりましたね輪湖様。後は勝つだけです」

オルトリンデもしれっとしたものだ。慌てているのは、輪湖だけ。

「ちょ、ちょっと。私、クイーンになっちゃうじゃないの」

「それが〝ヴィッカース〟です。クイーン挑戦権を得ただけです。頑張りましょう」

「何で私がこんな目に遭わなきゃいけないの！」

「お前が言うなよ。てかこのゲーム空間、幻覚らしいからこんなとこで勉強するの逆に脳に悪いと思う。あたしに感謝しろよなお前」

「私が何をしたって言うの！」

「ゲーム空間ではゲームしろよ」

楓は耳の穴に指を突っ込んで中を掻いた。

その間にも楓の〝瑠璃懸巣の城〟はスライムに包まれて崩壊し――

「残念です楓様。私たちの敗北です」

全然悲しくなさそうにジークルーネが宣誓し。

「七勝！　輪湖様、クイーン挑戦権を得ました！」

オルトリンデの髪に、新しい花が咲いた。

次いで、空間自体が轟音《ごうおん》を上げた。明らかに通常

の城出現とは違い、空間が裂けるようにして辺りに水が溢《あふ》れ、魚が泳ぎ、金色の城がせり上がってくる
――何だこの成金感。形はヨーロッパの古城なのだろうがピカピカ光りすぎて安っぽい。黄金の茶室かよ。水中ステージは、日の光が鈍くなって水の色が揺らめき、髪や服も水流で動くが息苦しかったりはしないのがかえって違和感がある。

「いよいよクイーンの親征です」

「クイーン、ご出座！」

ジークルーネが神妙な顔をし、オルトリンデはラッパを取り出して吹き鳴らした。

そしてもう一人。金色の甲冑をまとった妖精が姿を現す。顔は他のワルキューレたちに似ているが髪は銀色で高く結い上げ、背中の翅は六枚もあり、手にするのは大きなダイヤの嵌《は》まった金の杖《つえ》。甲冑に嵌まった宝石が多く、オーラなのか演出なのか、身体から振り撒く何やらきらきら光る粉が多い。

「上の姉上様。ああ、お懐かしい」

ジークルーネの声は感極まったようだった。

そして現れた少女は――白い、半袖のセーラー服を着ていた。もう秋頃なので少し寒そうだ。ショートカットで、何だかぼんやりした顔だ。よく見ようとしたとき――

いきなり、楓の目の前に漆塗りの牛車が現れた。

……レイヤー的にも雰囲気的にもゲーム演出じゃないような気がするぞ、と思っていたら、案の定火雷がどしどし降りてきてよっこらしょ、と轅《ながえ》を跨《また》ぐ。

「全く、宮のご覧になっていないところで黒星ばかりつけおって」

「あー、鈍牛のおっさん」

「火雷様だ。師に対する敬意がない」

「あるわけないじゃんスパルタ親父」

ねめつけられるのももう慣れた。

「てか、おっさんだけ？　イッチーとセリィは？　天狗の皆さんは？」

「そういえばついて来ておらんな」

「連れてこいよメッチャ車乗ってきたじゃん、それ絶対一人乗りじゃないじゃん」

「ここは乃公だけでよい」

火雷は楓に笏を向け、

「宮より遥かに度しがたい跳ねっ返りめ。汝に比べれば宮がいかにたおやかで思慮深く聡明《そうめい》なる姫君であったか」

重々しい声で叱りつけてくるが、いちいちビビっていられない。

「女子のスペック比べるとかサイテー。イッチー褒めるんならイッチーいるときにやれよな。評価してんのに面と向かって褒めないとかモラハラじゃん。全く尊敬する要素ないじゃん鈍牛のおっさん」

「高貴の姫君なれど小娘を褒めそやすために太宰府から馳《は》せ参じたわけではない、子守りは狛犬や天狗がすればよい」

「イッチーすら褒めてないとか何よ、イッチーの手下じゃないのかよ。マジ人育てる気ないよな。あたしこれ突進して負けたんじゃないから、深遠な計算の末に摑み取った成果なんだからちったあ褒めろよ」

「乃公が鈍牛ならばさしずめ汝は猪《いのしし》よ。猪突猛進《ちょとつもうしん》極まりない」

「だから猪突猛進じゃないんだって深遠な計算したんだって」

「よく言う、童女の分際で戦いで昂《たか》ぶることを覚えおって、ふしだらな。乃公は学問を究めるが役目にして大望。牛の歩みは鈍くとも着実に前に進む。学問とは漢文、法、政《まつりごと》。法とはルールでありその運用。これなる遊戯にも法と政があり宇宙の深淵《しんえん》に通じている」

「だからあたしは深遠な……てか何であたしが負けてから出てくるわけ？　そんなに言うなら負ける前に止めに来いよ」

「クイーン戦を見ないのでは何をしているかわからん、クイーンのデッキ構成を見て池田のそれと比較し、宮に報告せねば」

「自分の都合なんじゃん」

「無論。乃公は宮に菅公の加護をもたらすのであって汝を助けてやるような筋合いはない。教えるべきは教えた。それより先は己で研鑽《けんさん》し、自力救済せよ」

「イッチーにどんな加護もたらしてんだか。マジ神の使いのくせに心狭すぎない？」

「菅公の心が広いなどとどこの誰が言った」

火雷は手を振って牛車を消して文机にし、その前に座って巻物を広げ、墨と筆で何やら書きつけ始める。その間にも黄金のワルキューレが杖を掲げて謳い上げた。

「こちらに見ゆるは〝白鷺《しらさぎ》の城〟が主、クイーン・穂谷沙妃《ほだにさき》様。私はワルキューレ・クリームヒルト」

途端、火雷が筆を止めた。

「……ブリュンヒルデではなく？」

「え、なん、それ」

楓の問いには誰も答えない。

「ああ、もう、やればいいんでしょやれば！　どいつもこいつも！」

輪湖が地団駄を踏んで喚き、オルトリンデは声を張り上げるばかりだ。

「ワルキューレ・オルトリンデが主、〝翡翠の城〟、網倉輪湖様が七つの花をもってクイーンに挑みます！」

オルトリンデが宣誓すると、髪に咲いた花がその手の中で花束となる。彼女はそれをクリームヒルトに向けて投じ、クリームヒルトは左手で受け取った。

「七つの花にかけて、挑戦に応じよう。アウトブレイク！」

クリームヒルトが杖を翻《ひるがえ》す。それは花束と合体し、花と宝石で彩られた黄金の盾に変じた。サイコロが振られ、ワルキューレたちの頭上に数字が出る。

「先攻、挑戦者・網倉輪湖！」

「〝白狐の罠《わな》〟！」

白い狐がフィールドを跳ね、草むらに毒の杭《くい》を植えていく――さっきの楓との負けた者勝ちとは打って変わって。輪湖は堅実にデバフを撒いて自陣を固め始めた。一年も六勝のままだったのは伊達《だて》ではないらしかった。

対するクイーンは——

「……なるほど、宮が危惧《きぐ》なさった通りだ」

「キグ？」

「相当に質の悪い人喰いだ。よくもこうまで成り果てたものよ」

筆先を舐《な》め、火雷が目を細めた。

「しかもブリュンヒルデですらないだと？　ではワルキューレとは一体何だと言うのだ」

「てかブリュ——って何？　宇宙戦艦？」

「仏蘭西《フランス》語で〝ファム・ファタル〟——八島では〝運命の女〟と訳されるが正確ではない——〝破滅の運命〟を表す言葉がこの国にはない。天命、宿命、因縁などに比べて運命という言葉は軽くて現代的だ。概念はあるのだがな。妲己《だっき》、楊貴妃《ようきひ》、薬子《くすこ》、待賢門院《たいけんもんいん》、淀君《よどぎみ》。〝毒婦〟という言葉には業が足りぬ、狂う方の業が。〝傾国《けいこく》〟になるともう個人がどうということではない」

「おっさん、そのビジュアルでフランス語とか知ってんの」

「今どきの大学生が単位を求めて駆け込んでくるから独逸《ドイツ》語も西班牙《スペイン》語も覚えもする。……妙だな。動きが鈍い」

というのは——クイーンの出すカードが地味だということなのだろう。

「〝ナイトランサー〟」

槍を持った歩兵が戦場を駆ける——その戦場は、輪湖が散々デバフを撒いたところだ。歩兵は自ら罠に突進し、杭に足を取られて動けなくなる。そこを輪湖の軽騎兵たちが刈り取っていく。

「……あれって弱いカードでデバフ潰してるんじゃないの？　本番はこの後に来るんじゃないの？」

「ならばよいが、どうにもそれほど考えておらぬように見える」

「おっさんからすれば大抵《たいてい》の奴は考えてないように見えるんじゃない？」

「歴代エンペラーなど乃公より強い者が十人はいるという話だ。池田の打ち筋には遠く及ばぬ。これがクイーンとは嘆かわしい」

「誰だよ池田」

暢気に見守っていた楓だったが——5ターンも経つと、火雷の言いたいことがわかってきた。罠を避けることもできそうなものなのに、クイーンはわざわざどれもこれも真正面から突っ込んでいく。

「なるほどぉ、そういうことでぇ」

いつの間にか毛野が横でぱたぱたと扇を振りながらうなずいていた。

それは対戦している輪湖も気づいたようだ。

「何？　貴方、負けたいの？」

穂谷沙妃は、一言も発しない。うつむいたままカードを選ぶばかりで、ゾンビのようだと思った。

「そんなにクイーンでいるのに飽きたの？　まあいいわ。私が引き受けてあげる。オルトリンデ、お望み通り縁を切ってあげるわ。クリームヒルトを相棒にすればいいだけなのよね」

網倉輪湖は気楽なものだが——そんな簡単な話なのだろうか？

「ここまでよ、クイーン。引導を渡してあげるわ。〝黙示録《アポカリプス》の夜〟！」

輪湖がカードをはたくと、空が真っ暗になった。やがて一条の流星がまっすぐに墜ちてきて、クイーンの軍勢もろとも尖塔を打ち砕く——

「もはやこれまでのようですね」

神妙な声で答えるのはやはりクリームヒルトで、穂谷沙妃は顔も上げない。

「〝白鷺の城〟、落城。網倉輪湖様を新クイーンと認めます。これよりクリームヒルトの城主は貴方です」

クリームヒルトは輪湖の前に降りてきて、うやうやしく黄金の盾を差し出した。それは金のティアラになり、輪湖は片手で受け取って頭に載せた。

これで、クイーンの座は譲渡されたらしかった。暗かった空がみるみる明るくなり、地平線まで見えていた草原がかき消えて赤煉瓦の壁の前に戻る。

校門の前に三人の少女。星ヶ丘中学の紺のセーラー服の小矢田七瀬。紅鳳学園の黄土色のブレザーの松岡有望、網倉輪湖。それに自分。ワルキューレたちはともかく、火雷や毛野の姿は通常空間では向こうが気を遣ってくれないと見えない。

「新クイーン輪湖様、戴冠《たいかん》をお祝いします。お仕えした城主がクイーンにおなりになったこと、オルトリンデは誇らしく思います」

非戦闘モードの布を巻いた姿になったオルトリンデが輪湖の前で頭を垂れた。

「そしてお別れです。オルトリンデは新たな城主を探しに旅立ちます」

「ふん。貴方の新しい城主に負けるつもりなんかないからね。——こんなことならさっさとクイーンになってればよかったわ」

——お前が言うなよとすごく思ったが、それどころではないので我慢した。

「あのー、この人、どうするんすか」

楓は壁を指さした。——赤煉瓦に寒々しい半袖セーラー服の少女がもたれかかって座り込んでいる。

「……前クイーン？」

「えーとあのー、もしもーし、穂谷さんだっけ？」

一応楓は声をかけた。——反応はない。目も閉じている。

「具合悪いんすか？」

手を持ち上げてみたら——ぐんにゃりしている。

「気絶してる？」

「ちょ、ちょっと、オルトリンデ、彼女どうしたの」

輪湖は焦った声を上げたが、

「さあ、人間のことはよくわかりませんので」

オルトリンデは冷淡に言い切って——そのまま空中に溶けて消えてしまった。

気づけばその場にいるワルキューレは楓のジーク

ルーネだけ。ジークルーネも目を白黒させていて、

「――ええと、彼女は上の姉上様と契約が切れましたが、動かないのはまずいのでしょうか……？」

気まずげにつぶやく。

「てかこの人、出てきてからこっち全然自分の口で喋ったり動いたりしてない気がするんだけどマジで大丈夫なの？」

「私も人間のことはよくわからないとしかくないのです」

「えっと、昨日の人どうしたんだっけ。……イッチーの妖怪が何とかしたんじゃん！　イッチー、助けて！人命救助！」

「わかっている」

スマートフォンを出そうとしたとき、背後から声をかけられた。

――振り返ると、いつの間にやら。いつもより青い顔をした出屋敷市子が葛葉芹香の肩を借りて立っていた。


彼女は、楓に何も聞かないまま白いセーラー服の少女の前に屈み込んだ。顔に触れ、胸に触れる。女同士で服の上からとはいえ知らない人の胸をよくそんな無遠慮に触れるな、と思う。

それどころか。

「吐普加美依身多女《とほかみえみため》！」

彼女は気合いを入れ、セーラー服の胸を拳でバシバシ叩いた。

「吐普加美依身多女！」

――少女が小さく咳き込み、ゆらりと揺れたような気がする。

市子は立ち上がると、自分もぜえぜえ肩で息をし、また芹香に腕を取られ支えられた。

「溝越、救急車だ。昨日より大袈裟に言え、心停止して魂魄《こんぱく》が離れかけていたのを霊力を叩き込んで蘇《そ》生《せい》させた。応急手当で、現代医学のフォローが必要だ。誰かAEDを使ったとか何とか言っておけ」

「心停止!?」

中高生でもわかる不穏な言葉に、ただまごまごしていた三人も表情を一変させた。

「う、嘘でしょ、心臓止まって？」

「嘘ではない。霊力がほとんど身体に残っていない、底をついている。これはかなり悪い妖に生かさず殺さず搾られていたぞ」

「あ、アヤカシって……妖怪？」

「これは、元クイーンなのか？　ワルキューレ・ブリュンヒルデは？」

輪湖がびくっと震え、頭を動かし、辺りを見回す。

「ク、クリームヒルト、どういうこと」

「……クリームヒルト？」

市子は眉をひそめる。――クリームヒルトは姿を見せない。

「ちょっと、クリームヒルト、何とか言いなさいよ」

輪湖が名前を呼んでも少しも応じない。市子はこめかみを指で押していたが。

「お前が新クイーンか？」

「わ、私は何もしてないわよ！　……まさかクリームヒルトがくっついていると、私も生命力吸われて死んじゃうの？」

「さあ、わからないが。少し状況を――」

そのとき。救急車のサイレンが聞こえた。

「えっ、マ、マジで」

蚊帳の外だった七瀬と有望がそれで後ずさり――小走りになってその場を離れる。

「ちょ、あんたたち！」

輪湖は楓と市子を見比べて――惑いながら、二人を追いかけて駆け出した。

「おい、逃げんのかよ」

楓は声を上げたが、市子が手を伸ばして制した。

「よせ、無駄だ」

「無駄って」

「私たちも離れるぞ。まとめて病院に連れていかれる。警察に行く羽目になるかもしれない」

と、よろよろあさっての方向に歩き出す。――ためらったが、楓も「勝てば願いを叶えてくれる魔法のカードゲームが」なんて話を警察官にするところを具体的に思い描いて、市子に従うことにした。

　信号を一つ越えたところに小さな児童公園があったので、芹香がそこの茶色いベンチに市子を座らせた。市子は玉座にでも座るようにベンチにそっくり返って語り出す。

「ここまでのいきさつは溝越に聞いた。あの女、一年も六勝の座に居座っていたと」

　少し不機嫌そうに口許を歪める、出屋敷市子もこれはこれで上から目線で偉そうな。全くもって昨日の態度を反省している感じがない。短時間でこんなに多種多様な高飛車女を見せてくれなくていい。

「楓、お前、昨日今日で五戦三勝二敗だそうだな」

「何で知ってんだよ」

「二日で三勝二敗。――つまり七勝にせよ七敗にせよ一週間ほどで回すことができるのだ。逆に言えば普通、二週間以上城主でいるということはまずありえない。城主は皆、叶えたい願いがあってクイーンを目指すのだから他のことを差し置いても一刻も早く勝負をしようとする」

　質問に答えろ、出屋敷市子。

「本来なら週替わりでクイーンが交代するサイクルなのに、あの女が六勝で一年も止めていたせいで一週間で済むはずの旧クイーンの負担が一年分、そうだな、約五十倍になった」

「ごじゅ……」

　楓が言葉を失っている間に、市子はポケットからiPhoneを取り出して画面を見せた。

「これがあの旧クイーンの正体だ」

　それはニュースサイトで、『女子高生行方不明公開捜査に』という記事だ。さっきの少女の写真が貼られている。

　穂谷沙妃、十五歳。誘拐か、家出か、その他の事件事故に巻き込まれたのか。営利誘拐の可能性を考慮し、報道を自粛していたがこのたび公開捜査に踏み切り広く一般にも情報提供を求める。タイムスタンプは去年の七月。

「彼女が発見されたとなれば確実に警察沙汰《ざた》だ。家族は涙の記者会見をし、チラシまで配って捜し回っていた。ヴィッカースのクイーンとしてゲーム空間に君臨していた、なんて誰が言える。——この日付を見るにどうやら網倉輪湖は自分が城主で居続けるために勝負を避けていただけではなく、他の城主のクイーン挑戦も妨害していたのだろう」

——六勝で止まっていた雨堤あゆ、全然対戦できていなかった榛名心乃美の顔が脳裏をよぎった。

「簡単に言って。網倉輪湖が受験勉強だの昼寝だので手下にゲーム空間を展開させるたび、ワルキューレたちは旧クイーン・穂谷沙妃から霊力を吸い上げて空間を構築していた。カードとワルキューレだけの霊力ではあの空間を構築できない。カードは霊力を帯びていない一般の中古品を混ぜることもでき、ワルキューレにはゲームを進行・管理する力しかない、霊力の収支が合わない。そこで帳尻《ちょうじり》を合わせるのが、クイーンだ。クイーンの霊力こそこのゲームを支える電池。一、二週間程度なら言うほどの健康被害はなかったが——約五十倍で支障が出ないはずがない。あの女が時間を止めている間、クイーンはじわじわと弱っていった。生命維持に支障が出るほどに。それでも足りなくなって最近では泡沫城主が七敗リタイヤするときにも吸い取るようになっていた。それが昨日の雨堤あゆだ。このゲームで最も重い反則は対戦自体の牛歩、停滞。網倉輪湖が止めていたのはゲームの時間でもあって、彼女らはその反則のツケを支払わされたのだ」

「な、何だよそれ！」

　楓は紅鳳学園の方を見たが、頑張って距離を取ったので街路樹の向こうには校門すら見えなかった。

「あいつ、許せない——」

「怒るな。あの女は、自分の不正を自分で贖《あがな》うことになる」

「何だそれ」

「ブリュンヒルデ——いや、クリームヒルトか。あれはワルキューレではない。あれこそがこのヴィッカースの胴元、黒幕——」

思わせぶりに語っていた市子だったが、そこで言葉を切ったのはまた肩で息をしているのだった。唇が紫色で、芹香が背中をさすってやる。

「いっちゃん、今日ここに来るまでに大技使ってメッチャ体調悪いの。それで穂谷さん？の心臓まで動かしたんだから、いっちゃんの方が倒れちゃうよ。てかいっちゃんも救急車乗っていいと思う」

「馬鹿を言うな、死穢で救急車になど乗れるか。私はこの程度で死にはしない」

市子は芹香に噛みついたが、いつもほど威勢がよくないのは明らかだった。

「——クリームヒルトに勝てる目算がないだけだ」

「な、ないのかよ」

楓は耳を疑い、怯んだ。態度は高飛車なくせにこんな気弱な出屋敷市子は初めてだ。天上天下唯我独尊なのかと思っていたのに。

「正確には網倉輪湖を救う力がない。——無駄と言ったのは、追いかけて追いついたところで、あれにしてやれることなど何もないのだ」

市子は目を細めた。悲しそうですらあった。

「妖の裏を掻いて自分一人利を得ようなど普通の人間には無理だ」

4

市子は翌日学校を休むかと思ったが、ちゃんと来た。ただし顔はげっそりして青いままで、昼ご飯はスポーツドリンクとカロリーメイトゼリーを一袋だけ。必要最低限の補給という感じだ。

「まだ具合悪いんだね」

「大雅さんは毎日死体を見ているのに、情けない」

父親は解剖医だが、情けがあるとかないとかの問題なのか。

「いっちゃん、よく休むんだし病欠でよかったと思うよ？　早引けしたら？」

「そうはいかない、クリームヒルトのことを調べなければ。家に帰ったら布団に寝かされて、出てくるどころではなくなる」

――この期に及んでまだカード妖怪と戦う気だ。

向かいで卵サンドイッチを齧っていた楓が「何言ってんのあんた」と口に出した。――多分彼女は市子と仲直りしたつもりなどないのだろうが、モメている方が面倒くさいと気づいたのだろう。わかる。今日は私たちと弁当を食べていた。

「勝つ見込みないって昨日言ったじゃん」

「言った」

「なのにまだカード妖怪と戦う気でいるわけ？」

「いる。まだ七人の少女が囚われたままなのに手を引くなどできるか」

――ちなみにフリーになったオルトリンデは、十六歳の神蛇のみずはがセーラー服を着て「ああ苦しい。苦しい恋をしていますの。誰か願いを叶えてくださいまし」と泣き真似をしていたらふらふら寄ってきたのでひっ捕まえて虫かごに入れているという冗談のような結末。七人は市子自身を抜いた数だ。

「もういっちゃんが端から城主を全員七敗リタイヤさせて、ワルキューレを全部捕まえちゃったらいいんじゃないの？」

「それでは現クイーンの網倉輪湖を救えない。大元を断たねば」

「あの自己中女を助けてやんの？　心広くね？」

「確かによくないことをしたが死んで償えというほどではないし、死んで償わなければならないような罪など滅多にないし、クリームヒルトを放置しているとまた新たなワルキューレが生まれないとも限らないし、何より生きた人間を見殺しにはできない」

「お前、自分がフラフラなのに人喰い妖怪放置してられないとかこないだじいさんにこき使われてたときとあんま変わらないぜ」

「自覚はある、やはり私はあの人の孫だ。もういなくても振り回されている感じがする。しかし私にしか救えない人間を見捨てたのでは、自分を許せない」

「何でお前らいちいちそんなに重いんだよ」

楓はパックの豆乳ラテを飲んで、ため息をついた。

「気楽にやってる奴は気楽にしすぎて反則しまくりだし、フツーにゲームやってる奴はいないのかよこの界隈《かいわい》には」

「――つまりまともな人間は、物を賭けてゲームなどしないということだ」

市子はくしゃりとゼリーの袋を握り潰した。


今日の放課後、行く先は紅鳳学園ではないらしい。

「〝ブリュンヒルデ〟雷塚正津を訪ねてみようと思う」

「何それ」

私たちは昨日の楓の行動を知っているが、楓は私たちのことを知らないので一から説明しなければならないのだった。

「ええと、ヴィッカースの公式クイーンだって。普通のゲームだったときの普通の公式大会で優勝した人。……訪ねるってどこにいるか知ってるの？」

「溝越がネットを手繰って個人情報を抜いてきた。写真や連絡先など」

「本当に気持ち悪いよね。いきなり行って、会ってくれるの？」

「溝越がアポを取ったと言っていた」

「本当に気持ち悪いよね」

「中学生の間でヴィッカースが再ブレイクしているので、元エンペラーにぜひ攻略法を聞きたいという設定になっている」

「エンペラー？　何それ、クイーンと別なの？」

「いろいろとあってな」

しかしカードゲームの妖怪の件でいきなり天狗からメールが届いたり電話がかかってきたり、想像すると心底気の毒だ。昨日の池田さんものんびり冥界にいるところを呼び出されて、なかなか気の毒だったんじゃないだろうか。

「てかブルー……ブリュンヒルデって結局、何」

「オペラ『ニーベルングの指環』のヒロイン、ワルキューレの長姉。通常、ワルキューレといえば彼女一人を指し、他の姉妹は省略されることの方が多い。ワルキューレは神々のために戦う優れた戦士を人間の中から選び出し、天国であり神の戦場でもあるヴァルハラに招く女神。ブリュンヒルデは父ヴォータンに逆らって女神の力を奪われ、竜殺しの英雄ジークフリートと恋に落ちるがジークフリートは陰謀によって別の女と結婚してしまう。恨んだブリュンヒルデはジークフリートを殺してしまうが、真相を知って自らも死を選び、その際に放った神の炎は天界をも焼き焦がし全ての神々を滅ぼすことになる」

すらすらと流れるように唱えるので、私も楓も少し呆気に取られた。

「……何でいっちゃん、オペラなんか知ってるの？」

「本を読んでいるから」

マジで。

「オペラというのは俗っぽい話だ。シェイクスピア悲劇とあまり変わらない」

「どっちも偉そうに聞こえるけど」

「陰謀と言うが、魔法の薬でブリュンヒルデを忘れさせられてしまうのだ。二股《ふたまた》をかけられて恨んで男を殺して自殺するというのは、昨今の物語でもある展開ではないのか。記憶喪失で恋人のことを忘れてしまうのもよくあるだろう。高尚な話ではない。『ロミオとジュリエット』くらい知っているだろう。恋するカップルが殺し合ったり死んだり生き返ったり、つまりその程度の話だ」

まあ、確かに。困ったときは記憶喪失か末期ガンって感じ。ドロドロ不倫ドラマみたい。

「でもクイーンについてた奴、ブリュンヒルデじゃなかったじゃん。クリームヒルト」

楓が口を尖らせるが、市子はまたしても立て板に水。すらすら答える。

「それは北欧の古詩『ニーベルンゲンの歌』で竜殺しの英雄ジークフリートと結ばれた女王。しかしジークフリートはブリュンヒルデの名誉を傷つけたとしてハーゲンに謀殺されてしまう。クリームヒルトは再婚しつつも彼の仇《かたき》を討つことを画策し、新しい夫とその子を戦いに巻き込んで犠牲にしながらハーゲンを討ち果たすが、捕虜を討った罪を咎《とが》められて自らも殺される」

「ええっと、薬で忘れて結婚した別の女がクリームヒルトってことと？」

「いや、『指環』と『歌』は全然違う話だ。『指環』のジークフリートの妻はグートルーネ。『歌』に登場するブリュンヒルデは女神ワルキューレではなく人間の女王で、ジークフリートに対して因縁はあるが恋愛感情はない」

「……何で似たようなタイトルで似たような名前の人が出てくるの？」

「どちらも北欧神話を元にしていて固有名詞が共通しているが、違う話なのだ。『西遊記《さいゆうき》』と『封神演義《ほうしんえんぎ》』が違うように」

ヤバい、たとえがわからない。『西遊記』と『ドラゴンボール』が違うのならわかる。

「全然違うブリュンヒルデの物語とクリームヒルトの物語、両方に美男で竜を殺して財宝を得た英雄ジークフリートが現れ、財宝のために命を狙《ねら》われ早死にする。ジークフリートも半神だったり人間の王子だったり全然違うので名前の似た二人がどこかで混ざってしまっただけかもしれない」

「それが今回の騒ぎと何か関係あるわけ？」

「大アリだ。クリームヒルトは女神ワルキューレではなく人間で、男兄弟しかいない。ジークルーネもオルトリンデもヴァルトラウテもブリュンヒルデの妹だ。クリームヒルトの物語ならワルキューレの名前はスクルド、レギンレイヴ、ヘルフィヨトルなどになる。なぜジークルーネは何の関係もない赤の他人のクリームヒルトを姉上と呼ぶのか」

「これオペラじゃなくてゲームでしょ？　作った人、そこまで考えてなかっただけじゃ？」

「池田はブリュンヒルデには覚えがあるのにクリームヒルトなどとは一言も言っていなかった。必ずいるはずのブリュンヒルデがいないというのに理由がないはずはない」

「イッチー、具合悪いのそんなことばっか考えてるからじゃね？　もうカードゲームとかやめてカラオケ行こうぜ」

と言うものの、相変わらず楓の肩の上にはジークルーネがいる。流石に肩身が狭いのか楓の髪に隠れるようにしているが、楓が嫌がったりしていないところをみると彼女はそれほど「殺人妖怪カードゲーム」に恐怖を感じていないしジークルーネを問い詰めたりもしていないのだろう。信頼なのか、現実逃避なのか。市子の鈴鹿は堂々と机の上に立っているが、多分こちらには隠すことなど何もないのだろう。

「まあ、いっちゃんが気が済むんならつき合おうよ。無理して一人でふらふらしてどこかで行き倒れたりしたら気分悪いし」

「……そうだなーこいつ自己管理できないもんな。マジで世話が焼けるっつか」

私はあえて楓に大人になって妥協するよう促し、楓も納得してくれた。

雷塚という人と会う場所へは、電車で十五分。シートに腰かけていると、市子がこめかみを押さえた。

「──おい。網倉輪湖が大変なようだ」

「何」

「カンニングの疑いで教師に呼び出されたと」

それを聞いて楓が目を剝いた。

「あいつ、時間止めてズルしてまで勉強してたのにカンニングもしてたの⁉」

「いや、これがクリームヒルトのやり口なのだ。恐らく濡れ衣だ」

「どういう？」

「学生のカンニングを確認するのに名探偵や科学捜査官など出てこない。教師が数人でちょっと事情を聞いて終わりだ。網倉輪湖は勿論やっていないと言うが、やっていたってやっていないと言うだろう。教師は信用するまい。日本人は〃推定無罪〃の概念を理解しない。噂《うわさ》が立っただけで網倉輪湖はカンニング犯扱い、退学まではいかなくてもいじめられたりするだろうな。生徒からも教師からも」

「マジかよ」

ぞっとする話に、楓も顔をしかめた。

「昨日クイーンになってから網倉輪湖の福徳がものすごい勢いで減っているそうだ。彼女がシステムを濫用した対価を取り立てているのだろう。カンニング疑惑というのは密告電話やメールがもとなのではないか、なら妖怪の仕業かもしれない。直接送ることもできるし、同級生に取り憑いてそういうことを吹き込むこともできる」

――史郎坊は救急無線に割り込んで救急車を呼ぶことができる。誰だかわからない雷塚正津に会えるようアポも取った。何だかよくわからない番号から身許を隠して教師に電話をかけたりメールを送ったりするというのは、妖怪には簡単なことなのだろう。

「そのうち、彼女はゲーム空間に逃げ込むぞ。今度は自分一人で、もう帰ってこない。恐らく穂谷沙妃もそうしてこの世から消えたのだ。失踪《しっそう》前、友人関係で悩んでいたとか。その辺りで何らかの願いを叶えたのだろう。クリームヒルトは願いを叶えるがその代償を多めに取り立ててこの世からおさらばしたい気分にさせて、自分の巣に引き込んでじわじわ魂を喰らうのだろう。狩り蜂《ばち》が芋虫に毒針を刺して痺《しび》れさせ、巣に引き込んで卵を産みつけて生きながら幼虫の餌《えさ》にするようにな。死んだ芋虫は腐ってしまうから、生きていなければならない。生かさず殺さずの状態で霊力だけ吸う。それが人喰い妖怪だ。絶対に許してはならない」

市子はひび割れた唇を噛んだ。

「人間は尊重しなければならない。私が人間でいるために」

「――あたしはもうバッグも人喰い妖怪もどうでもいいんだけどさあ」

楓が気怠げにつぶやいたのは、本当にうんざりしているのだろう。

「榛名心乃美って小学生のガキが、死んだママに会いたいって頑張ってて。あいつ、絶対七敗リタイヤなんかしない。すげー強いのに対戦からハブられてまだ全然勝ちがついてないんだ。代わりに負けもついてない」

「学年トップ程度の願いですらこれだ。病気の心臓を治したり死者を蘇らせたりしたら、どんな目に遭わされるかわからないぞ」

「てか元々網倉って女、ゲーム空間で頑張って勉強してたから学年トップっつっても大して何もしてもらってないいんじゃねーの。損ばっかじゃん」

「キャリーオーバーの逆で、レートが跳ね上がっていて等価交換などではないということだ。死者を蘇らせて等価交換などされては困るが」

「――でも小学生のガキがママに会いたいって言うの、無理だって言ったって聞かないじゃん。あいつ本当に魔法のカードだって信じてる感じでさ。あいつに、お前は騙されてるこれは人喰い妖怪の陰謀だとか言いたくない。あいつがクイーンになる前に何とかしなきゃいけないって、あたしもわかってる」

「真実は人を幸せにしない。本当のことを言うのはつらい」

――市子は人より多く真実が見える。それは私たちが思っているほど楽しいことではないようだ。

待ち合わせ場所は、駅前のファミリーレストラン。窓際の席でコーヒーを飲んで待っていたのはまだお兄さんと言っていい若くて細身の背広の男性で、私たちを見ると中腰になり、半笑いになった。

「……本当に女子中学生が来た。ヴィッカースを女の子がやる日が来るなんて」

「出屋敷市子と申します。いろいろと伺いたくて」

市子はしれっと頭を下げ、ドリンクバーを頼んでオレンジジュースを汲んだ。私と楓も紅茶を淹《い》れてテーブルについた。

「ネットで調べたのですが、ヴィッカースのデザイナーの池田さんは亡くなっていますよね。雷塚さんは仲がよかったという話で、どういう方だったのかお聞きしたくて」

――昨日、池田の霊をとっちめてこの人のことを聞いたんだろうが。因果関係が逆だ。

「ああ、うん、池田さん。いい人だったんだけどね、急性白血病でね」

雷塚は寂しげに笑ってコーヒーを一口飲んだ。

「ゲームデザインのバランスもよかったんだけど、フレーバーテキストに味があってね。ファンタジーと歴史小説をたくさん読んでて、公式大会の後、打ち上げで一晩中話したよ。歴代エンペラーで集まってよく飲み会をしたなあ。まだ三年しか経ってないのに、すごい昔みたいだ」

「歴代エンペラー」

市子は薄ら笑いを浮かべて繰り返した。彼女は、笑っているときの方が怖い。

「雷塚さんは〝第九代クイーン〟では？　〝エンペラー〟とは？」

雷塚の動きが止まった。少し声が戸惑っている。

「……ヴィッカースのプレイヤーって、九割方男でさ。公式戦優勝者は本当は〝クイーン〟って呼びたかったけど、全員男だったから〝エンペラー〟って」

「でも貴方はクイーンなんですね？」

市子が念を押し、雷塚は視線を泳がせた。

「……知ってるの？」

「はい。私の友人にもいますよ。〝女装子《じょそこ》〟」

――私は紅茶をひっくり返しかけた。ちらりと横目で楓の様子を窺うと、彼女も豪快にスプーンを取り落としていた。

……女装って。確かに雷塚は線が細めだがスポーツ刈りで、肩幅もがっしりしている。どこをどう見ても男だ。

「私の友人は性自認は男性ですが普段は女装していて女声のボイストレーニングもしており、性的指向としてはバイセクシャルです。今は女性と結婚しています」

「結婚……って友達、年上なの？」

「はい。親の知り合いなのです」

「えっ、毛野さんって結婚してたの⁉　てか毛野さんのことだよね⁉」

「ああ、地元に嫁がいる」

私が慌てたのに市子はさらりと答えた。……マジで。衝撃の事実が次々と。ていうか毛野のあれは、魔術的な何かではなく趣味なのか。いや本当は他に何か理由があるけど趣味ということにしている？

「いやあ、まいったなあ、はは」

と雷塚は笑っているが、こっちはどうリアクションすればいいのかわからない。

「女の子にこんなこと言うの恥ずかしいけどぼくあの頃大学生で、ヴィッカースの公式戦は男しかいなくて。ウィッグかぶって化粧してミニスカートとニーソ穿《は》くと皆喜んで、クイーンって呼ばれて舞い上がってて。ヴィッカースの姫っていうか。若気の至りって奴でねえ」

「のどぼとけと手の大きいのを隠すのがコツだと聞きました。骨盤の構造上、男女でへその位置が違い、どんなにやせていても男は女ほど腰がくびれないので自分で思っているより高い位置で帯を……スカートを穿くとか」

「そうそう、マフラーとかチョーカーとかあると楽なんだよね」

「だからワルキューレ・ブリュンヒルデは布をずるずる巻いたデザインで男だとばれやすい部分を隠している？」

それで私は、楓の肩に乗ったジークルーネを見た。

彼女の曲線的な身体つきは間違いなく女性のものだが――確かに、首や腰や手首が隠れている。

雷塚は全然気づかない様子で、クイズの解答ボタンでもあるようにテーブルを叩いた。

「うわーっ懐かしい。……ブリュンヒルデ、実装されてないよね？」

「ポシャったというアニメ企画の方も知りたくて」

「何かスポンサーさんが突然降りちゃったらしいんだよね。池田さんが亡くなって、クラウドファンディングでも何でもしてアニメ作っておけばよかったなあって。――懐かしいなあ。池田さんが亡くなってから全然してないや。女装もヴィッカースも」

叩くのをやめて薄く笑う。諦めているような目つきだと思った。

「本当に女の子になりたかったわけじゃないよ。ただの遊びだったんだ」

「わかります、私もよく巫女服を着ます」

市子のそれは全然遊びじゃないだろう。


「――やりませんか、ヴィッカース。池田さんより強かったそうじゃないですか」

と市子は学校鞄から分厚いバインダーを取り出す。

「クイーンのバニラデッキと、オプションです」

雷塚は目を細め、バインダーをめくった。

「池田さんのオリジナルデッキか。もう大分忘れちゃった、できるかなあ。カードもなくしちゃって」

「私は本気で池田デッキをメタるつもりで来ました。こっちの友人二人は全然弱いのです。カウントもできない」

「いきなりディスんなよ。五十枚も百枚も覚えられるお前がおかしいんだよ」

楓が白けた顔をする。

「はは、カウントなんかもうぼくもできないよ。クイーンの座、君に譲ることになるんじゃないかな。ぼくが九代で最後だから君は十代？」

「気弱なことを。本気で来てください、私はまだ人間相手に本気を出したことがない」

「人間相手って、ヴィッカースＡＩでもいるの？　アプリ作ってる人がいるとか？　……池田デッキはぼくのとは違うんだよなあ。ちょっといじるよ」

雷塚は十数分かけてバインダーからカードを引っ張り出して確認し、まとめ直す。市子は人喰い妖怪クリームヒルトの話など少しもしなかった。

ファミレスのテーブルにダイスが転がる。

「アウトブレイク」

「アウトブレイク」

きっと雷塚には見えていないが、鈴鹿が鎧兜《よろいかぶと》の姿になり、刀を抜き放って気合いを入れる。

「いざ尋常に勝負！」

市子は軽く頭を下げた。

「〝白雉の城〟の城主、ワルキューレ・鈴鹿御前が主、出屋敷市子、先攻です」

「あ、今の子はそんなの言うの？」

「プレイヤーは鳥の名前の城を持つ城主という決まりになっています」

「へえ……じゃ〝白鳥の城〟の城主、ワルキューレ・ブリュンヒルデが主、雷塚正津、後攻です」

火雷対池田のときと同じく。それは静かな勝負だった。

火雷対池田のときとは違って。それは８ターンであっさり終わった。

「ああ、やっぱり年単位でやってないともう全然わからない」

雷塚は頭を掻き、カード束をテーブルに置いた。

「大学生の頃は脳細胞が活発だったんだなあ。ごめん、手を抜いたんじゃなくてもう本当に忘れてて」

「いやー、イッチーアホみたいに強いからお兄さんこそ気にしないで。誰とやってもこんなもんだから」

と楓は手を振るが――彼女は火雷対池田の勝負を見ていないからそんなことが言えるのだ。火雷は歯を食い縛り、袖を握り締め、眉間に皺を寄せて池田と戦ったのに市子と雷塚はどちらもそれほど悩んでいる様子はなかった。

てっきり市子は「本気でやれ」と怒るかと思ったが――

「無理を言ってすみませんでした」

軽く頭を下げた。

「でも、私は十代目クイーンにはなれません。クイーンでない今の貴方からクイーンの座をいただくわけにはいきません」

「手厳しいなあ」

「これは貴方のゲームではない。私たちのものだ」

「――そうだね。そうかも」

――きっと雷塚はひどいことを言われたと思っただろう。

だがそうではない。


「……あのさあいっちゃん。ああいうのアウティングって言うんだよ。お前女装趣味だろとか赤の他人が言うの、セクハラなんだよ」

「もう教えられることはない、ごめん」と雷塚は一人ファミレスを出ていって。彼の方はそこまで気を悪くした風ではなかったが、念のため私は市子の肩を指先で突ついた。

「人の命がかかっているのにセクハラだの個人情報だの言っている場合か。一刻も早く網倉輪湖と榛名心乃美を助けなければならないのに」

「そりゃそうなんだけどさ、遠慮がなさすぎるよ」

「遠慮ではなく余裕がない」

ついでに言えば気迫もない。行きの電車ではあんなにやる気満々だったのに、市子は声に勢いがなく気落ちしているようだった。体調がいよいよ悪い、だけではなさそうだ。

「――芹香、見たか」

「え、何を？」

「ブリュンヒルデだ」

私は店の玄関を見た。雷塚はおろか精算していた従業員すらもうおらず、レジカウンターにお得なポイントカードの広告と安っぽいおもちゃが並んでいるばっかりだ。

「……見えなかったよ」

布を巻いた妖精は、楓のジークルーネだけ。市子の鈴鹿は十二単なので数えていいのかどうか。

「私もだ」

市子はジュースのグラスを握り締め、陰鬱《いんうつ》につぶやいた。

「池田と話したとき、何か入ってきた。女だったような気もするしそうでなかったような気も」

「あのとき変だったの取り憑かれてたってこと？」

確かに池田は「雷塚君」と呼んだが――

「雷塚さん、生きてるのにいっちゃんに取り憑くってどういうこと？」

「八島には昔から〝生き霊〟というものが存在するので人間として生きていても死霊と同じように祟る」

「ええっと幽体離脱とかして？」

「そうだな、六条御息所《ろくじょうのみやすんどころ》は眠っている間に生き霊となり、起きたら戻っていた」

「……じゃああの人をとっちめてお経とか読んだら解決する話だったんじゃないの？　何でゲームしただけで帰しちゃったの？」

「私もとっちめるつもりでいた。だが私に取り憑いていたものなど彼の中にはいなかった。――頑張って探したのだが、そんなものはいなかったのだ。ヴィッカースをすれば出てくるかと思ったのに出てこなかった」

市子は肘《ひじ》をつき、右手を目許に当てた。また気分でも悪いのかと思ったが、背中が震えてる。

「間違いなく彼だったのに、もういなかった」

「いっちゃん？」

もしかして。

「自分で切って捨ててしまったのだ。耐えられなくなったのか。なくしたのではなく自分で捨てたのだ。そのままでは生きていけないから――あの男、池田が好きだったのだろう」

「……だからさあ。女装イコールそっちの趣味ってて思うのはセクハラなんだってば」

「あの男の魂は欠けていた。あんなに、あんなに好きだったのにもうひとかけらも残っていない！　私はあのとき見たのに！」

多分、市子は。

泣いていた。

「あれは確かに雷塚だったが、もう雷塚ではない。捨てられてカードを持ってさまよううちに妖力を得て人ではなくなった。――ブリュンヒルデというのは、愛する男に死なれて自分も死ぬしか選べなかった女の名だ。そんなものをいつまでも名乗るのはつらすぎる。他の男の子を産み、剣を取り、生き続けるのはクリームヒルトだ。前向きに生きるには名前を変えるしかなかった。だがこの名にも呪《のろ》いがかかっている。――復讐《ふくしゅう》せずにはおれない。子を育てて生きればいいのに、死んだ男のために戦いを起こして血を流すという呪いが。それが我が子でも全く関係のない人間でも、とにかく戦わせて血を流したい。一人でも多く巻き込んで殺したい。そうして二週間に一人のペースで少女から戦いと願いと霊力とを搾取するおぞましいものに成り果てた。人喰いにまで育ててしまったのは網倉輪湖だったが、その前からもう救われなかった」

楓が、片肘をついたままつぶやく。

「ヴィッカースは男しかプレイヤーがいなかったのに何で城主は女なん？」

「さあ、雷塚がなりたくてもなれなかったものへの嫉妬《しっと》なのか、池田が生きているうちに遊んでくれなかった少女たちへの復讐なのか。――あれの寂しさは、どれだけゲームバトルを捧げられても満たされることがない」

「美姫《クリームヒルト》は血を欲す」

雷塚の座っていた席に史郎坊がいて、勝手にコーヒーを飲んでいた。

「問題は四つじゃ」

史郎坊が指を四本立てた。その隣で、椅子を持ってきた毛野がせっせと物も言わずにカードを並べ直している。

「一つ、現在の城主を全員七敗リタイヤさせゲームから追い払っても網倉輪湖は救えない。二つ、七勝してクイーン戦に挑み、勝ってしまうと、網倉輪湖は解放されるとして今度は勝った者がクイーンになってしまう」

順に指を折っていく。

「宮がうっかり憑かれてしまうと誰も勝てない最強のクイーンが爆誕してしまい、クリームヒルトはいよいよやりたい放題。これまでの少女のものとは比べものにならぬ莫大な福徳と霊力で何をしでかすかわからん」

「いっ、ちゃんいは勝ちすぎちゃダメ、な、ん、だ」

「うむ。そして三つ、一刻も早くことを解決せねばクイーンは代替わりして網倉輪湖より強くなる。代替わりせねば網倉輪湖の負担が増す。手をこまねいている暇はありませぬ」

「……ぐずぐずしていると榛名心乃美がクイーンになってしまうかもしれない。その娘を早く負かしてやらなければならない。クイーンになり母を蘇らせた代償に、本当に死んでしまうかもしれない」

市子は唇を噛んだ。

「母がいないのはつらいだろう。不憫《ふびん》だ。しかしいなければいないで生きていくことはできる。自分の命で贖ってまで取り戻さなければならないものではないし、誰も望んではいない。寂しくても、母なしで生きていく運命を受け容れなければならない。雷塚が池田を忘れて生きることを選んだように」

——出屋敷市子にも母はいない。

「そして最後の四つ。——宮は魔術勝負ではクリームヒルトに勝てぬ。死穢で弱っておられる上に、おビビりあそばしている」

その敬語はそれでいいの？

「天上天下唯我独尊のイッチーに怖いもんなんかあったのかよ？」

「というか、半端に憑かれたせいで怖くなった。私は向こうの事情を見たが、向こうも私の手の内を全て見透している、そんな気がする」

「どちらかと言うと宮が苦手意識を抱いているから勝てるものも勝てぬという感じじゃなあ。魔術勝負というのはテンション、気合いの問題なんじゃや」

「正体など知らなければよかった。どこから来たかわからないモノのままの方が戦えた。うっかり私が自分で化生転身トリガーを引いてしまった」

「転身前の方がステータスは低かったでしょうなあ」

「化生転身ってそれ、ゲームじゃない」

「これは徹頭徹尾ゲームの話だ」

「よくわかんないけどクリームヒルトがさっきの雷塚さんの生き霊なら雷塚さんを成仏させるっつーわけにいかないの？　別物って言っても向こうからアクセスして何とかできないわけ？」

　紅茶を飲んで楓が言う。生きている人を成仏させせるって何か変。だが市子は首を横に振った。

「それは嫌だ」

「嫌って、好き嫌いなのかよ」

「再びクリームヒルトと融合したら、悲しいのを思い出してしまうだろうが。雷塚は悪いことをしたわけではない。生きるために努力をして忘れた。普通、カードゲームが化け物になったりはしない。きっとおかしな偶然が重なった。何も悪くないのに、お前のせいで少女が不幸になっているから何とかしろなんて言いたくない」

「そう、好き嫌いなのですよ」

　狐が笑った。

　助六は市子の膝の上にちょこんと座り、市子の顔の匂いを嗅いでいる。

「榛名心乃美を助けて差し上げればよいではありませんか。先日の池田の霊を呼び出し、クリームヒルトと娶《めあわ》せてまとめて霊界に送りつければ万事解決です。生き霊を切り離せば雷塚は多少寝込んだりするでしょうが、穂谷沙妃ほどの重症にはなりませんよ。本人に責任を取らせればいいのです」

市子は鼻白み、助六の顔を押しやる。

「馬鹿な。池田はどうなる。輪廻転生先まで決まっているのに、そんなものを背負ったら冥府のお裁きがやり直しになる。人道に転生できなくなるかもしれないぞ」

「既に死んだものなどどうでもよいではありませんか。生きた人間のためです。死人は人ではないですよ。もう弔われているのだから死者の尊厳という次元ですらありません」

実にあっさりと助六は言い放った。

「先ほどから聞いていればあれは嫌これは嫌、駄々っ子のようでいらっしゃる。ぐずっていればそのうち火雷や毛野辺りが御心を忖度してくれるとお思いなのですか？　手下がたくさんいるから誰か何とかしてくれる？　生きている榛名心乃美のためなら死んだ池田や雷塚の生き霊を犠牲にするのもやむなし、とはお考えにはならないのですか？　亡き母を慕う童女、健気ではありませんか、不憫ではありませんか。雷塚も池田も何も悪くないとおっしゃいますが、榛名心乃美だって何も悪くはないではないですか」

狐は獣らしからぬ、にやにやした笑みを浮かべているように見えた。

「要は池田と雷塚がお気に召したので出会ったこともなく優先順位の低い榛名心乃美は辛抱が足りない、自力で我慢せよということですね。宮は御自らが母御のない寂しさつらさに耐えていらしたので我慢一つできない榛名心乃美は志もなく助けるに値しないものと思っていらっしゃるのでは？　我々にとって心根の清い乙女の涙は宝玉にも等しく尊いものですが、宮は御身が心根の清い乙女であられるので然程《さほど》尊いとはお思いにならないと」

市子は、目を見開いたまま何も返事ができない。

そこに助六が畳みかける。

「本当に大切なものは何です？　人命ですか、宮の御心ですか」

――答えたのは、市子ではなかった。

「じゃ、あたしが特訓して榛名心乃美に勝つしかないんじゃゃん」

うんざりした顔で、楓がティーカップをソーサーに置いた。

「あたしあんま霊感とかないんでしょ？　あたしがクイーンになったらへボい感じにならない？　あたしに取り憑いたところをイッチーと愉快な仲間たちでボコればいいんじゃね？」

「――楓、いいのか」

「いいも悪いもそれしかないんでしょ？」

「憑坐《よりまし》になるのは、苦しいぞ。手加減できないかもしれない」

「ヒゲデブのおっさんのスパルタ特訓よりマシ。てかあたしもうかなり犠牲になってるし、これ以上増えたらまずいことでもあんのかって感じ。てかイッチーが一人で暴れて血へド吐くよりそっちの方がマシなんだよ、お前他人の迷惑なんだよ自覚しろ」

楓は手を伸ばして市子の鼻をつまんだ。

「てかさー。終わったらやっぱお前、あたしに二万円のバッグおごれ。働いてた頃の貯金あんでしょ？」

「……検討する」

市子はばつが悪そうに肩をすくめた。

出屋敷市子にしては最大限の譲歩だった。

5

――囲碁はいい。白か黒しかない。将棋は味方が敵になることがあるが碁石は色が変わったりなどしない。悩む余地がない。

物を言わなくていいのも囲碁のいいところだ。ヴィッカースはいちいちカードを読み上げ、ターンエンドを宣誓しなければならない。ぱちぱちと石を弾く音だけが響く。

火雷は決して指導碁を打たないのでどうせ勝てないのはわかっている。なので、全力で殴り抜く。守ったって無駄なので、攻め込む。サンドバッグ、あるいは壁打ちだ。

だのに今日はサンドバッグが口を利く。

「荒れておいでですな、宮」

「そうか？」

「鋭いが隙が多い。心の乱れが手筋に出ております」

火雷が白石を置いた。——やられた。やられるのはわかっていたが、思っていたより手ひどく。

諦めて、市子は行儀悪く足を崩して後ろに手を突き、天井を仰いだ。いつも見ている自室の天井。木目の形もそろそろ覚えた。

「……母のない子に親切にしない私は非情か」

「さて。宮には母御の代わりに我らがおりますから」

火雷は笏で左手を叩いた。見なくても音でわかる。

「このようなむくつけき髭男が母の代わりというのも片腹痛いのでしょうな」

「見た目以前にお前が親のように優しかったことなどない。大雅さんはとても優しい」

「乃公が道真公の墓所を出て宮の許に馳せ参じたのは甘やかすためにあらず。宮は、乃公が手加減せぬのはさぞご不快でしたでしょうが、指導碁など毛野や溝越が打てばよい」

「お前はそう言うと思っていた」

火雷が市子を甘やかさないのは昔からだ。五歳の頃からこの男はこんな風で怖かった。少しも笑わないのでいつだって叱られているようだし怯えずに口が利けるようになったのはほんの二、三年前だ。

「助六の言いようもある側面では正しい。しかし宮は、それこそご学友を称する無礼不作法な猪娘などに比べれば多少聡明であらせられるが、所詮囲碁で乃公に勝つこともできぬ愚かな人の子の一人に過ぎぬことは存じております。一つくらい誤ったところで何が変わると言うのです。無粋はお諫《いさ》めするが君主が非情で何が悪い」

——菅原道真は非情な君主に左遷されたのを恨んで祟ったのだと思っていたが、何か間違っていただろうか。

「本当にお前という奴は」

「非理法権天《ひりほうけんてん》と誰かがぬかしましたな、笑わせる。火雷天神はあらゆる因果を超えて天子の頭上にすら雷を落としましょう。乃公が正しいからではなく乃公が祟る神ゆえに。人の子がどんな目に遭おうが知ったことではない。この世に正しいのは、この碁盤に置いた目のみ。御心のままになさいませ。何を選んだところで大して変わりはありませぬ。どうしたところで人は人を恨み、人喰い妖怪は人を殺める」

「確かに、お前に比べれば私の方が穏やかで礼節を弁えて善良でまだしもまともなような気がし始めた。お前は天狗以上に傲慢《ごうまん》だぞ、鈍牛め」

「菅公の使いが奥ゆかしくて誰が褒めてくれるのです。牛はどっしりとかさばるもの」

「それにしてももう少し隅に避けていろ。だから太宰府に避けられるのだ」

「既に太宰府にいる身の上なれば、遠慮無用ということでございましょう」

「次があるなら沖ノ島にでも流されてしまえ。お前を見ていると菅公本人は奥ゆかしい人格者なのではないかと思う。——毛野は私のために憎まれ役を買ってくれているが、お前はもとからそれというのは生きづらいのではないか。皆、お前の能力を信頼しているが、人徳抜きで能力だけで信頼を勝ち得るというのは気遣い媚《こ》びへつらうよりしんどそうだ」

「何をおっしゃる。この火雷、至誠を貫き嘘偽りは決して申さぬ。無用の争いを避け、和を以《もっ》て貴しとなす。人徳に溢れておりますぞ」

「それが本音だと言うのがすごい」

機嫌で祟って天子に雷を落とすくせに何が和を以て貴しとなす、だ。ため息が出る。

「私はやはり他人に恨まれたくないしそのためなら

多少リップサービスの一つもしようかなと思う。うん。他人によく思われたいな、私は。お前に比べて度量が小さいが仕方がない。お前の真似はできない」

「当然にございます。度量と申しますが至誠もこの碁も、相手あってのもの。至誠の通じぬ相手に親切にしてやる義理はなく、宮は我が至誠を汲んでくれるお方と思っております」

「本当だろうか。——沖ノ島か」

少し、思い当たることがあった。

「火雷、お前から見て至誠の通じない奴がこの辺りにいるか？」

「そんなことを申してよいのですか」

「今更何か取り繕うつもりか」

「それもそうです」

火雷の答えを聞き、市子はうなずいた。

「よし。呼んでこい」

そして火雷が退出し、代わりに〝至誠の通じない奴〟が入ってきて跪《ひざまず》いた。

「お召しとうかがいました」

「うん。——お前、仲間を殺せると聞いたが」

不穏な問いに、その者は犬歯を見せて笑った。

「ご冗談を。ここに仲間などおりません。宮がいらっしゃるだけです。友達を作りに参ったのではありません。親兄弟や友達のために寄り集まった有象無象が自分たちばかりで盛り上がり、至尊《しそん》の冠を戴《いただ》くお方を神輿《みこし》の如く担ぎ上げておきながら幼いと侮り蔑《ないがし》ろにするようなことは決して許されません。そのような遊び半分の連中に冷や水を浴びせ秩序と礼節を正すのがまことの臣の役目でございます。和気藹々《あいあい》妖怪サークルの空気など読まずにクラッシュするのが臣の役目でございます。そういえば下賤《げせん》の妖怪変化の分際で君主を侮り、出すぎた口を利いた輩がおりますね？　誅《ちゅう》しますか？」

「今はあれの話はやめろ、あれで使い道がある。——随分私に入れ込むのだな、契約があるわけでもないのに」

「宮が宮でいらっしゃる、この身はそれだけで十分にございます。そのために参りました。臣は何でもいたしますよ。結果、国が乱れることになってもまあ、致し方がないでしょう」

「恐ろしいことを」

「至尊のお方とはそうしたものです。宮のために国土があって逆ではないのですから。国土も人命も大したことではございませんよ。そのような些事《さじ》に御心を痛めるなど勿体ない。どうぞ全て臣にお任せくださいませ」

市子はもはや呆れるばかりだ。本当に何から何まで火雷とは違いすぎる。耳も脳も蕩《とろ》かす言葉。何がよくて何が悪いのか価値観が揺らぐ。人命が大したことではないと言われてしまうと。

「全くもって君側《くんそく》の奸《かん》の言い草だな」

「お褒めに与り光栄至極にございます」

悪口を言ったつもりだったのに、にっこりと微笑まれた。大した毒薬だ。

昔から帝王や王族は毒を使うのに長けていなければならないものだ。

「——準備があるのか？」

「ここに。あの男のおかげで大体仕上がりましたが、後、宮に少うし御手を入れていただければより完璧になるかと」

両手を広げる。畳にカードが並んだ。

「〝神鴉《おがらす》の城〟にございます」

——そこで市子が見たものは実に美しく。

実に馬鹿げた妄想の産物としか言いようがない。

＊＊＊

子供の頃に買ってもらったドールハウス。ずっと棚に置いていた、これがワルキューレの身体の大きさにぴったりだった。

流石に人形のドレスに着替えるのは嫌がったが、ジークルーネはパンのかけらとシチューを一口分食べ、洗面器のお湯に浸かって身体を洗い、ドールハウスのソファーに腰かけてくつろいでいた。五年くらい前まで夢に見ていたような生活だ。妖精のお姫様が魔法の世界に誘ってくれるというのは。

いや、今だって夢のようだ。

「クリームヒルトとかいうのを倒したらあんたも死んじゃうのかなあ」

楓はぽつりとつぶやいた。ジークルーネが気遣うように見上げる。

「気にしないでください。元々、ワルキューレは二週間ほどで城主を替えるのです。——ジークルーネは城主の皆様がクイーンになり、願いを叶えれば人間にとっても世の中がよくなるものと信じていましたが、そうではなかったのですね。こんなことに巻き込んでしまって——」

少し寂しげな顔をするので、楓は頭を指先で撫でてやる。

「あんたのせいじゃないよ。オヤはオヤ、あんたはあんただ。いろいろあるけどあたしがあんたを嫌いになる理由はないよ。だってゲーム、楽しいし」

口に出して実感した。そうだ。理由はそれだけでいい。

「カードゲームって楽しいんだね。あたし、トランプしか知らなかったよ。あんたのオヤも大概だけど、ゲームつまんなくしてたのほとんど人間だったし。あんたが気にすることは何もない。——それよりあんたがいなくなるのが寂しいよ」

「ジークルーネにはそのお言葉だけで十分です」

カードの妖精、戦乙女が破顔する。この世のしがらみなど何もない、カードゲームのことしか知らない無邪気な笑顔。

小さな手が楓の指に触れる。おもちゃのようだけど暖かくて少しくすぐったい。

「楓様には素晴らしいお友達がいます。寂しいことなど何もありません」

「寂しいよ、あたし欲張りだから」

——永遠にこのままでいられたらどんなにいいか。

やっぱりゲームなんてろくなものではない。


榛名心乃美は、いつも一人で学校から帰るのだろうか。それはよくない傾向だと思う。治安的に。

「心乃美ちゃん」

声をかけると、驚いたように振り返った。

「あ。いつかのお姉さん」

不審人物だと思われなくてよかった。

「田口楓だよ。再戦挑みに来た」

「再戦？　あ、ヴィッカースって負けた人には再戦メリットあるんですよね」

よくできました。

楓はカードを出して宣言する。

「アウトブレイク」

「アウトブレイク」

心乃美も応じた。

夜鷹の城はいつも雲の上だ。それは彼女が天上世界に思いを馳せているせいなのだろうか。——少し心が痛む。

「ちょっとお姉さん嫌なこと言うよ。あたし、強くなったから再戦挑みに来たんじゃないんだよね」

「え。……もしかして、わざと負けて勝ちを譲れって奴ですか？」

そういう取引があること自体は知っているのか。

だが楓が持ちかける取引は、もっと悪辣《あくらつ》なのだ。

「違うよ。七敗リタイヤしてほしいんだ。何もかも諦めて、このゲームのことを忘れてほしい」

こんなにひどいことを言うのは生まれて初めてだ。

「このゲームのスポンサーは悪い妖怪であんたの願いは叶わないから、さっさと手を引いてほしいんだ」

6

こんな険しい顔をした小学生を見るのも生まれて

初めてだ。

「……お姉さん。言っていいことと悪いことがあると思うんです」

「うん。あんたが正しい。他人の事情も知らないで、あたしひどい奴だよ。だからあんたには特別に、ゲームであたしをぶちのめす権利をあげよう。あんたがあたしに勝ったら走って逃げな。あたし、追いかけないから」

「意味がわかりません。悪い妖怪って何ですか」

「北欧妖怪クリームヒルト。好きな人が死んだショックでわけわかんなくなって暴れてるんだよ。クイーンになるとそいつに取り憑かれて魂を喰われて、次のクイーンが現れたらポイッと捨てられる。そいつも好きな人に死なれてるから、あんたの願いなんて叶えてくれないよ。絶対に」

「どうしてそんなことわかるんですか」

「霊感の強い友達がいるから」

——うん、ないわ。これはない。

「信じられない！　ひどいこと言わないでください！」

大声を上げる心乃美は耳まで真っ赤だ。さぞ傷ついていることだろう。

「——たとえ悪い妖怪だったとしても、妖怪以外に誰が私の願いを叶えてくれるんですか！　何かほしいとかそんなんじゃないんですよ！」

「そんな願いは叶わない。絶対に」

「うるさい！」

——だから。あたしを殴っていいよ。

あたしは負ける気なんか全然ないけど。

絶対七敗させてやる。

「〝夜鷹の城〟、榛名心乃美様、出陣！」

「〝瑠璃懸巣の城〟、田口楓様、迎撃！」

それぞれのワルキューレが鬨《とき》の声を上げる。先攻は心乃美。

心乃美は椅子に座らず、立ったままでカードを二つひっぱたき、自分でカードを読む。

「〝賢王の号砲〟！　化生転身、〝第六天魔王波《は》旬《じゅん》〟！　城を攻撃、ターンエンド！」

　突如、辺りに耳をつんざくような大砲の音が鳴り響き、空に白い模様が広がる。と同時に、周囲に炎が燃え広がった。

「へ？」

　炎の中に幾人もの、笠《かさ》をかぶった戦国の兵士。皆、火縄銃を持っていて、空に向けてそれを放つ——空に大きな骸骨《がいこつ》の形をした炎が燃え上がった。それが楓の藍色の城に摑みかかる。

　楓は熱くも何ともないが、オレンジの炎が藍色の城を包んでパチパチ燃え上がり、城壁が焦げ始めた。

「ちょ、何これ!?」

「心乃美様は〝賢王の号砲〟のスタートダッシュスキルを使いました。いきなりＡＰ20を得て重たいカードを化生転身できます」

　ジークルーネが淡々と解説し、楓は目を剝いた。

「初手ＡＰ20ってそんなのアリ!?」

「スタートダッシュスキルは先攻後攻を決める際の２ｄ６で６ゾロ、６が二個出たときのみ使用可能です。デッキの中で一枚だけ、カードを設定しておくことで発動します。使い方自体は知っています。楓様のスタートダッシュスキルは〝堅牢の壁〟で５ターンの間ダメージを受けないというものです。スタートダッシュスキルの中でも〝賢王の号砲〟は強すぎて後に下方調整が入りましたが、私たちのヴィッカースでは調整前の設定で使えます。いわゆるチートスキルですね。〝第六天魔王波旬〟には城特効属性があるので瑠璃懸巣の城の残り耐久は５です」

「マッジッかっよ——！　１ターン目で残りライフ５!?」

「マジです。心乃美様には運が向いています、全力で楓様を叩き潰しに来ています。白旗でも上げて許しを乞いますか」

　そう言われて、楓も真顔になった。

「許しを乞うとか、冗談」

「ならどうします？」

「〝ドワーフの職人・バルダフ〟、城ライフ回復！　〝護りの要石《ディフェンスストーン》〟！　ターンエンド！」

楓もカードをひっぱたきながら自分で効果を読み上げる。

命懸けでやらなければ、勝てない。

「そうです。堅実に立て直していきましょう。心乃美様にぶちのめせと言ったのは楓様なのですから」

――こんなときに。

ワルキューレめ、笑っていやがる。

「〝第六天魔王波旬〟、焼き払え！　召喚、〝クリムゾンアイズバハムート〟！　ターンエンド！」

心乃美はどんどん重たいカードで楓の城を殴ってくる。城がみしみし軋《きし》んでもう音を上げそうだ。

これが、戦い。

それでも楓は善戦した。5ターン目にもなると城を立て直した。

40ターン目にもなると、泥仕合。お互い、戦場にはバフとデバフが溢れていて手駒はヘイトスキル持ちだらけで、頑張って召喚したキメラもグリフォンもトラバサミに足を取られたり鉄条網に縛られたりしていてろくすっぽ動けない。

「何で死なないんだよ！　死ね！」

心乃美は顔を真っ赤にして、叫びながらカードを切る。

「死ね、死ね、クソ女！　死ね！」

「死ぬかよ！　こんなところでやられるか！」

楓も汗だくで脳漿《のうしょう》を絞りながらカードを選ぶ。一手ミスればそこで負けだ。紅茶なんか飲んでいる場合ではない。

「リタイヤなんかしない。絶対しないんだから！」

「絶対させてやる！　中学生ナメんな！」

くらくらする。こんなに頭を使ったのは、生まれて初めてではないだろうか。顔からぽたぽた汗が垂れた。

「乳離れしろ、ガキ！」

「余計なお世話だ！　私の気持ちなんかわからないくせに！」

「そっちこそ人の気も知らないで！」

喚きながらカードを殴る。完全に殴り合いだった。

互いのワルキューレだけがにこにこしている異様な光景。

「楽しいか、ジークルーネ、グリムゲルデ！」

「とても！」

戦場を駆け巡り、神々の戦士を選ぶ女神たちは、二人同時に歯を見せて笑った。

「ちなみに今、何ターン目!?」

「53ターンですね」

「やっぱお前ら、なかなか邪悪な妖怪だぜ！」

「そうかもしれませんね！」

「ちっくしょー！」

光の球が新しいカードになる。引きは、どうだ。

今ある手持ちカードは城の回復とバフ。城を回復させて次のチャンスを待つか、何か攻撃カードが引けるか――

果たして。光の球が茶色いカードを形作る。そこに描かれているのは。

雷をまとう、白い竜。

楓はもうカードを拳でぶっ叩いていた。

「〝雷鳴の竜神皇〟！　化生転身！」

続けて、手持ちカードを殴る。

「〝勝利の雄叫び〟！　竜神皇はこのターンに三回攻撃！」

「あっ」

心乃美が気の抜けた声を上げた。

白い巨竜が現れ、咆哮する。雷が空気に走った。

「え、嘘」

心乃美の目から光が消えた。その間にもドラゴンのブレスが心乃美の兵士をまとめて吹き飛ばす――

一回。

二回で、ヘイトスキル持ちのキャラが消える。

三回目。

夜鷹の城に雷が落ちた。城は残りライフが4でボロボロで、かろうじて建っていたのがそれでマイナス1に。がらがらと音を立てて崩れ始める。

ジークルーネの髪に、新しく赤い花が咲いた。

「……やっと終わった……」

楓に勝利の高揚感はなく、汗だくで膝をついた。

心乃美は頭を抱え、悲鳴を上げる。

「嘘！　こんなのない！」

「あったんだよ！」

「やだ！　私、リタイヤしない！　絶対しない！　後六回も負けたりしない！」

悲痛な声。心乃美は、鼻水まで垂らしていた。

「私、絶対リタイヤなんかしないから！」

「スネてんじゃねーよ、約束守れ！」

「約束なんかしてないもん！」

金切り声を上げる。これは、どうしたものか。しかし楓にはもう立ち上がる気力もない――

そのとき。

「心乃美、わがまま言わないの」

優しい声がした。

カードの駒には見えなかった。

それはふわりと髪にパーマをかけた優しげな女性で、背中に大きな白い鳥のような翼を生やし、頭の上にLEDみたいな輪っかを浮かべていた。だが着ているのはセーターにフレアスカートで、天使や悪魔や妖精のようではない。

彼女は女性らしからぬ力で、ひょいと心乃美を抱き上げた。

「お姉さんが困ってるでしょう」

「ママ……」

心乃美の泣き声から力が抜け――

そこで楓はゲーム空間から弾き出された。小学校の近くの交差点。赤信号が青に変わった。

歩道の柵にもたれて、榛名心乃美が眠っている。目から涙の筋がいくつも垂れていたが、その表情は穏やかだ。

「時間を稼ぐだけでよかったのに」

市子の声がした。

振り向くと、相変わらずよろよろして芹香に支えられた市子の姿が。それで何となく察した。

「——え、あれって夢？　幻？　幽霊？」

「全部だ。あの空間では霊感が増幅されるので、天狗どもにこの子の母親の霊を捜して連れてきてもらった。少し話せば気が済むだろう」

「そういうことできるんなら最初っから言えよなー！」

……駄目だ。楓はすっかり腰が抜けてしまって立ち上がれない。ゲーム空間は幻で時間が止まっていても、使った気力は本物だ。

しかしそこで、芹香が冷ややかな顔でコンビニのビニール袋を差し出した。

「カエちゃん、これ何だと思う」

「え、何」

口が縛られていて中が見えない。

「エチケット袋、使用済み。いっちゃん、幽霊一人呼ぶたびにご飯全部吐いちゃうの。さっきは血も出ててすごい怖かったんだから、自分だけひどい目に遭ったとか思わないでよね」

「いや、うっかり鼻血も出てしまっただけで内臓を損傷したわけではない」

……ごめんなさい。大変だったんですね。市子本人より芹香の目が怖い。「苦労したって言ったってカードで遊んでただけのくせに」と言いたげで怖い。

「……でもさあ。イッチー、そういうことできるんなら」

「他の奴も助けてやれと？」

「じゃなくて。何でイッチーって自分の母親捜さないの？　父親しかいないんでしょ？　生きてても死んでても見つかるんじゃないの？」

楓は何気なく言ったが。

市子はふっと力なく笑った。

「私に母などいない」

口調に、諦めのようなものを感じた。

——しばし、幸せに眠る榛名心乃美を見守りつつその辺の自動販売機でジュースなど買って息をついた。楓はビタミン入りのスポーツドリンク、芹香はミルクティー、市子はミネラルウォーター。血糖値を上昇させてやっと人心地ついたが。

「でもこれあたし、この後何人やらなきゃいけないわけ？　あたしこれ四勝目だっけ。後、何人七敗リタイヤさせなきゃいけないの？　ってかクイーン戦勝つ自信もなくなってきたんだけど。なんし疲れた。五十……何ターンやってたんだっけ」

「私も疲れ果てた。今日はもう何もしたくない」

「じゃ誰がクイーンと戦うんだよ。あたしもう振っても粉も出ないわ」

「それはもう決まっている、安心しろ」

市子の〝安心しろ〟は何も安心できないのだが。


ワルキューレの髪に咲いた七つの赤い薔薇。それは、彼女の手に集まって花束になる。

「ワルキューレ・オルトリンデが主が七つの花をもってクイーンに挑みます」

そう唱えると、ゲーム空間に水が満ちてクイーンの城が現れる。黄金の城、ラインの水底。

そこに、網倉輪湖を連れたクリームヒルトが現れる——クリームヒルトが堂々とダイヤと黄金の杖を手に立っているのに対し、輪湖はうつむいて顔を上げない。

「七つの花にかけて、挑戦に応じよう。またオルトリンデか」

クリームヒルトの手に花束が渡る——

「して、挑戦者の名は」

「はい」

オルトリンデは——彼女もどんよりとうつむいたまま、低くつぶやいた。

「〝神鴉の城〟城主、安芸一《あきいち》の宮《みや》・厳島神社が御使い毛野様にございます」

7

ラインの大河が溢れるのは途中で止まり、塩気を帯びて波が白く濁る。バトルフィールドは海上になった。浅瀬にそびえる真っ赤な大鳥居。そして海に張り出した木の社殿。平安の社。

それが彼女の――彼の城。

「はぁい、安芸一の宮の毛野にございますぅ♥ 毛野は今様の二・五次元にも通じておりますれば、オタクなカードゲームは我が領分でございますよぉ♥ 全てが理詰めの完全情報ゲームは火雷に一日《いちじつ》の長《ちょう》があるのでしょうが古来〝賀茂川《かもがわ》の水、双六の賽、山法師〟と申しまして、運否天賦《うんぷてんぷ》の不完全情報ゲームではこの毛野も負けておられませぇん♥」

能舞台に現れたのは。――長い髪をツインテールに結って、フリルひらひらのゴスロリブラウスと真っ赤なミニスカートにニーソックスまでバリッと着こなしてエナメルの靴を履き、メイクも決めている毛野。いつものまろ眉ではなく細く眉を描いてほおにラメ入りのチークを刷《は》き、付け睫毛《まつげ》にマスカラも盛ってグロスで唇をぷるぷるにしている。

彼は元々のどぼとけが見えないのだが首元にチョーカーを巻いて「それっぽさ」を演出している。いや、似合っているのだが。彼は線が細くそれほど背が高くなく、最初からそういうキャラだったのかと思うくらい似合っているのだが。

クリームヒルトの声が強張った。

「乙女ではない。どういうことだ、オルトリンデ」

「おやぁ?」

途端。毛野がゲームキャラのシールとホログラム箔をバリバリ貼って「祓い浄めて♥」と書かれたうちわで口許を隠して笑う。

「毛野はこんなに頑張ってジェンダーフリーでいま

すのに、乙女と認めてくださらないとはぁ。悲しいですぅ。生まれついてしまったものは仕方ないではないですかぁ。美しくないと言うのですかぁ。どうしたらいいのですか、そもそも何の権利があって乙女か否かをお前が決めるのですかぁ、うるうるぅ」

　わざとらしくしなを作った後で、恐ろしく冷たい目をした。

「――さて。本当のところをおっしゃい。毛野がぉ前より強くて美しぃから恐ろしぃのだと。真なる神の使わしめを前にして臆病風《おくびょうかぜ》に吹かれたのだと」

　毛野はうちわをクリームヒルトに向け啖呵《たんか》を切る。

「貴様が遊戯の神を気取るならば芸道の神・弁財天《べんざいてん》なる市寸島比売命《いちきしまひめのみこと》が御使いである我と相対するが道理であろう！　安芸一の宮の毛野が相手では不服と申すか！」

　――実は今、彼が着ている衣装はかつてヴィッカース公式大会で雷塚正津が着ていたものそのままなのだ。彼のオリジナルはうちわだけ。インターネットに写真が残っていたのを史郎坊が調べてきた。

　クリームヒルトは彼の対戦を拒めない。この衣装で挑まれて逃げられるはずがない。現にほおを引きつらせて返事もできないでいる。

「乃公が行司を務めよう」

　と城の間に文机を置き、火雷が筆を取る。

「クリームヒルトとやら。夫を亡くし生成《なまな》りになり果てたと聞くが、八島の怨霊、祟り神としては乃公が先達。その怨念、その祟り、天満宮の名代たる乃公が採点してやろう。見せてみよ。八島では祟り神は火雷《ほのいかずち》を操るものだぞ」

　――さて。隅っこの方に市子がしつらえた縁台に緋毛氈を敷いた観客席があって、私や楓はそこから成り行きを見ているわけだが。

「……マジかよ。あの毛野っていつ七勝したの？」

　楓が市子を突っつく。

「それは勿論お前が榛名心乃美と戦っている間に」

「他のプレイヤーを探し出して対戦してたの？」

「いや、私と芹香で」

「……イッチーはともかく、セリィ？」

楓が眉をひそめるのも無理はない。

実は市子は毛野と対戦して、とっくに七敗リタイヤしている。

リタイヤすれば鈴鹿がフリーになるので次は私が彼女の城主になり、毛野と戦って——戦うという名目で適当にカードを触って、七敗リタイヤ。

その次はまた市子が鈴鹿の城主になり——毛野に七勝がつくまで繰り返した。

手順を聞いた楓はドン引きの表情だった。

「……それ、メッチャズルじゃね？」

「メッチャズルだが〝一度城主になって七敗リタイヤした娘は二度と城主になれない〟というルールはなかった。城主をやめて、他の城主を挟んで、次の城主になると相手にまた一勝をつけることができる。ワルキューレが嫌がるだけで、違反ではない」

リタイヤするたびヴィッカースの記憶は消えるが、あらかじめ史郎坊がメモを作っていてそれを読むだけで状況を察する。霊力を吸われてしまう方が問題で、いちいち三輪明神のありがたいお神酒を飲んで回復していた。こうたびたび未成年飲酒するのはどうかと思ったので甘酒にしてもらったが、お腹がたぷたぷだ。絶対太る。

七敗リタイヤする役は史郎坊の組んだ最弱デッキに触れるだけでいいのでカードに習熟している必要すらない。——鈴鹿はともかく、オルトリンデは協力する気になるまでに相当ひどい目に遭ったようだが。何せカードの妖精には人権がない。

「城主候補が三人いてワルキューレが二人いて最大回転させれば、城主候補のうち一人は二時間ほどでクイーン挑戦権を得ることができる」

「マジかよ……」

「人の命がかかっている、遊びではないのだから何でもするとも。他のプレイヤーを探し出して逐一説得する必要などない。クイーンを仕留めれば勝手に正気に戻るだろう、毛野は神獣なので勝っても人間と同じように福徳を奪うことはできない」

「仕留めればばって簡単に言うけど」

楓が口を尖らせたとき。

「6ゾロ！　スタートダッシュスキル〝賢王の号砲〟発動します！」

オルトリンデがハルバードを掲げた。毛野もうちわでカードをはたく。

「〝世界蛇〟化生転身！　敵城を攻撃！」

黄金の城に炎が上がった。――楓が、言いかけた言葉を途中で忘れたらしい。呆然と口を歪め、震える指で毛野を指した。

「な、何、無茶苦茶運いいな？　展開早くね？」

「いいに決まっている、毛野は人間ではなく神の使わしめだぞ」

市子は驚いたようでもなく、助六に勧められて湯呑みで葛湯《くずゆ》をすすった。胃に優しいらしい。

「サイコロに6の目を出せと言えば本当に出るし、引きたいカードを念じれば出る。それが神通力、幸魂奇魂による人智を超えた神の力というものだ」

「人で言ういわゆるリアルラック――儂は確率操作と呼んでおりまする」

「6ゾロと言えど三十六分の一、奇蹟と言うにはあまりにもささやかだ」

「ズ、ズルじゃん！」

楓は愕然《がくぜん》としたようだが、市子は平然としていた。

「神使が神通力を振るうのにズルも何もあるか。これが本当の実力だ、クイーン挑戦権獲得作戦の方がずっとズルだ。普段からやっていると使った分、霊力が減ってしまうので遊びでは手加減していたのだ。私たち相手にも手加減していた。――それが火雷の言うところの〝至誠〟だ。まともにやっていたら人が勝てるはずがない」

史郎坊は葉団扇《はうちわ》で自分の顔をぱたぱた煽いでいる。

「何せ、この方法でポーカーをやったら儂らは互いにロイヤルストレートフラッシュ出し放題じゃぞ。

勝負にならぬ」

「それが、なるのだ。——嫌なら向こうも神通力や霊験や験力や妖術や功徳や福徳で邪魔すればいい、いや、しなければならない。神として力の弱い方が負ける。押し負ければ霊力を使い切って消滅することもある。奴らにとって霊力は、LP。囲碁や将棋のような完全情報ゲームならまた違う展開があるが、神霊同士の不完全情報ゲームは運という名の命の取り合いだ。肉体のある人間同士なら賭けに負けても金をむしられる程度だが、神霊はサイコロ一投、札一枚引くのに命を燃やす。クリームヒルトはこれまで生きた人間からも霊力をむしっていたわけだが——今回は逆に、毛野が自分に有利なカードを引くたびにクリームヒルトの霊力が削れる。終わる前に向こうの霊力が尽きるだろう。この方法で削り殺せば網倉輪湖も傷つかない。少女の命がほしいなら、奴にも同じものを賭けてもらおうではないか。自分の命だ」


「〝ケルベロス〟！」

話の間にも毛野は頭が三つある巨大な魔犬などを召喚し、それが遠慮のない犬のように城壁に齧りついていた。壁にびしびし亀裂《きれつ》が入り、クリームヒルトが血相を変えて振り返るが、彼女にはなすすべもない。市子は平然と葛湯を飲んで話を続ける。

「毛野の方では自分が狙ったカードが必ず出るのだからその前提でデッキを組んでいる。配カードが悪いときにお茶を濁すための捨てカード枠など一枚もなく、五十枚全て出す順番が決まっている」

「そ、それ、ゲームじゃないじゃん」

「そう、同じカードを使っているだけで私たちのやっていたゲームとは似ても似つかない。火雷は逃げられないために間に座っただけで近くで見ていても面白くも何ともないと思うぞ。対人カードゲームでスキルなどで敵をハメて身動きを取れなくして自分ばかり一方的に殴る策を皮肉をこめて〝一人遊び《ソリティア》〟と呼ぶが——これが真のソリティア、人間の不完全情報ゲームでは決してできない立ち回り。このデッキは毛野の霊力を使って回さなければ何の意味もない——命に限りある人の身では到底使いこなせない荒ぶる〝神のデッキ〟だ。二度と見られるものではないぞ。これはゲームではなく神が神を殺す儀式だ」

　見た目には、出てきたカードをうちわで選んでいるだけなのに。

「しばかれてるの俺じゃなくてよかったー……」

　雀が薄寒そうに肩をすくめた。

「リスクがないわけでもないぞ。負ければ毛野も危ない」

「ご冗談を」

　史郎坊は相変わらず葉団扇で自分を煽ぎながら白けた笑みを浮かべる。

「あやつめ、今朝方、地元を駆けずり回って宮島《みやじま》中の摂社末社《せっしゃまっしゃ》から霊力をかき集めてまいりましたぞ。市寸島比売命を始めとした宗像三女神《むなかたさんじょしん》の他、天之忍《あめのおし》穂《ほ》耳命《みみのみこと》などの五皇子、弁財天、大山祇神《おおやまつみのかみ》、三宝《さんぼう》荒神《こうじん》、猿田彦神《さるだひこのかみ》に少彦名神《すくなひこなのかみ》、須佐之男命《すさのおのみこと》、事代《ことしろ》主神《ぬしのかみ》、大物主神《おおものぬしのかみ》、天照大御神《あまてらすおおみかみ》、それに平家《へいけ》一門と豊臣《とよとみ》一族。神としても悪い冗談のような規模の霊力を抱え込んで、福本伸行《ふくもとのぶゆき》の無茶なゲームみたいになっております」

「なるほど、道理で私も見ていて目が潰れそうだ。神鴉舞う宮島の霊脈全て丸ごと持ってきたというわけか」

　市子がおかしそうに声を上げて笑うのは殺気が漂っていて少し怖い。

「神社には一柱《ひとはしら》の神だけが祀られているのではなく、諸国一の宮ともなれば摂社末社を含めて祭神は四十柱、五十柱にもなる。神使は主祭神に仕えているように見えるが、社を通じてその全てとつながっている。社を経て顕現した使わしめとは、神そのものですらない化け物だ。毛野は千四百年、奈良時代から安芸一の宮、厳島の神域を守ってきた狛犬の末裔《まつえい》。見た目の愛想がいいだけで人間には理解することもできない神獣だ。存在の構造が違う。天狗は昇仙に近いと言ってもあれに殴られたら死ぬぞ」

　今度は毛野の操るグリフォンが鉤爪を振るい、嘴《くちばし》で側塔をもぎ取った。

「廃課金で残機無限のチート無敵モードじゃ。対人TCGでそんな無法が許されるとは、儂も無茶苦茶じゃと思いますぞ。親戚から借りた金でギャンブルをするようなもので、クソ度胸ですな」

「度胸結構、真剣勝負だ。まああれが負けそうなら私の福徳も貸してやろう、主の務めだ」

「初手6ゾロはたった三十六分の一じゃがその後も五十枚から定めた順番に狙ったカードを引くのは累積して天文学的確率となって、宮島の霊脈と言えど恐ろしい勢いで使っておりますが。もはや数字では無く仏教用語です。計算するだけで儂も霊体脳が灼けそうじゃ」

「常に確率は一分の一だ、神の力があればな」

「イッチー、あいつに勝てなくて悩んでたんじゃなかったっけ？」

「毛野が勝てばいい。――流石にここまでするのは気が咎めたので他に何かないかと思ったのだが」

　――あ。いっちゃんもこれはズルいしみっともないと思ってたんですね、はい。

「しかし人命を助けなければならないのだから私の些細《ささい》な矜持《きょうじ》やこだわりなど捨て、手下に命を懸けさせることにした。忖度させたら負けと助六が煽ってきたが気にするものか。あいつはときどき私に厭《いや》味《み》を言って反応を楽しんでいるふしがある。真に受けてうだうだ悩んで取り返しのつかないことになったらそれこそ負けだ。毛野は狛犬、人間が奉らなければそんなものは生まれなかったのだから人間の力だ」

　何言ってるの、これ。

「対人では火雷ばかり前に出ていたが陰で毛野は〝対神霊メタデッキ〟を作り込んでいた。私がやれと命じたのは昨日だがその前からこのつもりで研究してデッキを組んでいたらしい、私があいつのデッキを使うはずがないと踏んで。池田が火雷を倒したとき大層興奮してデッキを大幅に作り替えたとか。あれは神使を仲間だとは思っていないので話の展開次第で火雷をこの方法で刺すくらいの準備をしていたようだ。結局刺すのはクリームヒルトとなったが、相手が池田級の使い手でも血祭りに上げられるように念入りに、私が見た雷塚の記憶から池田メタデッキまで研究して取り入れた」

「仲間と思ってないってさらりと何を」

「あれは君主の犬なので、私のためならよその神仏を殺して八島に妖怪大戦争を巻き起こしてもいい、それで人が死んでも君主はそういうものだから気にするなと言ったぞ」

「あいつ絶対本気だ……」

雀が耳まで青くなり、史郎坊も気まずげに頭を掻いている。

「毛野ならやりかねん」

「絶対あいつここで使わなかったらあれ俺に使ってましたって、火雷じゃねえよ俺を刺す気だったよ、絶対あいつとカードやらねえ。カードゲームのふりをした進藤塾の煉獄じゃねえか」

「厳島のそれは初手6ゾロから始まる、最強のゲームとは何か——宮、ここで毛野を手札として切ったのは全然やりすぎではなかったようですぞ……命拾いした者が多いかと……」

「真面目にやってられるか、妖怪変化め！」

雀が吐き捨てた途端、

「つまりはそういうことだ。——こんなこと、真面目にやっていられるか！　人喰い妖怪ゲームと戦うとか毛野が一人でやれ！　何がソリティアだ、ゲームを何だと思っている！　人を馬鹿にするのもいい加減にしろ！」

市子も真顔になった。——この一件で、初めて市子の人間的な言葉を聞いたような気がする。

——ついに尖塔が崩壊し、クリームヒルトが声にならない悲鳴を上げた。空間が音を立てて軋み、世界が崩れ始める。

「それに奴には決定的な隙があった」

「隙？」

「〝このヴィッカース〟においてクイーンは挑戦者に勝つ必要がない。あれは挑戦者が憑坐として魅力的な少女なら適当に負けていれば新たな器と霊力と福徳が手に入るので、勝つための努力など少しもしてこなかった。福徳以前にあれは負ける専門のデッキ。奴は少女たちには七回勝利しろなどと言いながら、自分では戦いを見て嘲笑《あざわら》うばかりだった。だから本当に勝たなければいけない局面で力が出せない。毛野に勝る霊力を乗せてもあれでは無理だ。毛野や私が卑怯者だから負けるのではない。自分自身に負けるのだ」

　クリームヒルトの身体から鎧が弾け飛んだ。身体にはまだ布が絡みついていたがその肌にはヒビが入っていき、黒く体液が流れ出す。

　彼女が身体をねじり、悶《もだ》え苦しんでいるというのに。相変わらず市子は葛湯を飲んで息をついていたりするのだった。

「――そもそもこのゲームは一対一ではない、カードを手にする前からプレイヤー同士で同盟を組んで戦略を練らなければならない。籠城《ろうじょう》していれば外堀を埋められていた、などということもある。クイーンとて同じことだ。城主で同盟を組んで皆で最も強い一人を補佐して、ぼんやりしているクイーンを取り囲んで殴ってもいいのだ。ヘイト管理ができていなければ、軍勢の頭を飛び越えていきなり城に突撃するのがこのゲームの本質だ」

　このゲームをやったことがない私にはぴんと来ないが、それが〝メタ戦略〟というものらしかった。

「そいつは楓が汗水垂らして、泣いている榛名心乃美と必死で殴り合うのを一人、高みから見て笑っていたのだ。今度は私たちが無様な姿を見て笑う番だ。このゲームの真の恐ろしさを教えてやる。――七つのヴェールの踊りはこの世にまたとなき預言者ヨカナーンの首をかけるからこそ美しい。このデッキが美しいのは貴様の命が燃えるからだ。貴様が追い詰めたからこちらもなりふりかまわないのだ。我々は窮鼠《きゅうそ》などではなく天神地祇《てんじんちぎ》の加護を持つ者。子供の遊びではない、命懸けのゲームというものをその身に刻め！」

市子の剣幕が怖くて、私の方が身をすくめてしまった。全然笑えない。怖い。

「……それにしたって、やるか、普通」

楓も声にドン引きの気配を漂わせている。

「榛名心乃美は人間だった。その心は人間が慰めてやらなければならないが——クリームヒルトはもう人間ではない、なら人間でないものが取り囲んでリンチしてしまえばいい。私の至誠は生憎さっきので品切れだ。八島で妖怪変化をやるなら近所づき合いも根回しも大切だぞ。七敗負け抜けより恐ろしい〝出る杭は打たれる〟というルールがある。空気を読まずに好き勝手している奴にはこういう末路が待っている」

市子は私たちの態度に全然気づかず、目を爛々《らんらん》と輝かせていた。下手くそとカードゲームをしていたときより余程楽しそうだった。

「クリームヒルトを殺すのは簡単だ。押さえつけて首を刎《は》ねればいい」

8

——その日。

ヴィッカース公式大会初代優勝者、エンペラー・田中俊文《としふみ》はおかしな夢を見た。巫女のような赤い袴の女と白髪の男と少年と、お内裏様のような格好の太った髭の男。四人が次々自分にカードゲームを挑んでくる。

しかも、滅茶苦茶しつこい。何度も何度もこのカードの意味は何だ、本当にこのデッキに必要なのか、これはシナジーなのか、そんなコンボがありえるのか、クラスの違うもっとコストの安いカードで代用できるのではないかと問い詰めてくる。

目が醒めたとき、枕許にメモがあった。

『少々借りておった。利子をつけて返す』

ボールペンで書きつけられていて、その隣にはラックに入れていたはずのカードのバインダーが三冊。

ヴィッカースだ。懐かしい。もう何年も触っていない。確か、女の子みたいな子が強くて負かされて。そういえば夢の中でしたカードゲームもヴィッカースだったような気がする。

しかし利子とは？

疑問に思ってバインダーを開くと、一冊目の最後のページに見たことのないカードが三枚。

『レインボーレア』『クイーン』『ワルキューレ：ブリュンヒルデ』『スキル　味方戦場全てのカードにATK＋6』『神の寵愛《ちょうあい》は消え失せた。英雄を待ち、ただ炎の中で眠り続ける一人の女がいるのみ。貴方は英雄か？』

『レインボーレア』『キング』『ジークフリート』『スキル　敵AP－9』『竜殺しの栄誉も過去のこと。英雄は名誉とラインの黄金とともに眠る。死は全てを救済する』

『レインボーレア』『クイーン』『クリームヒルト』『スキル　敵、味方、ともに戦場全てのカードにATK＋7』『復讐、復讐、復讐。流れる血のみが渇きを癒す。いかなる美酒も愛すらも心を満たすことはない。それで、私は何のために戦っていたの？』

……公式サイトにもない。公式の更新はとっくに止まったままなのだが。しかし、公式絵に似ている。クリームヒルト、血にまみれた女王の鬼気迫る表情。涙を流しながら眠る美姫ブリュンヒルデもうつろな目で川に沈むジークフリートも、ネットに上げれば一万や二万RTくらい軽く稼げる素晴らしい出来だ。神々しいほどの解像度。テキストもそれっぽい。

よく見るとヴィッカースの公式ロゴまでついている。同人だとするとまずいレベルだ。一体どこの印刷所がこんな。今どきはカラープリンタでも作れるのか？　海賊版？　偽造カード？

しかも何だこのブッ壊れスキルは。ゲームバランスが崩壊する。二億円札みたいなものだ。誰も真に受けない。

破って捨てようかとも思ったが、田中は、深く考えず見なかったことにした。バインダーをラックに戻す。

それきり。

＊＊＊

——網倉輪湖のカンニング疑惑は呆気なく晴れた。

同級生が彼女を妬《ねた》んで教師にあることないこと吹き込んだのだが、今日になって泣きながら「嘘だった」と謝ったらしい。

何でも夢にものすごく怖い太ったおじさんが出てきて大声で叱りつけてきて、謝らなければならない気分になったのだと。

疑っていた教師たちはそれで掌を返し、友達も皆、遠巻きにしていたのがあっさり「ごめんね」「カンニングとか関係なかったよね」「一緒にお弁当食べよう」なんて。馬鹿馬鹿しい。昨日は近づくのも嫌がったくせに。

ああ、馬鹿馬鹿しい。

前から思っていたが、友達なんか誰もいなかったわけだ。輪湖の成績がよくてダサい陰キャでもないからすり寄ってきていただけ。人は見た目が九割。

——予備校に持っていくノートを整理していたら、はらりとカードが落ちた。思わず拾うと、オタクくさい鎧を着た女の子の絵が描いてある。

『ゴールドレア』『ルーク』『ワルキューレ‥オルトリンデ』『スキル　味方戦場のカード1枚のDEF30%アップ』『オルトリンデは戦いを求めますが、貴方が傷つくのを望んでいるわけではありません。私を信じてもう一歩踏み出してください、どうか』

何だろう。ものすごく大事なものだったような気がする。

でも思い出すことができない。

見ていると何だか、泣きたくなった。

彼女だけが本当の友達だった。

ずっと手許に置いておきたかったはずなのに。

＊　＊　＊

榛名心乃美は母親の写真を持っていない。父親はいつも心乃美の写真ばかり撮っていたからだ。海でも遊園地でも。母の顔は切れてしまっている。母は突然、交通事故で死んでしまった。遺影もなかったそうだ。

母の顔は記憶の中にしかない。

それが、今日。筆入れを開けたとき。

見慣れない黒いカードが出てきた。紋章のようなものが描かれていて、裏に写真があった。

『ゴールドレア』『ビショップ』『ワルキューレ‥グリムゲルデ』『スキル　味方戦場のカード1枚のステータス異常を3回防ぐ』『貴方のことをいつも想っています』

母の写真だった。書き込まれた文章の意味はよくわからなかったが、柔らかく微笑《ほほえ》む髪の長い女性は見間違えようがなかった。

——大丈夫だ。何が起きたってこれがあればどこへだって行ける。そう思えた。

＊＊＊

——悲しい物語だった。

市子は自分のためにバッグを買うのだという設定で父親に貯金を二万円下ろしてもらい、いざショッピングモールに向かったところ。

楓のご執心のバッグは、とうの昔に売れてしまっていた。

「申し訳ありません、色違いならあるんですが。入荷予定もちょっと今のところありません」

頭を下げる店員の前で、楓は床にくずおれた。カーペット風でも土足で歩く場所なのだからあんまり地べたに手をついたりしない方がいいと思う。

「そ、そんな、そんなことってあるかよ……」

「これはどうだ。こっちの方が大きくて荷物が入りそうで使いやすいと思うぞ」

「全ッ然ちげーよセンスねーなお前！　ああああ、やっぱあたしがクイーンに挑戦しとけばよかったー！」

市子が別のバッグを指さすのを斬って捨て、楓は拳で床を叩くのだった。

というわけでこのたびの騒動で市子と楓が得たものと言えば、ヴィッカースのカードが二枚。一枚は烏帽子に和甲冑、三振りの刀に囲まれた女武者。一枚は剣を振り上げた金髪の女戦士。

『ゴールドレア』『ナイト』『鈴鹿御前』『スキル　味方戦場のカード1枚のATK＋10』『これは貴方の剣、貴方の刃。兇賊《きょうぞく》とも鬼とも戦いましょう。敵が妖でも神でも恐れることはありません』

『ゴールドレア』『ナイト』『ワルキューレ：ジークルーネ』『スキル　味方戦場カード1枚のHPを最大回復』『さあともに参りましょう、どこまでも。新たな戦いのために！　貴方とともにいられることが私の喜び。貴方を選んだのは私！』

カードセットの本体は鈴鹿とジークルーネと一緒に消えて失せた。史郎坊がマニアから借りてきたカードは元のところに返したらしい。——本当は戦利品は五枚あったのだが、

「これは生前の池田と雷塚を知る者が持つべきだ。誰か心当たりの者にやってくれ、私設玩具博物館館長とか」

市子が三枚、史郎坊に渡してしまった。

ということで、市子と楓の手許にはこの二枚だけ。二枚だけあってもゲームはできないのだ。五枚あってもできないが。

「あーあ、骨折り損かよ。振り回されたあたしら、バカみたい」

楓はやれやれと立ち上がる。

「私はいつもそういう目に遭っている」

「イッチー、ドMとドS兼ねてるの一人でやってろって感じだわ」

「本当、人の迷惑ちょっとは考えてよね」

「今回のトラブルを拾ってきたのは元々楓だ」

「はいはいあたしが悪うございましたー」

「それにしてもそのゲーム、ゲームとしては面白かったの？」

——全ては終わっていたのに。

私は、言ってはいけないことを言ってしまった。

途端、楓も市子もものすごい笑顔になった——市子が笑うタイミングは他人とズレているものなのに、今日ばかりは楓と双子のようにそれは凄まじい悪鬼羅刹の笑みだった。いや、まさか楓が悪鬼羅刹の笑みになるなんて。

「——そーか、セリィはそういえばやってなかった、そーか」

「今回、私と真面目にゲームをしてくれた人間が全然いない。火雷は全力で池田に負けて完全燃焼したのに、私の方は誰も彼も弱くて面白くなかった。そういえば楓ともやっていなかったな」

「いやいや絶対あたしよりセリィのが頭いいからうまいって」

「どうだろうな、楓は何だかんだ胆力がある。不完全情報ゲームでは重要な要素だ」

「褒めても何にも出ないぞー」

――あの。何で二人とも私の腕を両側で組んで離さないの。連行みたいなんだけど。

「だいじょーぶだいじょーぶ優しく教えるから。あたしはあのスパルタクソオヤジどもと全然違うから」

「私もあれらと違って親切で気遣いのできる人間であろうと心がけている」

「カ、カードは元あった場所に返したんだよね?」

私は一生懸命抵抗したが、

「また借りてくればいい」

「この上、二、三日延滞したからってどーなんだよ。現役JCが使ってるとか知ったら持ち主、泣いて喜ぶぜ」

「スライムデッキはつまらない。種の割れた手品など見ても仕方がないから、どうしてくれような」

「イッチーおっそろしーい! やっぱ鈍牛の弟子だなー!」

「お前もだ。――怖いことなど何もないぞ、何も賭けてはいないのだから。ただの楽しいカードゲームだ。ゲームとは本来そうしたものだ」

あれよあれよという間に二人がかりでコメダ珈琲に連行された。その後のことはあまり語りたくない。

――いつもの日曜日。中学生らしい、特に何でもない日。

■この作品はフィクションです。登場する人物、団体は、実在するいかなる個人、団体とも関係ありません。
■本書は、書下ろしです。

参考文献

『鑑賞日本古典文学 第20巻 仏教文学』五来重／編　角川書店
『道教秘伝 霊符の呪法』大宮司朗／著　学習研究社
『ニーベルングの指環 対訳台本――ライトモチーフ譜例付』
リヒャルト・ワーグナー／著　天野晶吉／訳　新書館
『ニーベルンゲンの歌 前編』石川栄作／訳　筑摩書房
『ニーベルンゲンの歌 後編』石川栄作／訳　筑摩書房
『仏教の歴史〈7〉普遍への目覚め――聖徳太子・最澄・空海』ひろさちや／著　春秋社
『新約聖書福音書』塚本虎二／訳　岩波書店
『沈黙』遠藤周作／著　新潮社

N.D.C.913　268p　18cm

定価はカバーに
表示してあります

レベル95少女《しょうじょ》の試練《しれん》と挫折《ざせつ》

二〇一八年十一月六日　第一刷発行

KODANSHA NOVELS

著者—汀《みぎわ》 こるもの

発行者—渡瀬昌彦
発行所—株式会社講談社
東京都文京区音羽二-一二-二一
郵便番号一一二-八〇〇一
編集 〇三-五三九五-三五〇六
販売 〇三-五三九五-五八一七
業務 〇三-五三九五-三六一五
本文データ制作—凸版印刷株式会社
印刷所—凸版印刷株式会社　製本所—株式会社若林製本工場

ISBN978-4-06-513653-9

KODANSHA NOVELS 講談社ノベルス

悪徳銘探偵参上!
新装版 翼ある闇 メルカトル鮎最後の事件 麻耶雄嵩

神業ミステリー
神様ゲーム 麻耶雄嵩

パワースポット小説登場!
聖地巡礼 真梨幸子《まりゆきこ》

「イヤミス」の決定版!
プライベートフィクション 真梨幸子

第44回メフィスト賞受賞作
琅邪《ろうや》の鬼 丸山天寿

中国歴史奇想ミステリー
琅邪の虎 丸山天寿

中国歴史奇想ミステリー
咸陽《かんよう》の闇 丸山天寿

古代中国、奇想ミステリー!
死美女の誘惑 蓮飯店あやかし事件簿 丸山天寿

第37回メフィスト賞受賞作
パラダイス・クローズド THANATOS《タナトス》 汀《みぎわ》こるもの

美少年双子ミステリ
まごころを、君に THANATOS《タナトス》 汀こるもの

恋愛ホラー
フォークの先、希望の後 THANATOS《タナトス》 汀こるもの

美少年双子ミステリ
リッターあたりの致死率は THANATOS《タナトス》 汀こるもの

美少年双子ミステリ
赤の女王の名の下に THANATOS《タナトス》 汀こるもの

美少年双子ミステリ
空を飛ぶための三つの動機 THANATOS《タナトス》 汀こるもの

美少年双子ミステリ
立花美樹の反逆 THANATOS《タナトス》 汀こるもの

美少年双子ミステリ
溺れる犬は棒で叩け THANATOS《タナトス》 汀こるもの

青春クライム・ノベル
完全犯罪研究部 汀こるもの

青春クライム・ノベル
動機未ダ不明 完全犯罪研究部 汀こるもの

青春クライム・ノベル
少女残酷論 完全犯罪研究部 汀こるもの

純和風魔法少女降臨
ただし少女はレベル99 汀こるもの

純和風魔法美少女の日常
レベル98少女の傾向と対策 汀こるもの

純和風魔法美少女と妖怪
もしかして彼女はレベル97 汀こるもの

純和風魔法美少女、ひと夏の経験
レベル96少女、不穏な夏休み 汀こるもの

純和風魔法美少女とカードバトル
レベル95少女の試練と挫折 汀こるもの

学園クライム・サスペンス
幻獣坐 The Scarlet Sinner 三雲岳斗《みくもがくと》

復讐の炎VS.テロルの氷!
幻獣坐2 The Ice Edge 三雲岳斗

本格ミステリの巨大伽藍
作者不詳 ミステリ作家の読む本 三津田信三

衝撃の遺体消失ホラー
蛇棺葬 三津田信三

身体が凍るほどの怪異!
百蛇堂 怪談作家の語る話 三津田信三

本格ミステリーと民俗ホラーの奇跡的融合
凶鳥の如き忌むもの 三津田信三